Sonya
ソーニャ文庫

没落貴公子は難攻不落!?

外堀鳩子

イースト・プレス

contents

1章

目を閉じれば、いつでも思い出すことがある。

漆黒《しっこく》の髪。その隙間から見える青い瞳は鮮やかで澄んでいて、ルチアはその色が大好きだった。誰かに『何色が好き?』と聞かれたら、一も二もなく『青』と言うだろう。

けれど、その青を思い出せば、強く思い知らされることもある。彼の瞳にルチアが映らなくなって八年。彼はきっとルチアとの思い出を、とっくに忘れている。

ルチアにとって彼との思い出は、きらきら輝く宝石だったが、彼にとっては取るに足らないことだったに違いないからだ。それを思うと悲しい。

「痛……」

指に、ぷく、と赤い色が盛りあがり、ルチアはそれをぺろりと舐めた。

鉄の味が広がった。刺繍《ししゅう》をしながら考えごとをしていたために、針で刺したのだ。

長椅子に座るルチアは、持っていた布を側机に置き、患部《かんぶ》にハンカチをあてがった。

時計に目をやると、予定の時間はもうすぐだった。

ルチアには、父に内緒でこっそり出かけている場所がある。毎日馬車で向かうこと一時間。その場に滞在する時間はわずか二十分にも満たないが、それはルチアがなにをおいても欠かしたくない日課だ。

呼び鈴を鳴らせば、ほどなくして召し使いのボーナが現れ、ルチアのドレスを質素な服へと替えてくれる。編みこまれた髪もほどいて、簡素なリボンで纏《まと》めてもらった。

令嬢然としていたルチアは、あっという間にどこから見ても素朴な町娘のようになる。

「ルチアさまはどんなお衣装を纏っても、とてもおかわいらしいです」

と、ボーナはお世辞を言ってくれるが、ルチアはそうは思わない。

ルチアは自分の顔が嫌いだった。髪の色もだ。そのため、自室に鏡はない。

「ボーナ、この格好をしたわたくしはルチアではないわ。あなたと同郷のルイーザ。わたくしは、あなたを頼りに王都に来たの。あなたは幼なじみなのよ」

確認も兼ねてルイーザの設定を告げると、ボーナは会釈《えしゃく》をする。

「そうでした、申し訳ございません。ですが、本当におひとりで向かわれるのですか?」

「ええ。でも、ひとりではないわ。いつもガスパロとロッコと一緒よ」

「だからこそ危険です。ガスパロもロッコも男性ではないですか。しかもごろつきです」

ルチアは周りから顔が見えないように、くたくたの帽子を目深に被った。

「でもね、ふたりきりじゃなくて、三人だから大丈夫なの」

ボーナが渋い顔をしているのは、なにが大丈夫なのかさっぱりわからないからだ。通常、男がふたりで女がひとりでは、危険度が増すと考えるだろう。

そんなボーナに、ルチアは「あとのことはよろしくね」と言い残して部屋を出た。

ルチアが出かける時は、家の馬車は使わない。使えば外出が知られてしまうからだ。

誰にも会わないように用心しながら裏口を目指して歩いていると、まずはガスパロが合流した。人を簡単に震えさせるほど強面《こわもて》の、筋肉だけで身体ができているような男性だ。

裏口から出たふたりは、木の陰に身を潜めながら、外を目指して進む。街道に出ると、そこにはぼろぼろの辻馬車が一台停まっていた。

「あ、来た。ルイーザさま、ガスパロ、こっちこっち」

呼ばれて、ルチアは手を上げて合図をする。

声を上げたのは、辻馬車を停めていたロッコだ。ロッコはガスパロの手下で、見た目は凶悪すぎる顔つきだが、ルチアにもよくしてくれるからちっとも怖いとは思わない。

辻馬車の車内では、ガスパロが教師さながらに旧市街での作法をルチアに教えはじめる。

「ルイーザさま、旧市街では路地裏に近づいちゃ駄目だぜ。昨日みたいにふらふらしてちゃ殺されても文句は言えねえ。おれたちごろつきには一応秩序ってもんがあるが、ただのならず者は秩序なんかねえも同然。女はもれなく犯される」

「犯されるって？　女性はなにをされるの？」

その問いには、「はあ？」と呆気にとられるガスパロではなく、ロッコが答えた。

「知らねぇんですか？　ここだけの話、セックスのことっすわ」

「セックスって？」

「ええ!?　まじっすか、そこから？　……いやあたまげた。ルイーザさま育ちよすぎ。こいつぁどう説明すりゃいいんだ？　そうだなあ……わかりやすく言やぁ、ちんぽこが」

目を剝《む》いたガスパロが、がた、と中腰になった。

「おいロッコ！　てめえ、もっと上品な言い方があるだろうが！」

「上品てなんだよ。お高くとまった言い方なんてねえよ。ちんぽこはちんぽこだろ？」

「わからねえなら黙ってろ、くずが。ぶっ殺すぞ」

口を噤んだロッコはしばらくふてくされていたが、気を取り直してルチアに切り出した。

「ルイーザさま、確かに路地裏は危険っちゃあ危険っすけど、このおれが男を怯《ひる》ませる、とっておきの言葉を伝授しますよ。どんな屈強の男でも言われたくねえ言葉です」

ルチアは「とっておきの言葉？　なあに？」と首をかしげる。

「はい、とっておきもとっておき。万が一、身の危険を感じたら、ガツンとこう吐き捨ててやりゃあいいんです。『くたばれチンカス』と。そうすりゃ、たちまち……」

ロッコは言い切る前に、ガスパロに首もとをわしづかみにされていた。

「てめえ！　そりゃ怯ませる言葉じゃねえ、男を逆上させる言葉だろうが！」

「ちげーよガスパロ、考えてみろ。これを危機の合い言葉にすりゃあ、ルイーザさまの状態がわかるってもんよ。聞き次第、おれたちが相手をぼこぼこにぶちのめせば済む話」

ガスパロはしばらく考えこんで、「一理あるか」と呻《うめ》いた。それを後目《しりめ》に、ロッコはルチアに「一度このおれに、ガツンと言ってみてください」とうながす。

「くたばれ、チンカス。……これってどういう意味なの？」

「いちいち意味を考えちゃ駄目ですって。もっと冷ややかに、蔑《さげす》みながら言ってやるんです。ごみや虫けらを見るような目で。ほら、もう一度」

「くたばれ、チンカス」

ルチアにとって、このガスパロもロッコもわからないことを教えてくれる先生だ。ふたりはルチアが知りようもなかった世界を知っている。

彼らに、蔑みのなんたるかを教えこまれているうちに、馬車は旧市街に到着した。

遺跡を利用して作られている公衆浴場の尖塔がよく目立っている。

旧市街はかつて王都があったところで、古代の遺跡や古い街をいくつものみこみ、継ぎ合わされてできた街だった。そのため突拍子もないところに階段や家がある。新旧が入りまじり、雑多で斬新《ざんしん》。カオスな風情を持っている。しかし、犯罪が多発する危険極まりない地区でもあり、富裕層は極力近寄らない。身ぐるみ剝がされかねないからだ。

馬車から降りたルチアが迷路のような道を進むと、ガスパロとロッコは周囲に睨《にら》みをきかせながらルチアに続く。彼らはいつも守ってくれているのだ。

ルチアは所定の位置にたどり着くと、目当ての人をきょろきょろ探した。

ほどなくして、行き交う人々の間をすり抜けて歩いてくる青年の姿を見つけた。

長い脚だから歩幅も広い。彼は、どんな質素な服を纏っていても、それがくすんだ色だとしても、ルチアには輝いて見えていた。漆黒の髪からのぞく青い瞳は今日も美しい。かもし出す雰囲気自体が最高だ。

彼は、昔から真面目な人だから、決まった時間に同じ道を通る。

その瞳に映りたくて、ルチアは目深に被った帽子を取った。

すみれ色の瞳で彼の姿を追いかける。

(どうか、わたくしの顔を見てほしい。できれば思い出してほしい)

けれど、彼は今日も気づかない。ルチアに一瞥《いちべつ》もくれず、古ぼけた家に入っていった。

彼はルチアにまったく興味がないのだ。ルチアは彼にとって、周りの雑踏《ざっとう》の一部でしかない存在だ。

しょんぼりしたルチアが後ろのふたりに向かって、「帰りましょう?」とささやくと、まったく進展しないことに業《ごう》を煮やしたのだろう、ガスパロが言った。

「あの野郎……とんだチンカスだな。毎日無視たぁやってくれるぜ。気に食わねえ……」

「駄目よガスパロ、怒らないで。今日も会えたわ。わたくしは満足よ。行きましょう?」

ルチアは帰り際、彼が消えた扉を切なげに振り返る。

頭をよぎるのは八年前——まだ九歳のころの、宝石のようなきらめく思い出たちだった。

×　×　×

ぐるるる……。

それは、この世の邪悪な闇をすべて寄せ集めたかのようだった。ルチアにはそう見えた。鋭い牙《きば》をむき出しにした筋骨隆々《きんこつりゅうりゅう》の黒い犬が、こちらを睨みながら唸《うな》っている。むき出しの牙だけでなく、鼻に寄せたしわ、そして、その首を飾る銀の棘《とげ》のついた首輪が、犬に圧倒的な迫力を纏わせている。凶悪にして獰猛《どうもう》だ。きっと、計り知れない力を持っているのだろう。

ルチアはまだ九歳だ。小さな彼女は、大きな犬になすすべもなく、立ちすくむことしかできないでいた。殺される、と思った。

同時に、先ほどの自分の行動を後悔していた。どうして『かわいいわんわん』なんて思ってしまったのだろうか。頭を撫《な》でようと思い、近づいた時から地獄がはじまった。

（こわい……）

ルチアはぐすぐすと涙を流して震えていた。

黒い犬の大きな口からは、粘《ねば》り気のあるよだれがぼたりぼたりと、芝の上に滴《したた》っている。まるでごちそうを前にしているかのように、べろりと舌なめずりまでしていた。

逃げたいのに、逃げられない。人は恐怖に支配されると一歩も動けなくなってしまうのだ。最後に知れたことがこれだなんて、神さまはなんていじわるなのだろう。

うっ、うっ、と泣きじゃくっていると、ふいに、背後から声が聞こえた。

「おい、おまえ！　なにをしているんだ、逃げろ！」

縋《すが》る思いで振り向くと、仕立てのいい水色の乗馬服に身を包んだ少年が馬に乗っていた。

背すじをピンと伸ばしたその堂々たる姿からして、おそらく貴族の子息だろう。

ルチアは、彼の黒い髪の隙間から見える瞳を、「無理だもの」と涙ながらに見つめる。

「なにが無理だ！　——ああ、くそ」

少年はこちらに来ようとしてくれた。けれど、彼の芦毛の馬は犬を恐れているのか、腰が引けているようだった。

「こら、動け。マルコ！」と、彼は囃《はや》し立てるが、マルコは必死の形相《ぎょうそう》でいやだと足を踏ん張っている。埒《らち》があかないと思ったのだろう、少年は馬を放棄《ほうき》し、こちらに駆けてきた。

男の子にしては長めの黒い髪、青く澄んだ瞳がルチアの脳裏に焼きついた。

腕をぎゅっとにぎられる。次の瞬間、景色がぐるりと動いた。彼に強く引っ張られ、転んでしまったからだった。少年はルチアの手を引き、走って逃げようとしたのだろう。しかし、ルチアの足はすくんでしまい、まったく動かなかったのだ。

痛みに思わずまぶたを閉じるが、犬の激しい唸り声が気になり、こわごわ薄目を開ける。とたん、ルチアは目を瞠《みは》った。

彼はルチアを犬から隠すようにして立ちはだかっていた。その背中は小さいが、ルチアには誰よりも立派に見えた。まるで、お姫さまを救ってくれる王子さまのように——。

「くそっ、この犬！」

少年は果敢に乗馬鞭《じょうばむち》を振り回し、犬に立ち向かうが、犬も「ぶぉう！」と闘犬よろしく応戦する。犬は一切怯まなかった。鋭い牙がむき出しのままだ。

「おまえ、ぐずぐずするな！」

こちらを見ることもなく、彼はルチアに大きな声で言い放った。

「僕が時間稼ぎをしている間に、這《は》ってでも逃げろ。早く！」

こくんと頷《うなず》いたルチアは、芝を必死につかんで地面をずりずり移動した。さながらあおむしのようだった。ぴかぴかの檸檬《れもん》色の靴《くつ》や纏っているドレスが、あっという間に泥まみれになる。仕立ててもらったばかりだったが、気にしてなどいられない。

ルチアは、はっ、はっ、はっ、と浅く息を繰り返す。

早く、早く、逃げなければ。逃げて、大人たちを呼んでくるのだ。

必死に這っていたルチアだったが、ぐう、という呻き声が聞こえて振り返る。

するとそこには、大きな犬に押し倒された少年の姿があった。

少年は苦しそうに顔を歪《ゆが》ませている。腕をがぶりと噛《か》まれたようで、出血していた。

ルチアは、ありったけの声で叫んだ。令嬢たるもの、大きな声を出すなどありえないことだし、ルチア自身、これまでこんな大声は出したことがなかった。

その拍子に、縛られたように動かなかった身体からなにかが消えて、ルチアは自由を取り戻した。

咄嗟《とっさ》に石をつかんで、「やめて！」と犬に向かって投げつける。手当たり次第につかんでは投げ、つかんでは投げ、石をつかめなければ、土ごと芝をえぐりとって必死に投げた。

だが、犬はなにをぶつけられてもびくともせずに、少年の腕から口を放そうとはしなかった。挙げ句の果てに、彼の顔に誇らしげに前脚までのせる始末だ。

恐ろしい唸り声とともに、牙と爪が少年に襲いかかる。

ルチアは無意識に、犬に向かって突進していた。

「——ばか！　来るな！」

彼の制止の声はルチアの耳には届かない。ルチアはこの時、不安や恐怖がまるでなかった。ただ、怒りに燃えていた。絶対に犬をゆるさないと思っていた。

小さなこぶしを、ぐっと握りしめる。ルチアは、犬の胴《どう》目掛けてそれをぶちこんだ。

次の瞬間、耳に届いたのは、「きゃん！」というひ弱な降参の声だった。

白金色の髪を振り乱して仁王立ちするルチアは、体格のいい黒い犬が、尻尾を巻いて逃げてゆくのを見た。

「おまえ……」

少年の声に、はっ、と我に返ったルチアは、慌てて彼を見下ろした。

血まみれだった。腕は言わずもがな、手も足も肩も犬に噛まれたようだった。顔にも血がつき、頬に赤い引っかき傷がある。痛々しい姿をしていて、ひどい怪我だと思った。

「……ごめんなさい。わたくし……」

ルチアは罪悪感で心がいっぱいになり、泣きながらポケットを探り、レースのハンカチを取り出した。ぶるぶると震える手で少年の頬にあてがえば、彼の顔が整っていることに気づき、さらに涙が溢れてくる。ついには、わあわあと声を上げて泣き出してしまった。

「は？　おい、なんでおまえが泣くんだ？」

ごめんなさい、ごめんなさいと熱に浮かされたように呟けば、少年は大きく息を吐いた。

「わたくしのせいよ。……全部、わたくしのせい。わたくしが、噛まれればよかった」

「ばか。女が噛まれたらそれこそ大ごとだろ。傷が残れば嫁ぎ先がなくなる」

「あなたも嫁ぎ先がなくなるわ……」

少年は傷が痛いだろうに、いかにもおかしそうに噴き出した。

「ははっ、なんだそれ、男が嫁ぐわけがないだろ。傷だってそうだ。女は怪我をすれば一生傷物扱いされるが、男にとっては勲章みたいなものだ。こんな怪我どうってことない」

「でも……痛いでしょう？」

「痛いに決まってる。だから、女のおまえが噛まれなくてよかった。な？」

「……ごめんなさい……」

「謝るなって。おまえに謝られる意味がわからない」

彼の怪我はルチアのせいだ。だというのに、彼は少しも責めたりしない。そればかりか、めそめそと泣くルチアを、「気にするな」と励ましてくれる。

「なあ、そんなことより、おまえ強いな。勇敢《ゆうかん》だった。正直あの犬は凶暴すぎて僕もやばいと思った。それが、あんな見事なこぶしをお見舞いするとは、拳闘家みたいだったぞ」

違う、勇敢なのは彼のほうだ。彼がいなければ、きっとルチアはいまごろ黒い犬のお腹のなかだった。

「聞いたか？　あの犬、獰猛な顔に似合わず、『きゃん！』ってさ？　……ぷっ」

くしゃりと屈託なく笑う彼の笑顔がルチアの頭に焼きついた。あの大きく見えた、頼もしい背中とともに。

「おい、いつまでも泣いてるなよ。おまえは立派だった。撃退したんだぞ？　胸を張れ」

言われたとおりに胸を張る。すると、危険は去ったのだと安心感がむくむく湧いてきた。涙を手の甲で拭いながら、ルチアは彼ともっとお話ししたいと思った。

しかし、騒ぎに気づいた大人たちがぞろぞろとやってくる。父や叔父たちの姿もあった。なかでも真っ先にルチアに飛びついてきたのは、一歳年下の弟のルチオだ。

「ルチア、ルチア、だいじょうぶ？　泥だらけだよ？　だいじょうぶ？　痛い？」

ルチアと同じ白金色の髪にすみれ色の瞳を持つ、かわいい弟だ。けれどルチアは、気もそぞろだった。

早く声をかけないと、あの少年は去ってしまう。まさにいま、彼は「坊ちゃま、行きましょう」と、恰幅《かっぷく》の良い男性に背負われていた。

「――あ」

彼に向かって伸ばした手は、届きそうもなかった。むなしく宙に浮いたままだ。

どうしても少年とお話しがしたかった。

どうしても、聞きたいことがあるのだ。伝えたいこともある。

（あの、わたくしはルチアと申します。あなたの、お名前は？）

ルチア・アキッリ＝フィンツィはため息をついた。

彼女は名前が示すとおり、莫大《ばくだい》な資産を持つフィンツィ伯爵家の令嬢で、幼少期から何不自由なく暮らしてきた。父親に溺愛され、周りからもちやほやされていたため、絵に描いたような箱入り娘だ。世間知らずで、九歳という幼さもあり浮世離れしているし、恐怖を味わったことがないため怖いもの知らずでもあった。――そう、愚かにも獰猛な犬を撫でようとしてしまうくらいには。

きれいなものに囲まれて育ったルチアは、きれいなものしか知らなかった。

長椅子に腰掛ければ、また、ルチアの小さな唇から吐息がこぼれる。

（どうすれば、あなたに会えますか？）

黒い犬に襲われ、助けられてからというもの、ルチアは毎日暇《ひま》さえあれば、名前も知らない彼に語りかけている。あの漆黒の髪、少し切れ長の青い瞳、形のいい鼻梁《びりょう》、口、輪郭を思い浮かべながら。

（わたくし、もう一度あなたにお会いしたい）

ルチアが途方に暮れているのは、父に少年の名前を聞いたものの、『かわいいおまえに男はまだ早い。私以外の男のことなど考えるな』と突っぱねられたからだった。

曰く、ルチアが大人になるまでは、絶対に、家の男以外に接触させないとのことだった。

男と女がふたりきりになれば、赤ちゃんができてしまうらしいのだ。

『お父さまのいじわる。どうしてなにも教えてくれないの？　おばさまのお茶会だったのだから、彼が誰だか知っているはずだわ』

そう、くだんの犬の事件は、叔母が主催したお茶会で勃発《ぼっぱつ》した。叔母は、バルシャイ公爵の後妻で、頻繁《ひんぱん》に催《もよお》し物を開催している。叔母に直接聞けば早いが、この件で激怒している父は見舞いに訪れようとする叔母を門前払いにしているため、聞くに聞けない。

『ルチア、私はいじわるで言っているんじゃないんだよ？　男はおまえの家族以外、皆けだものだ。かわいいルチアを舌なめずりしながら虎視眈々《こしたんたん》と狙っている輩《やから》ばかり。不届きで不潔で下賤《げせん》な下種《げす》。お父さまはおまえが心配なんだ。おまえはまだ子どもで、親の庇護《ひご》が必要だ。ルチアが汚れた男に触れられようものなら、私はおかしくなってしまうよ。想像しただけで……見てご覧？　私の腕がぶつぶつだろう？　鳥肌だらけだ』

以来、どう話しかけても、父はのらりくらりとかわすばかりで、少年についてはなにも話してくれないでいた。

ルチアはそれでも、父は自分に甘いことを知っている。なんとか聞き出そうと思っていると、蝶番《ちょうつがい》がきしむ音がした。扉を開き、とことこと入ってきたのは、弟のルチオだ。

「ルチア、一緒に本を読もう？　続きを読んで？」

ひとつ歳下のルチオは甘えん坊だ。毎日ルチアを訪ねてきては、こうしてせがむのだ。

「ルチオ、またわたくしをルチアと言ったわね？　駄目よ。わたくしはあなたの姉なのだから、お姉さまと呼ばなくては」

「やだ。だって、ルチアはルチアだもの」

ふたりの容姿は似ている。絶世の美女と謳《うた》われる母親と同じ白金色の髪に麗しい顔立ち。

それから、父方の祖父譲りのすみれ色の瞳を持っている。

けれど、母親の美貌をより引き継いでいるのは弟のルチオのほうだった。華やかな弟と並ぶと地味なルチアは見劣りし、すぐに目立たなくなる。

隣に腰掛け、抱きついてくるルチオに、ルチアは父から得た知識を早速披露《ひろう》した。

「ねえルチオ、わたくしたちは姉弟だけれど、その前に、わたくしは女であなたは男なの。だからわたくしたちはふたりきりでいてはいけないわ。だって赤ちゃんができてしまうから。これからはあなたの従僕のニコロも連れてきて？　三人で過ごしましょう」

ルチオは一瞬、ひどく冷めた目をしてから、ぱちぱちとまたたいて、にっこり笑った。

「絶対にニコロは連れてこないよ。ニコロなんか邪魔だもん。あいつこそ危ないよ」

「でもね、ふたりだと赤ちゃんができてしまうのよ。だから三人。いいこだから、ね？」

「できないよ。赤ちゃんなんかできっこない。だってルチアは月の障《さわ》りはまだでしょ？」

知らない単語が小さな弟の口から飛び出し、ルチアもぱちぱちと目をまたたいた。

「あれ？　知らないの？　月の障り」

「え？　……もちろん知っているわ。月の障り……障り……月に障るから……」

自信がないため、ルチアはごにょごにょとごく小さな声で言った。

「……くもり空……？」

「え？　よく聞こえなかった。いま、なんて言ったの？」

　どうも不正解のようだった。

「えっと、………月蝕《げっしょく》？　それとも新月？　どちらかなのだと思うのだけれど……」

「どちらかといえば新月だよ。ぼくも精通していないし、無理なんだ」

「精通？　なにかを詳しく知ることだわ。ルチオは、なにを詳しく知るの？」

「それは追い追い。大人になってからだよ。一緒に、たくさん知ろうね？」

（えっ？　大人？　一緒に？　……どういうことなの？）

　ルチアの思考が迷路をさまようなか、ルチオは言葉を続けた。

「ねえ、早く本を読んで？　あれから子ぐまがどうなったのか、すごく気になる」

　本を渡され、ルチアはページをめくるが、ふとした疑問が頭をよぎる。

（ひょっとしてルチオは、年上のわたくしよりも物知りなのではないかしら？）

　早く早くとうながされながらも、ルチアは、弟の顔に鼻先を近づけた。

「ねえ、ルチオはお茶会のことを覚えてる？　水曜日の」

「覚えてるよ。あの檸檬色のドレス、ルチアにすごく似合ってた。かわいくてぼく、びっくりしたんだ。あれ、破れて泥だらけになっちゃって残念だね。また作ってもらおう？」

　ルチオがお茶会を鮮明に覚えているのは僥倖《ぎょうこう》だった。

「ルチオ、あの日、怪我をした男の子が誰かわかる？」

告げたとたん、ルチオは「知らない」とそっぽを向いた。

「そう言わずに教えて？」

「知らないったら知らない！　男の名前なんて知るもんかっ」

その、「教えて？」と「やだ！」のやりとりは一時間以上続いた。ふたりは目に涙をいっぱいためて、はあ、はあ、と肩で息をする始末だ。

どちらかといえば、よりぐすぐすと泣いているのはルチアのほうだった。

「男の子の名前を教えてくれないのなら、もう、ルチオには二度と本を読んであげない」

「やだ！　………絶対、やだ……」

とうとうルチオも顔をくしゃくしゃにして、うえーんと泣きはじめた。

「……え……。そんなに泣かないで？　取り消すから……ね？」

言ったとたん、ルチオはぴた、と泣きやみ「絶対だよ」と上目遣いでルチアを見つめる。

「ルチアが、夜ぼくと一緒に眠ってくれるなら、名前……教えてあげる」

ルチアは以前、弟と一緒の寝台で眠っていたが、父がふたりにそれぞれ大きな部屋を与えてからは、ひとりで眠るのが当たり前になっていた。当時、ルチオはずいぶん『ひとりはいやだ』と泣き叫び、ごねていた。

「ひとりで眠るのが寂しいの？」

「すごく寂しい。ルチアと一緒がいい。それに……夜はおばけがいるからこわい」

すみれ色の瞳をうるうるさせるルチオがかわいくて、ルチアは彼の頭を撫でた。

(まだおばけなんか信じているのね)

「——いいわ。わたくしが一緒に眠ってあげる。だから名前を教えて?」

「今日だけじゃないよ?　毎晩一緒だよ?　約束できる?」

ルチアは、甘えん坊なこの弟が、この先立派に父の跡を継ぎ、伯爵家の当主になれるのか不安になった。が、その思いはすぐにかき消した。

(心配してもしょうがないわ。だって、ルチオはまだ八歳だもの。幼い子どもだわ)

姉としての責任感がむくむくと湧いてきて、ルチアは「約束するわ」と頷いた。

「本当?　毎晩?」

「ええ本当よ。眠る前に、立派な九歳になるための心構えを教えてあげる」

告げれば、ルチオはたちまちにこにこと笑顔になった。

「バルシャイ公爵家の茶会で怪我をしたのは、アルビノーニ侯爵家の嫡男、ヴァレリ・ランツァ＝ロッテラ＝アルビノーニ。十一歳だから、ぼくたちから見たらおじさんだよ」

ルチアは、頭のなかで大切な名前を反芻《はんすう》した。

やっと知ることができた名前だ。それは、ルチアのなかで素敵なひびきを伴っていた。

「ねえルチオ。わたくし、アルビノーニ侯爵家にお礼のお品を届けたいわ」

きっとルチオなら父への説得に協力してくれるだろう。しかし、返ってきた言葉は——。

「それはもう、お父さまが済ませてあるよ。だから、ルチアはなにもしなくていいの」

父はとてもまめな性格だ。普通は褒められるべきことだが、ルチアはそのまめさが恨めしくなる。このままでは、ヴァレリに会う理由が作れない。

「でも、わたくしが直接感謝の気持ちを伝えるべきだと思うの」

「必要ないよ。お父さまはとっておきの馬を贈ったみたいだから。先方もとても喜んでいたんだって。だからルチアはなにも気にしなくていいし、あれはもう終わった話」

勝手に終わらせないでほしい。だが、ルチアは馬以上の感謝を示せるわけでもない。

口をもごもごさせていると、ルチオが言葉を付け足した。

「あ、そうだ。アルビノーニ侯爵家の話は、お母さまにしちゃ駄目だよ？」

「どうして？」

ルチアにとって母は馴染みのない存在だ。普段からして別居しているため、めったに顔を合わせない。最近会ったのは半年前だ。その時も話をする機会はなかった。

「だって、お母さまとアルビノーニ侯爵夫人のベネディッタはすごく仲が悪いもの」

「ベネディッタって、聞いたことがあるわ。絶世の美女だって」

「うん。お母さまも絶世の美女と言われていたからふたりはライバル。でね、お母さまはアルビノーニの『ア』を聞いただけで不機嫌になる。ヒステリーを起こして大変だよ？」

初耳だった。なんだか嫌な予感がして気分も落ちこむ。

そんなルチアを心配してなのか、ルチオに「いいこいいこ」と頭を撫でられた。

ルチアの部屋にはたくさんの本がある。父が童話や小説、図鑑などを取り寄せてくれたからだった。しかし、彼女は気づいていないが、その本棚に収まっているのは、父の厳しすぎる検閲《けんえつ》に見事合格した選《え》りすぐりの本だった。

男女のくちづけが書かれてある本はご法度《はっと》だ。性を連想させるものも、もちろん駄目。そのため、いちじくの葉っぱで大事な部分を隠しただけのアダムとイヴはもってのほかだし、全裸のギリシャ彫刻の絵が載っていようものなら、即刻有害本に指定される。裸率の高い神代の絵画も害悪だ。ルチアが目にする本たちは、清く正しく折り目正しいものばかり。よって、ルチアの知識は偏《かたよ》りが激しい。男女の情や性についてはからきしなのだ。

当然、月の障りなど、身体の変化についても学んでいない。それを学べば、身体の仕組みの話に発展し、ひいては子宮——子どもの作り方にまで及んでしまうからだ。そこで登場するのが、口にしたくもないおぞましい言葉、ペニスだ。

フィンツィ伯爵のこめかみに、ぷくりと血管が浮かんだ。

(あの子は世界で一番純真でかわいい娘。男どもの欲望のはけ口になどさせてたまるか)

断じてルチアに『女』を——性を連想させては駄目なのだ。

「いいか、ルチアを性に目覚めさせてはいけない。わかったな」

屋敷の書斎にて、この国で著名な賢者五名の前で、伯爵は厳命する。

だが、命じられた者たちのなかで、勇敢な者がいた。

「……ですが伯爵さま、ルチアさまは九歳におなりです。あと数年も経ちましたら、月の障りは避けて通れない道ではないでしょうか。そろそろお胸も膨らむころでしょう。股間にも毛が生えてきます。つまり、人体がおのずと性に目覚め――」

「黙れ黙れ！　いやらしい……ルチアの裸を想像するな！　卑《いや》しいやつめ！　とにかく、あの子は大人の汚れとは無縁の、純真な子どものままでいなければならんのだ！」

賢者たちは、互いに顔を見合わせ、戸惑う様子を見せた。

「……それは伯爵さまのお子さま方、ルチアさまとルチオさまということでしょうか？」

「なぜここでルチオが出てくる。あの子は別だ。……ルチオには困ったものだ。乗馬に見向きもせずに馬車にしか乗らないなどと。しかも、なよなよとした甘ったれだ。一刻も早くたくましい大人になってもらわねば困る。十二で結婚させ、即刻跡継ぎを作らせる」

「十二歳で？　なぜそこまでお急ぎになるのですか？　婦人と違い、殿方の結婚は二十歳を過ぎてからでも遅くはありません。ルチオさまには、学ぶべきことが数多くあります」

「黙れ。急がねばならん理由があるのだ。私と同じ轍《てつ》を踏ませるわけにはいかない」

伯爵は、鋭く息を吐いたあと、たくましい腰に手をやった。

「とにかくおまえたちが考えるべきなのはルチオではなくルチアのことだ。ルチアが性に目覚めぬための手段を考えろ。あの子が月の障りを、性を感じることなく受け入れられるように知恵をしぼるのだ。身体の変化もわかりやすく、かつ、いやらしくなく教える必要がある。ルチアが納得できそうな、よりよい説明を探すのだ」

集った賢者たちは、このわけのわからない要求に頷くしかなかった。伯爵は、貴族としてはめずらしく、学術や研究に理解を示し、後ろ盾となってくれているからだ。

「いいか、『大人になった』などという浅はかな説明案は却下だ。とにかくルチアは、大人の要素を少しも感じることなく純真な子どものままで成長を理解しなければならない」

伯爵は、ぎろりと強い眼力で賢者たちを見回して、「レポートの提出は一週間後だ」と告げると、手を払い、解散を命じた。


伯爵は疲れを感じ、片手で両目を揉《も》みこんだ。

脳裏をよぎるのはルチアの態度だ。犬に噛まれた少年の名前を教えなかったために、彼女は拗《す》ねていた。昨夜はおやすみのキスがなかった。それは地味に伯爵の心を蝕《むしば》んでいた。

「それにしても……まさかルチアが男の名前に興味を持つとは。ロザリンダがいけない」

ロザリンダとは、くだんの茶会を開いた伯爵の妹、バルシャイ公爵夫人だ。彼女は砂糖菓子のような甘い容姿を持つルチアとルチオがお気に入りで、二年前からしつこく参加を要請していた。あまりにもしつこいためうんざりし、折れたとたんに事件は起きた。

窓辺に立った伯爵が、渋い顔で空を睨んでいると、コツコツと扉が叩かれた。

入室の許可を与えれば、入ってきたのはルチオだった。ルチオの背後には、従僕のニコロも控えている。ニコロは拳闘家なため、ガタイがいい。以前、拳闘会を観覧した際、彼が異様に強かったため、ルチオをそばで守らせるべく抜擢《ばってき》したのだ。

「お父さま、話があるんでしょ？　なあに？」

伯爵が手で長椅子を勧めると、ルチオがちょこんと腰掛けた。なんと、ニコロまでその隣に座ろうとしたので、「従僕の分際でありえない」と阻止をする。

ぐちぐちと伯爵の説教が展開されるなか、ニコロはルチオの背後に立った。

「ルチオ。そろそろおまえの将来を見据え、婚約者を選定する。おまえの好みを聞こう」

「好み？　ぼく、コルシ男爵家のレオポルドが好みのタイプ。だーい好き」

唖然《あぜん》とした伯爵は、「待て、それは男だろう」と前のめりになった。

「男ではなく、女の好みを言え女を。おまえは女と結婚するのだ」

「やだ。女って嫌い。すぐ陰口を言うし、高慢だもの。大嫌い。ぼく、男がいい」

「なにを言う、血を絶やすつもりか！　愛せと言っているのではない。欲望を持て」

「やだ。女なんか気持ち悪い。ぴくりとも勃《た》つもんか」

「勃っ……。どこでそんな言葉を覚えた!?　おまえはまだ八歳だぞ！」

ぷいっとそっぽを向くルチオに、伯爵は呻いたあと、飄々《ひょうひょう》と立つ従僕ニコロを見た。

「ニコロ、おまえも知恵をしぼらんか。このざまを見ろ、フィンツィ伯爵家の一大事だ」

「俺の意見でよろしければ……。伯爵さま、ルチオさまはまだちびっこですから、女に慣れていないだけなのでは？　ですから、まずは女を知り、慣れていただくことからはじめるのはいかがでしょうか。幸い、ルチオさまはルチアさまだけは慕っておられますので」

伯爵は険しい顔をしていたが、一転、穏やかな顔つきになり、あごをさすった。

「ルチアか……。ルチアを通して、ルチオが女たちと知り合ってゆく。——なるほど」

これは使えると思ったが、ふと、伯爵は「ルチアも女だが？」と息子に目をやった。

「ちがうよ？　お姉さまは女なんかじゃない。お姉さまはお姉さまだもん」

どういう理屈かわからなかったが、伯爵は思いついた案でいくべきだと決めた。

「その作戦でいくか。おまえをルチアとともに行動させれば、おのずと男との出会いを避けられる。じきに慣れ、おまえも抵抗なく女を受け入れられるようになるだろう」

「ねえ、お父さま。話は変わるのだけれど、ぼく、お父さまに提案があるんだ。お父さまはひと月前、エクリプスっていう馬を手に入れたよね？」

「ああ、知っていたのか。見事な青鹿毛《あおかげ》だ。……なんだ突然。乗馬に興味が湧いたか？」

「湧くわけないよ、馬くさいもん。それでね、その馬、アルビノーニ侯爵家にあげて？」

アルビノーニ侯爵家とは、ルチアを助けた少年ヴァレリの家である。

「なんだと？　なぜ私がとっておきの馬をやらねばならんのだ。エクリプス号がいくらしたと思っている。外国に出向いてまで探し求め、ようやく見つけた理想の馬だぞ」

伯爵は、エクリプス号を手に入れた時、年甲斐もなく飛び跳ねて喜んだほどだった。

「でも、お姉さまはエクリプスを贈らないと納得しないみたい。さっきお姉さまと話したんだけれど、お父さまからなんとしてでも男の子の名前を聞き出して家にお礼に行くって意気込んでいたもの。お姉さま、意外に行動的だから言いつけを破って屋敷から抜け出しちゃうかも？　そうなれば、けだものたちの餌食《えじき》になる。ぼく、お姉さまが犯されちゃうのはやだな」

「犯……!?」と、伯爵はかっと目を見開いた。

「お姉さま、かわいそう……。でもね、お姉さまが抜け出さないように部屋に閉じ込めちゃうと、今度はお父さまが嫌われちゃう。お姉さまに大嫌いって言われるんだ。知ってる？　お姉さま、一度嫌いになると二度と好きにならないの。ぼくにそう言ってたよ？」

「待て、そもそもルチアとエクリプス号にどんな関係があるのだ？　わけがわからない」

「あるよ。外に行こうとするお姉さまを止められるのは、エクリプスだけ。……ねえお父さま、エクリプスとお姉さま、どちらが大事なの？　まさか、馬じゃないよね？」

伯爵が頭を抱える様子を、ルチオはにたにたしながら眺めていた。


父が悩み抜いている姿を横目に、ルチオは「ぼく、もう行くね？」と部屋を後にした。

ルチオの従僕ニコロは、怪訝な顔をしている。ルチオの一連の言葉を不思議に思っているようだ。あごをしゃくったルチオは、ニコロを柱の陰にいざなった。

「おまえはなにかを聞きたそうな顔をしているな。そうだろう？」

「否定はできませんね。いま、疑問が頭を渦巻いていますよ。ぱーんと弾けそうです」

「いいよ。おまえには末長く活躍してもらいたいから、質問に答えてあげる」

続けてルチオは、「ぼく――いや、私になんでも聞くがいい。さあ」とささやいた。見た目は子どもだが、その面ざしは大人顔負けの怜悧《れいり》なものだった。

「では。ルチオさまはなぜ伯爵さまにああも馬を贈らせようとしていたんです？」

「私はルチアに嘘をついた。それを真実に変えたいだけだ。嘘はよくないだろう？」

「それにしても非道です。なにも伯爵さまの一番のお気に入り、とっておきのエクリプスを勧めなくてもよかったのでは。ほかに馬はいますし、伯爵さまの落ち込みようときたら」

ルチオは「ふん」と生意気に鼻の先を持ち上げる。

「あの男は四年後、十二になる私に妻を娶《めと》らせようとしている。成長過程にある私に残酷すぎる所業だ。十二など精通があるかどうかわからない歳だぞ。私の心はどうなる？　強い制裁が必要だった。もっとも大事な馬をあっけなく失い、私の痛みを知るがいい」

くくくと肩を震わせるルチオに、ニコロは「悪《ワル》ですねぇ」としみじみ言った。

「なんとでも言え。痛くもかゆくもない。もう質問がないなら下がれ。私は忙しい」

これから、ルチアに本を読んでもらうのだ。

「まだあります。あなたはなぜ男色のふりをしているんです？」

「なにかと都合がいいからだ。それ以上でも以下でもない」

「まあ、狙いは想像できますが。伯爵家は伯爵さまを筆頭に、皆ひねくれていますね」

しばらく黙っていたルチオだったが、ふいにニコロを見上げた。

「おまえの言う狙いとは？　話してみろ」

「俺の勝手な想像です。ルチオさま、あなたはこの先、男しか無理だと言ってすべての婚約を突っぱねるおつもりでは？　あなたは姉君しか見ていません。まずは時間をかけてルチアさまを落とし、落ちたところで伯爵さまに関係を認めさせる。偏愛がすぎる伯爵さまは、ルチアさまを手もとに置いておけるとなれば、禁忌を簡単に受け入れる危うい方だと俺は見ています。おそらく、ルチオさまに形だけの妻を用意してまで協力なさるはず」

話を聞くルチオの唇は意味深長に弧を描く。ニコロは、それを見つめながら付け足した。

「なにも知らないルチアさまはいつまで経っても幼い思考のまま。あなた方にとってはハッピー・エンドと言えますが、ルチアさまからすればバッド・エンドでは」

「今日のおまえはよくしゃべるな」

「普段は謹《つつし》んでいますからね。……山あり谷あり、白熱がなければ人生は楽しくない。まさにスパイス&ロマンチック。俺は困難が降りかかる展開であればあるほど燃えるたちです。それに打ち勝った時のカタルシスは最高ですから」

これ以上相手をしていられないとばかりに肩をすくめたルチオは、吐息を落とした。

「ルチアの部屋に戻る。おまえはもう行け。緊急でない限り誰も取り継ぐな」

「おや、今日もルチアさまに童話を読んでもらうのですね？　あなたは普段、大人でも匙《さじ》を投げるほど難しい算術書や哲学書に読みふけっておられるのに、不可思議なことです」

「黙れ。行けと命じたはずだ」

一礼したのちに歩き出したニコロを後目に、柱の陰から出たルチオの顔からは、冷淡さは消えていた。そこにあるのは、いつもの子どもらしいあどけない顔だった。

それからというもの、フィンツィ伯爵とルチオは、ルチアに男が近づかないように徹底的に警戒していたが、彼らは少女という生き物を理解しているとは言いがたかった。

なぜなら、少女は夢見る生き物だ。男が近づかないというだけでは、男の影を排除するには至らない。少女とは、空想によって無から有を作り出せるのだ。

ただ彼の名前があるだけで、ルチアの日々は薔薇《ばら》色と言っていいほど充実した。常に彼が頭のなかを占めていて、もう、彼のことしか考えられなくなっていた。

なにより、もっとも知りたかった名前を知ることができたのだから、ルチアは充分幸せだった。九歳のルチアは過ぎた欲は抱かない。ささやかな思い出だけで満足できるのだ。

ルチアは、日々、空想にひたっては、勝手に想いを積み重ねていた。

(すごくいい夢を見たわ。ヴァレリさま……)

ヴァレリに犬から助けてもらって、四か月が過ぎようとしていた。

その日の昼下がり、ルチアは部屋の長椅子に座り、もくもくと布に針を刺していた。

ヴァレリを思いながら一針一針丁寧にハンカチに刺繍をするのがお気に入りの過ごし方だ。いつか、また会えたら渡したい――。ハンカチは、十三枚仕上がっていた。

扉を叩く音が聞こえて目をやれば、召し使いのボーナが入室し、ルチアに向けてうやうやしく頭を下げた。側机にある水差しとろうそくを替えに来たのだろう。

いつもは仕事を終えて立ち去る彼女だったが、なぜか今日は部屋を出ようとしない。いかにもルチアに声をかけてほしそうだった。召し使いは、みだりに貴族と目を合わせたり、話しかけてはいけない決まりがあるのだ。

「ボーナ、わたくしに用事があるの？」

ボーナはふたたび頭を下げて、ぎこちなく手を擦り合わせた。まだ彼女がフィンツィ伯爵家に来て一週間。慣れていないのか、緊張しているようだった。

「はい、ルチアさま。あの……言いにくいことなのですが、ルチオさまの従僕のニコロが折り入ってお話ししたいことがあると……その、扉の向こうで待っているのです」

「ニコロが？　わたくしに用とはどうしたのかしら。いいわ、呼んできて？」

ほどなくニコロがルチアの前にやってきた。がっしりと体格のいい熊《くま》のような人。

彼は大きな身体で迫力があるものの、にこにこと笑っているから獰猛さは感じない。ルチアは、彼と直接話すのははじめてだった。

「ルチアさま、俺の願いを叶えてくださりありがとうございます。ボーナのことはゆるしてください。俺が無理を言いました。伯爵さまに話さないでくださると助かるのですが」

ボーナがニコロの要望をルチアに伝えるのは、伯爵家の掟《おきて》に背くことだった。また、ニコロの勝手な行動も禁じられていることだ。父が知れば、辞めさせられてしまうだろう。

「大丈夫よ、お父さまには言わないわ。ところでニコロ、いつもルチオをありがとう。甘えたがりで泣き虫だから、あなたに苦労をかけているのではないかしら？」

「え？　あ、ああ、そうですね。甘えたがりで泣き虫ですが、それが俺の仕事ですから」

ニコロが話している途中、ボーナが役目を終えたとばかりに部屋を出て行こうとしたので、ルチアは慌てて彼女を止めた。ニコロとルチアがふたりきりになっては、赤ちゃんができてしまう。

ルチアは、ニコロとボーナに椅子を勧めてから切り出した。

「今日はまだルチオが部屋に来ていないのだけれど、弟はどうしているのかしら？」

「ああ、ルチオさまなら先ほどお出かけになりました。三日は戻られません。ですから俺は今日、ルチアさまを訪ねることができたのです。伯爵さまも馬の買い付けに遠出をされて、一週間は戻られません。俺にとってはここへ来る千載一遇《せんざいいちぐう》のチャンスでした」

「どこへ行ったの？　あの子、わたくしに黙って出かけたことはないのに」

ニコロは「これは非常にセンシティブな問題なのです」とわずかに声をひそめた。

「内緒ですよ？　固く口止めされていますからね。……昨夜、ルチオさまはおねしょをなさってしまいました。この半年間することはなかったのですが、あなたの化粧着をも濡らしてしまったことが大変ショックだったようでして」

確かにルチオは、昨夜ルチアの寝台で粗相をして泣いていた。朝までずっと頭を撫でてなぐさめていたのだ。けれど、二年前も一緒に寝ていた時に、毎日と言っていいほどおねしょをしていたため、ルチアとしては慣れていた。

「ルチオさまは今後もルチアさまと一緒に眠りたいそうです。その決意は固く、おねしょ治療で評判のプロースペリ家へ向かう決断をされました。そこでは、三日に及ぶ合宿のカリキュラムが組まれており、ひとりひとり厳しい指導が行われます」

「厳しい指導だなんて……、あの子、怖がりなのに大丈夫かしら？」

「ルチオさまのはじめての冒険ですので、ぜひ応援してさしあげてください。で、俺は、あなたもルチオさま同様、はじめての冒険に出られるべきだと考えたのです」

「わたくしが冒険？　それはどうしてなの？」

「申しわけないのですが理由を語ることはできません。俺は大々的にあなたに手を貸すことができないからです。しかし、公明正大であるべきだとも思っています。令嬢とは家がすべて。家長が判断し、それに忠実に従うだけ。ルチアさまもそう育てられているとお見受けします。反抗など考えたことはありませんよね？　というわけで、このままではルチアさまは確実に『敗戦』です。俺は、ルチアさまが戦えるように計らいたいと思います」

一気に紡がれた言葉だったが、ルチアは聞いているようであまり聞いていなかった。否、まだ九歳の幼いルチアは、当然、集中力や理解力などは大人ほど成熟していないのだ。

しかし、取り繕うことは得意なため、いかにもわかったふうに首を縦に動かした。

「そこで、レフェリーたる俺は熟考しました。あなたがひとりでは決して手に入れられないものを差し上げればフェアなのではないかと。我ながら名案だと思っています」

ルチアは幼少のころより物を与えられすぎているため、なにが手に入れられないのかわからない。だが、ニコロはそれをくれるらしい。

どんなものがくるのだろうとわくわくしていると、彼は言った。

「それは『自由』です」

物を想像していたルチアは、拍子抜けして、ぽかんとした。

「抑圧されたあなたは自由に物事を判断できないし外へも出られません。あなたの世界は屋敷内で完結しています。狭い豆つぶ並みのしけた世界……。よって俺はあなたにできうる限り外との繋がりを贈ろうと思います。それを活かすも殺すもあなたの自由。俺はルチオさまがプロースペリ家から戻られるまでのすべての時をあなたに捧げます」

ルチアは、「わたくしがお外へ?」と、すみれ色の目を瞠った。

「ええ、外です。短い間ですが、俺を大いに利用してください」

ルチアは未知の世界——外に興味があるものの、いまだその心には黒い犬の恐怖がくすぶっている。おまけに父からも、外はけだものの巣窟《そうくつ》だと言い聞かせられていた。あの黒い犬のような凶暴な犬が、そこかしこに徒党を組んでうろついているらしいのだ。

「お父さまがいないのに……。お外は怖いわ」

「ほら、それがあなたの世界が狭い所以《ゆえん》です。令嬢らしいとも言えますが怖がりはよろしくない。時には好奇心に身を任せるのです。ご安心を。俺は人気の高いナンバー・ワンの拳闘家ですからね。危険な輩は即刻このこぶしでノック・アウトしてさしあげます」

戸惑いがちに、白金色のまつげをふさふさと動かしていると、ニコロは続けた。

「あなたは、アルビノーニ侯爵家の嫡男、ヴァレリさまの名を知りたがっておられました。

彼に会いたくはないですか？」

　その言葉に、ルチアの恐怖はすぐに霧散《むさん》した。

「ヴァレリさま？　お会いしたいわ。ちゃんとお礼を言いたいの。でも、いいの？」

「ええ、ルチオさまがいないこの三日間、俺はあなたをどこへでもお連れします。あなたの心境に変化をもたらすかもしれませんからね。それはよいスパイスとなります」

　話している途中、ニコロはルチアの手もとのハンカチを見下ろした。

「その個性的な猫のハンカチをヴァレリさまに差し上げればよろしいかと」

「猫ではないわ。これは鳥の刺繍よ？　ハンカチはね、そうなの。ヴァレリさまに差し上げたくて刺していたの。ヴァレリさまのもとに本当に連れて行ってくれるの？」

　目をきらきらさせるルチアに、ニコロは「もちろんです」と胸を張った。


　さわさわと風が頬をくすぐった。それは普通の人にとってはなんでもないことなのだろうが、ルチアにとっては新鮮だった。

　人工的な石畳。道を行き交う馬車に人。犬もいたけれど、あの黒いむきむきな筋肉質の犬は徒党を組むどころか、まだまったく見かけていない。

　ルチアは、自分の置かれた状況が信じられないでいた。あれから二時間も経っていないというのに、なんと、アルビノーニ侯爵家の前に立っているからだ。

「どうです？　伯爵さまが禁じていることをされている気分は。悪人になった気分がしませんか？　ふふ、なにを隠そう、俺は拳闘家になる前は札つきのワルだったんです」

ルチアはそのニコロの言葉に、すぐには返事が浮かばなかった。いまの気持ちをなんと表現していいかわからなかったのだ。

息を整えて、身に纏っている服を見下ろした。ドレスではないそれは、飾りがないためすーすーする。召し使いのボーナが用意してくれた伯爵家のお仕着せだ。特徴的な白金色の髪は白い帽子のなかに入れ込んで見えないようにしていた。

「気分は………ええ、そうね。なんだかとっても不思議な感じがするわ」

「おや、その顔。ルチアさまはなにも不安をいだいていないご様子。頼もしいですね」

否、違う。ルチアは凶暴な犬が集団で襲ってこないか心配だ。動悸《どうき》がするし、ひざもひそかに震えている。ただ、なんでもないふうに取り繕うのが得意なだけだ。

そもそもルチアは『ノック・アウト』と言われても、ニコロの強さがよくわかっていなかった。彼の言うことについては半信半疑だ。拳闘家など見たことがないし、拳闘家がなんなのか知らない。残念ながら、拳闘家は上半身裸で戦うため、伯爵の『性』のレーティングにひっかかり、ルチアに対する禁書に指定されていたのだった。

「それはそうよ、わたくしには弟がいるのですもの。だてに九年も姉をしていないわ。……ルチオになにか買っていったほうがいいかしら？　この辺りに特産品はある？」

ニコロの片眉が上がった。

「冗談はやめてください。そんなものを買ってしまえば、出かけていましたと宣言するようなものです。いいですか？　ルチオさまはあなたが屋敷から出ることに反対の立場。彼はおしゃべりですから、伯爵さまに筒抜けとなり、俺とボーナはクビです。それに特産品などないですよ？　フィンツィ伯爵家は王都にありますが、ここら一帯も王都です」

ルチアにとって外とは、決められた庭や公園だけだったため、世界の広さを知らない。もしかして国境を越え、別の国にいるのかもしれないと、無知にもそう思っていた。

「そうなのね」と、ルチアは、背の高いニコロを見上げた。彼は飄々とした顔をしている。

先刻、ルチアがヴァレリのもとへ行く気を見せてからというもの、ニコロは行動的だった。『そうと決まれば早速行きましょう』と誘われて、瞬く間にボーナに着付けられ、生まれてはじめてぼろぼろの辻馬車に乗り、こうして侯爵邸前に立っていた。

ルチアは、馬車での言葉を脳裏に描いた。

『ルチアさま、俺はこの三日はあなたとともに行動しますが、それ以降はルチオさまにかかりきりになります。ですが、ご安心を。四日目以降は、このボーナがルチアさまと俺との連絡役になります。俺は直接手を貸せませんが、俺の伝手をそのつど手配しましょう』

ルチアは、隣に立つニコロとボーナを交互に見た。

「ん？　ルチアさま。きょろきょろと落ち着きがないですね。どうされました？」

「今日のことはわたくしたちだけの秘密なの？」

「ええそうです。知られたら最後、俺たちはクビ。ルチアさまは監禁。つまりお先真っ暗なバッド・エンドです。これは避けたいですね。なにせ伯爵家のお給金は破格ですから」

ボーナもそう思うようで、こくこくと頷いている。

「でも、わたくしは気づいたの。わたくしたちが侯爵邸に侵入して見つかれば、お父さまの知るところになるのではないの？」

「おや、ルチアさまは貴族の館というものをご存じでない。——まあ、伯爵さまが特殊な方で、茶会や晩餐《ばんさん》会などを頑《かたく》なに催さないせいでしょう。伯爵夫人も不在なことですし」

ニコロは「歩きながら説明します」と、すたすたと侯爵家の門をくぐった。ルチアは戸惑ったが、えい、と思い切って足を踏み出すと、ボーナもあとに続いた。

「貴族の館は大抵人の出入りが激しいものです。客人がいない日はめずらしい。ひとつなにかの会を催せば、前後一週間は滞在する方も出てきます。貴族は人脈と富を見せつけることが生きがいですからね。客が高貴であればあるほどステイタスになる。特に侯爵夫人のベネディッタは目立ちたがりで、自己承認欲求が強いですから、王都で時の人になろうと、今日もこの館には客人がわんさかです。とはいえ、貴族は己の世話は焼けません。そこで登場するのが世話をする我々です。従僕、そして召し使いが屋敷に入ったからといって、なにを怪しまれることがありましょう。我々は、堂々と裏口から侵入します」

以降もニコロの話は続き、ルチアは理解しているとは言えないが、相づちを打っていた。

侯爵家の門から屋敷までは距離がある。ルチアは寝不足のため、次第に疲れを感じはじめた。庭や木、花には計算された美しさがあり、見事なものだった。が、ルチアの視界にはまったく入っていない。それほどふらふらしていたが、ヴァレリを思ってがんばった。

ようやく裏口にたどり着いた時には、ルチアはすでに船をこいでいた。

「おや、眠そうですね。朝までルチオさまの頭を撫でていらっしゃったからですか？」

ルチアは、ニコロに誘導されて、階段の裏側にちょこんとしゃがんだ。

「この陰でじっとしていてください。完全な死角ですので見つかることはないでしょう。俺とボーナはヴァレリさまの部屋を探してきます。むやみに動かないでくださいね？」

ひとりぼっちで彼らを待つことになったが、寂しくはなかった。眠気が勝っているのもあるけれど、ここがヴァレリの屋敷だと思うと、妙に感慨深いのだ。

ひざを抱えていると、まぶたが勝手に閉じてゆく。

どれほど時が経っただろうか――。

「はあ？　本当にあの時の娘がここにいるのか？」

「ええ、あなたさまの大大、大恩人です。お嬢さまがいなければ、あなたはいまごろ骨になっていたかもしれません。自覚はおありでしょう？　お嬢さまの拳闘家顔負けのパンチによって、凶悪な犬は逃げ去ったのですから。ぜひ、命の大恩人にやさしくお声がけを」

「……こいつ、なんでねずみみたいに階段裏にひそんでいるんだ？　正面から入ればいいだろ？　それをこそこそと裏口から……」

「いえいえいえ、ただいまお嬢さまは『ねずみごっこ』を楽しまれておられるのです。正面から堂々と入るねずみなど、世界広しといえどそうそういないのでは？　ちなみにこの一週間、お嬢さまはねずみをテーマに過ごしていらっしゃいます」

「は？　ねずみがテーマ？　なんだよそれ。こいつ令嬢だろ？」

「たとえご令嬢でも遊び心を忘れては死人も同然。お嬢さまはまだちびっこですから、どうぞ年上のあなたさまが合わせてさしあげてください。ほらかわいい寝顔でしょう？」

ぼそぼそとした声が聞こえて、ルチアはわずかにまぶたを開けた。開けたといっても、開いているのかいないのかわからないほどごく薄くだった。まだまだ寝ぼけまなこだ。

そんななか、だしぬけに肩に手がのり、ルチアはびくっと飛び跳ねる。

そして見えたのは——。男の子にしては長めの黒い髪と、青く澄んだ瞳だった。

「おい、ちび。こんなところで寝るなんてどうかしているぞ」

ルチアはめいっぱいまで目を見開いた。とても会いたかった人が片ひざをつき、ルチアをのぞきこんでいたのだ。

ヴァレリだ。なにも、言えない。

唇をわななかせていると、きれいな顔のヴァレリは、ぷっ、と噴き出した。

「ぷるぷるして、本当にねずみみたいだな」

ふいに、彼とルチアの間に、大きな手が差しこまれた。ごつごつしたニコロの手だ。

「おっと、失礼いたします。お嬢さまは伯爵家自慢のご息女ですので、少々おぐしを整えさせてくださいね？　いまのままですと憐《あわ》れですので」

ニコロがあごをしゃくると、ボーナがポケットから櫛《くし》を取り出し、てきぱきとルチアの白い帽子をとった。そしてピンやリボンを外して、見事な白金色の髪を梳く。

その間に、ニコロはヴァレリに言った。

「実はあなたに折り入ってご相談が。我らがお嬢さまは、伯爵家にて行っていたねずみごっこに飽きておいでです。慣れ親しんだ館ですから、すべての隙間という隙間を知り尽くしてしまわれた。ですので、この機会にこちらのアルビノーニ侯爵家で数日ねずみ気分を味わわせていただけないかと。未知の隙間との遭遇。大変すばらしいことです」

ルチアは、なんのことかよくわからず瞳をまたたかせた。寝起きでぼんやりしていて、まだ頭が働いていなかったのだ。すると、ニコロはルチアに向けて片目をつむる。

「ルチアさま、ルチオさまはただいま冒険中です。ですから姉君のあなたも冒険いたしましょう。冒険なくして人は立派な大人になれません。幸いにもヴァレリさまは、あなたに強い恩を感じずにはいられないお立場。ですからご厚意に甘えさせていただきましょう」

「おい、待てよ。勝手に話を進めるな。だいたい隙間ってなんだよ」

不満げなヴァレリが口を挟むと、ニコロは彼の肩に手を置いた。

「ですがヴァレリさま。あなたはこのところ続く母君主催の会に辟易なさっているのでは？　うんざりといった心がお顔ににじみ出ておいでですよ。そこで、我らがお嬢さまの登場です。あなたはひとりっこ。妹がいる気分を味わうことができますし、よい暇つぶしになること請けあいです。ルチアさまは素直で扱いやすい方ですから。ね？」

眉をひそめたヴァレリだったが、しばらくしてから「暇だからいいけど」と呟いた。

その言葉を聞き逃すニコロではなかった。彼は指を鳴らし「決まりです」とにやついた。

その後の展開は、ルチアにとって、思いもよらないものだった。

ニコロは「では、我々は帰ります」と言ったのだ。それには思わずルチアもヴァレリも「えっ?」と鼻を前に突き出した。

「我々って……、ニコロとボーナは帰るの? わたくしは?」

「当然あなたは残ります。子どもは子どもと、大人は大人と、と申しますでしょう? 大人がいては見える世界はひどくつまらない。どうしても色眼鏡で見てしまう」

さすがにルチアはおどおどした。生まれてこの方、ひとりで取り残されたことなどないのだ。不安で涙がじわりと浮かぶ。ひとりではドレスを着られないし、髪も結べないのに。

「かわいい子には旅をさせよと言いますでしょう。俺はね、ルチアさまに広い世界を見て、知っていただきたい。シャケは小さな川よりも大海でこそ悟《さと》りを開くものです。この侯爵邸で過ごした後のルチアさまは、きっとひと回りもふた回りも大きくなっておいでです」

ルチアがニコロの言い分をまったくといっていいほど理解できないのは当然であった。彼はルチオの従僕であり、これまでほぼ話したことのない、接点のない人物だったからだ。それが急にルチアの保護者面をしている。

途方にくれたルチアが肩を落としていると、腕を組むヴァレリが不機嫌そうに反応した。

「待て、ふざけるな。ねずみがなぜこうなった? このちびをひとりでここに置いていかれても困る。どういうことか説明しろ」

「ねずみはねずみです。ルチアさまはこの侯爵邸ではねずみとして過ごされます。それがテーマですからね。ですので、あまり人目に触れさせないようにお願いします。では」

「では、じゃないだろ。まったく説明になってない。……って、おい！」

ニコロは心配そうなボーナの背を押し、リズミカルに「退散、退散」と去ってゆく。

あとには、唖然としたヴァレリと、涙目でぐすぐすと洟《はな》をすするルチアが残された。

「おまえの従僕はどうなっている？　本当に帰りやがった。主人を置いていくなど信じられない。ふざけるなよ？　この僕に世話をさせるつもりか？」

カリカリしながらヴァレリは言ったが、ルチアの顔を見るやいなや言葉を止めた。

雑に髪をかきあげて、ひとつため息を落とした彼は、「おまえも大変だな」と同情してくれた。ルチアも「うん、大変なの」と頷く。

「腹は減っているか？　いまうちは客が多いから、なんでもある」

ルチアはぶんぶんと首を横に振る。けれど、困らせたくなくてヴァレリを見上げた。

黒い髪からのぞく瞳が、相変わらずきれいだ。青い目が髪の黒色で引き締まり、泣きたくなるほど、鮮やかに見えるのだ。実際、ルチアはぽろりと涙をこぼした。

「なんだ？　僕に言いたいことがあるのか？」

ルチアはこくんと頷いてから、小さく言った。

「……噛まれた傷は、どうですか？　痛くないですか？」

「ああ、あれか。数日熱は出たが、もう痛くはない」

ルチアは「そうなの……よかった」とうつむいて、また彼を仰いだ。

「あの時はありがとう。わたくし、お礼を伝えていなかったから、伝えたかったの」

「そんなことを気にしていたのか？　僕のほうこそおまえに助けられた」

ルチアは、なんだか気恥ずかしくて唇をもごもごさせていたが、ふいにポケットのなかの存在を思い出し、そこに手を入れた。ルチアのポケットはぱんぱんだ。

「あの……これ」

ルチアが彼に差し出したのは、十三枚から選んだ、選りすぐりの五枚のハンカチだ。

「僕にくれるのか？」

ルチアが頷くと、彼はそのなかの一枚を広げた。少々微妙な顔つきだ。

「………犬？」

本当は鳥の刺繍だが、ルチアはそれにも頷いた。もっともらしく人に合わせるのは得意中の得意だ。それに、彼の言葉を否定したくなかった。

「あの……」

ルチアは、ずっと聞いてみたかったことを聞きたいと思った。もう知っているけれど。

「あの、わたくしはルチアと申します。あなたの、お名前は？」

「知らずにここへ来たのか？　……ああ、そういえば、まだ名乗ってなかったか。僕はヴァレリ・ランツァ＝ロッテラ＝アルビノーニ」

「わたくしは、ルチア・アキッリ＝フィンツィ。九歳です」

「それは知っている。あの茶会でおまえたち姉弟の噂をしていたやつが多かったからな」

その言葉に、ルチアは切なくなった。身体のそこかしこが熱くなる。

ヴァレリがルチアの名前を知ってくれていたことが嬉しくて、飛び跳ねたくなった。

「まあ、おまえもいま困っているだろうし、僕の部屋に行くか？　ついてこい」

歩き出したヴァレリの後を、ルチアはとことこと追いかけた。もう、眠気は感じない。

彼の部屋は、木目の風合いを生かした部屋だった。いかにも貴族といったふうではない家具が揃《そろ》っているから、きっと彼は機能性重視なのだろう。素朴で素敵だと思った。

書き物机には、開いた本となにかを書いた紙がある。彼はおそらく作業中だったのだ。

ルチアは、決して邪魔をしないよう、おりこうにしていようと自分をいましめた。

勧められた椅子に座ると、その前の机にも、本と紙が山積みになっていた。それらは、彼が自分の立場にあぐらをかくことのない勉強家であることを示している。

「困ったな、この部屋にはおまえが読めそうな本がない。探してくるから待っていろ」

ルチアは、きびすを返した彼の背中を見つめる。彼が扉の向こうに消えると、机にある資料を手に取った。

ヴァレリが戻ってきたのは、三十分ほどしてからだろうか。本を三冊持っていた。

そのあとに続いて入ってきた召し使いが、ルチアにレモネードを差し出した。

「僕はやることがあるから、おまえはしばらく本を読んで時間を潰せ。女が好む本がわからないから、母といとこの本を持ってきた。合わなかったら言ってくれ」

一番上の本には、『イレーネの恋のささやき』と書かれてある。

「なにかあったら気軽に声をかけていい。でも、くだらないことで声をかけるなよ？　先に言っておくが、ねずみごっこには付き合わない。やりたければひとりでやってくれ」

（ねずみごっこってなにかしら？）

ルチアは、ねずみごっこもそうだが、先ほど目を通した資料も気にかかった。父が読んでいたような内容だったからだ。そこには、塩や香辛料、葡萄酒、小麦、砂糖、金、鉄、ルビーといった言葉がびっしり並んでいた。

「ヴァレリさまは、もしかして投資をしているの？」

「ああ、資料を見たのか。慣れるために少しずつな。……そうか、おまえ、フィンツィ伯爵の娘だもんな。あの人は国でも有名な投資家だ。尊敬している」

ルチアは父が褒められて、自分のことのように誇らしくなった。自然に背すじも伸びる。

「フィンツィ伯爵を悪しざまに言う者もいる。貴族は労働をすべきでないという古い考えに凝り固まっているんだ。だが、なにかを生み出さなければ、家は衰退するしかない。貴族には責任があるというのに、対処もせず、贅沢《ぜいたく》に溺れているのは愚かの極みだ」

「お父さまは、飢饉《ききん》や恐慌によって富が生まれるって」

それは完全に父の受け売りだった。ルチアはそのふたつの単語の意味すら知らない。

ちら、と彼をうかがえば、彼が話題に食いついた。とたん、鼓動がどきどきと脈打った。

「そうだ。投機とは、安い時に買い、高い時に売るのが基本だ。人は人気に左右されて商品を求めるが、それではすでに遅い。人気が出る前に先を読んで仕込まなければ。……もしかしておまえも学んでいるのか？　女は興味が持てない分野だと思っていたが」

ヴァレリは難しい話をしている。正直、なにを言っているのかさっぱりだ。けれど彼に見つめられ、顔がかっかと火照るのを感じた。その瞳にルチアが映っているのだ。

「興味はあるけれど……（本当はまったくないけれど……）まだ学んでいないわ」

「やってみればいい。なかなか面白い。世のなかの仕組みが知れる」

ヴァレリはルチアの前の椅子に腰掛ける。先ほどまでよりも友好的だった。

「飢饉や恐慌は起きてほしくないものだ。治安は悪化し、人々も貧しくなる。だが、怖がっていては駄目なんだ。おまえの父が言うように、資産を増やせる好機でもある。僕は領民を飢えで苦しませたくない。もしもの時に備えたいから学んでいる」

彼は真剣なまなざしだ。ルチアは理解を示したかった。が、なんとなくだけれど、違和感が募っていた。しばらくの間、なにが気になるのだろうと考えて、ルチアはヴァレリが席を立とうとしたところで口にした。

「でも……ヴァレリさま。侯爵邸では連日お茶会で、夜は晩餐会が催されているって……。お父さまはお茶会や晩餐会を自分ではあまり開かないわ。すごく無駄なのですって」

「その指摘はもっともだ。これ以上の無駄はない。僕は現状にむかついている」

ヴァレリは鋭く息を吐く。

「僕の母は湯水のように金を使う。父も才覚があるとは思えない。気弱で面倒くさがり、嫌なことから逃げて母を止めない。いまだって友人宅に逃げているんだ。先祖の資産をすさまじい勢いで食いつぶしているから、僕がやるしかないと思っている。こうしている間にも、母が使う金は増える一方だ。……悪い、おまえにするような話じゃないな」

きっと、侯爵家で未来を憂いているのは彼だけなのだろう。

「一昨日、お父さまは従僕に指示していたわ。東ではバッタが霧のようにすごくたくさん発生して、作物が食べ尽くされているのですって。現地は大変って。これ、役に立つ？」

「バッタか。蝗害《こうがい》で食糧難がくるかもな。いまの話、本当か？」

ルチアが「うん」と頷くと、ヴァレリは「悪い。あとで礼をするから、おとなしく本を読んでいてくれ」と、慌ただしく書き物机に向かった。

ルチアは彼を見ながら考える。そういえば、いま、自分はヴァレリとふたりきりだ。ふたりきりだと赤ちゃんができてしまう。

けれど、避けたいとは思わなかった。他の人とは、絶対いやだと思っていたのに。それを不思議に思いながら、ぺたんこのお腹を見下ろした。そして、赤ちゃんができた時のことを考える。彼がいて、自分がいる。いやな気分はまったくしない。むしろ、わくわくして気分が高揚していた。

ルチアは赤ちゃんはどんな子だろうと考えた。すると、時間は驚くほどあっという間に過ぎた。ちらちらと彼が本をめくる姿をのぞき見て、胸を高鳴らせ、空想にふけった。

召し使いがろうそくを替えにきて、ようやく我に返ったルチアは、ヴァレリが持ってきてくれた本を手に取った。一番上にのっている『イレーネの恋のささやき』だ。

めくったとたん、ルチアの顔はりんごのように真っ赤になった。なんと、一ページ目から男性と女性が口と口をくっつけていたのだ。ルチアはぱたんと本を閉じ、はっ、はっ、と浅い息を繰り返す。

(ほっぺじゃない! お、お口どうしだわ……。これ、接吻っていうみたい)

心を落ち着かせ、またどきどきしながら本を開いた。やはり口と口がくっついている。ページをめくれば、それからは一気にのめりこんだ。めくるめく展開に、口をぽかんと開けていた。

それは、イレーネと騎士オネストの恋の物語——。

熱中していると、「おい」と声をかけられる。ルチアはびくっ、と身体を震わせた。

「腹が減っただろう? なにか持ってくるが、苦手なものはあるか?」

ルチアは彼の唇から目が離せなかった。くっつけると、どんな気分になるのだろう。

「おい、聞いているか?」

また、ぴく、と肩を跳ねさせたルチアは、何度もぱちぱちと目をまたたいた。

「おまえ、ねずみというより猫だな。で、苦手なものは?」

「……茄子《なす》が、苦手だわ」

その後、彼が持ってきてくれた料理は、肉と魚、そして卵料理だ。味は正直言っておいしくない。作り置きしてあったのか、ぱさぱさに乾いているし、冷えているからだ。でも、彼と話しながら食べていると、だんだんおいしく感じられるから不思議だ。

「猫っぽいからおまえのことは、ニアって呼ぶ。僕が昔飼っていた猫の名だ。おまえの髪の色と少し似ていた」

彼の笑顔はとっても素敵だ。左の頬にえくぼができる。この新しい発見に、ルチアの心は湧き立った。ニアと呼ばれるたびに、彼に抱きつき、頬ずりしたくなってくる。実際、何度かぴとりと頬を寄せていた。

食事を終えたころには、彼は気さくに話してくれるようになっていた。楽しいと時間が過ぎるのが早いのだとこのときはじめて知った。

「ニア。風呂を用意できるが入るか？」

「お風呂？　入りたいけれど……でも、着替えがないわ。だから……」

しょんぼりすると、「入りたいなら入ればいい」と、白金色の髪に彼の手がのせられた。

「おまえの従僕は本当に無責任で無能だな。僕のシャツを貸してやる」

「……でも、髪の毛をちゃんとできないの。自分でしたことがなくて」

「はあ？　甘やかされすぎだな。自分で洗えないのか」

「うん。着替えもできないわ。ひとりでやったことがないのですもの」

「堂々と言うことかよ。仕方がないな、手伝ってやるから、ちゃんと覚えろ。傅《かしず》かれてばかりじゃなく自立も大事だぞ？」

ヴァレリの指示で召し使いがてきぱきと用意した浴槽に、ルチアはとぽんと浸かった。

その隣で、彼は自分の身体を拭いていた。犬に噛まれた傷が癒えていないため、布が当てられているからだ。「痛い?」と聞くと、「痛くないって言っただろ」と返された。

浴槽のふちに頭をもたせかけると、彼が髪にお湯をかけたり、ごしごしと梳いてくれた。荒い手つきだったがとても気持ちがよかった。続いて、水を指でぴゅっと飛ばす方法を教えてもらったし、かけあって遊んだ。楽しくて、ずっとこのままでいたかった。

夜は彼の寝台にころんと転がった。彼が、「僕は長椅子で寝るから、おまえはこのまま寝ろ」と言うので、ルチアは一緒にいたくてルチオの真似をした。

「わたくし、ひとりで眠るのが寂しいの。ヴァレリさまと一緒がいい……。だって、夜はおばけがいるかもしれないから……こわいもの」

「おばけなんか信じているのか? ニアはまだまだガキだな」

すると、狙い通りにヴァレリが「これで怖くないだろ?」と、隣に寝そべった。遠目で見る彼も素敵だが、至近距離で見る彼はもっと素敵だ。見惚れてぼうっとしてしまう。

しばらくとりとめもなく話をした後に、こちょこちょと互いをくすぐりあって、ふたりとも腰が弱点だと知った。いつまでも笑いあっていた。

ルチアは、ヴァレリに身体をぴたりとくっつける。これで赤ちゃんができるだろう。

「兄弟がいるっていいな。僕の母は体形が崩れていやだと言って、弟は作らなかった」

「わたくしは弟がいるけれど、ヴァレリさまのおかげでお兄さまがいるみたい」

続けて、「とっても嬉しくて幸せ」と呟くと、ヴァレリの口が弧を描く。

「ニア、明日はなにをする？　僕にできることなら叶えてやる」

ルチアは聞いている途中で眠くなり、目を閉じた。開けていたいけれどもう開けない。

「このまま寝ろ。明日、勉強の時間が終われば、ねずみごっこに付き合ってもいい」

（……ねずみごっこ）

まどろみながら、ルチアは思う。

（ヴァレリさま……。また、明日もずっと一緒……）


「ルチアさま、ルチアさま」と強く揺すられ目を開ければ、そこに従僕ニコロがいた。

寝ぼけまなこのルチアは疑問に思った。ヴァレリとふたりきりだったのに——。

隣からは寝息が聞こえる。ヴァレリが変わらずきれいな顔で眠っていた。

「……どうして、ニコロがここにいるの？」

もぞりと上体を起こせば、彼に毛布を雑に剥ぎ取られ、立つようにうながされた。

「ニコロ、すごい汗だわ。どうしたの？」

「それは木をよじ登ったからですよ。いやあ、死ぬほど大変でした」

ニコロの背後では、フランス窓が大きく開いていた。本当に木登りをしたのだろう。

「夜中ですから大変苦労しました。カブト虫の気持ちがよくわかりましたよ。それよりルチアさま、なぜシャツ一枚なのです？　下着もつけていませんし。……まさか、やったなんてことはないですよね？　伯爵さまにぶち殺されます。俺の首が大大大ピンチです」

　ルチアは、「やったって？　なあに？」と首をかしげる。

「ああ……知らないんですね。あなたが真のちびっこで大助かりです。どうやらヴァレリさまも大人っぽい見た目に反し、本格的なちびっこのようで、健全、堅実。ですが、あなたが着替えているなど想定外です。ちびっこだとわかっていても肝を冷やしました」

「だって、ニコロが着替えを持たせてくれなかったのですもの」

「それはあえてです。かわいい子には旅をさせよと言いますでしょう？　なにかが足りない時こそ心境の変化をもたらすのです。あなたにとってこの冒険が転機にならなければ意味などない。――ああ、こんな場合ではなかった。ルチアさま、それよりも大変です。なんと伯爵さまが『胸騒ぎがする』とわけのわからないことを言って、屋敷に急遽《きゅうきょ》戻ってこられたのです。ルチアさまの寝顔を見ると言って聞かなかったのですが、ボーナとの連係プレイでなんとか伯爵さまを酔わせることに成功し、現在伯爵さまは眠っていらっしゃいます。ですから一刻も早く屋敷に帰りましょう。いつ目を覚まされるか」

　ルチアは目をまるくする。三日間、ヴァレリと一緒にいられると思っていたのに。

「そんな……。明日はねずみごっこをするのに」

　ニコロは、ふん、とばかにしたように鼻で笑った。

「なんです、ねずみごっことは。そんな子どもじみた幼稚なことを言っている場合じゃないんです。俺とボーナの未来《クビ》がかかっているのですから、さ、帰りましょう」

唇を尖らせるルチアの肩に、ニコロの長い外套がかけられる。

せめてヴァレリを起こして挨拶しようとするが、それすら止められた。

「駄目ですよ、勘弁《かんべん》してください。はっきり言って俺は侯爵邸に不法侵入しているわけです。この坊ちゃんが窓からの侵入を黙っているわけがないでしょう。ひと目でわかりましたよ。彼は常識人。俺は説教されるのは大嫌いですし、十一のガキに怒られるのはプライド的にもゆるせません。それにいまは、一分一秒を争う事態です。さ、急ぎましょう」

ルチアは、あれよあれよとロープで括られ、ニコロにひょいと担がれた。さながら荷物のようだった。手を伸ばそうにもヴァレリには届かない。声をかけようにも、それすら無理だ。騒がないよう、ニコロによって口を布でぎゅっと縛られているのだから。

「ルチアさま、これは誘拐ごっこです。なあに、ちっとも怖くないですよ。これから木を伝って下り、辻馬車まで全速力で走ります。舌を噛まないようにしてくださいね？」

ルチアは、寝台に目をやった。

いまだ眠るヴァレリは、よほど疲れているのか、同じ体勢のまま動かないでいた。

（ヴァレリさま……）

とても、楽しかったのだ。もっともっと、一緒にいたい。

この時のルチアは、まさか彼とふたたび会えるのが、八年後になるなど想像だにしていなかった。もしも知っていたら、暴れてでも帰らず、ずっと、ヴァレリのそばにいたのに。

しかし、それも後の祭りだった。

2章

「お父さま、ひどいわ。どうしてわたくしはお外に出てはいけないの？」

ルチアが頬を膨らませると、フィンツィ伯爵は眉根を寄せた。なだめようとしているのだろう、にこやかに両腕を広げるが、そんなことではルチアの機嫌は直らない。

「ルチア、聞きわけのないことを言ってはいけないよ？　外は獰猛な犬がよだれを垂らしてたむろしているんだ。かわいいおまえがいつ傷つけられるか」

ルチアはしかめ面をした。十二歳のいまではもう、外で犬が徒党を組んでいないことは知っているし、男女がふたりきりでいても赤ちゃんができないことも知っている。純真なころの九歳はとっくに卒業しているのだ。

ルチアにとって最後の外の世界は、ヴァレリと過ごした侯爵邸だった。以降は、父とルチオの監視の目が厳しくなり、いくら従僕のニコロや召し使いのボーナに頼んでも、機会はついぞ訪れなかった。

三年だ。ルチアの世界は三年もの間、伯爵邸のなかだけだ。

この三年間、ルチアが会った家族以外の男は、従僕のニコロ、家令と執事、召し使い、料理人、教師、神父、庭師、そして御者だけ。父曰く、男は皆けだものだからだ。

(嘘よ。ヴァレリさまはちっともけだものなんかじゃなかったわ)

ヴァレリとの時間は父には内緒だったが、あの時からルチアの日常は変わった。

彼のために作ったハンカチはもう百枚を超えているし、彼を想って詩を作ったし、いつか踊りに誘ってもらえた時のため、ダンスもがんばっている。お茶だって、きっとおいしく淹れられる。ヴァレリを見習い、彼と共通の話題を持つために、投資の勉強もしている。

もう、三年も会えていない。時々、わけもなく狂いそうになる。

ルチアは四六時中ヴァレリの顔が頭に浮かぶし、胸がきゅうとうずくし、切なくなるし、泣きたくなる。そしてその原因がなにかを知っている。答えは、大好きな本『イレーネの恋のささやき』にすべて書かれてあったのだから。

ヴァレリを思えば、会いたすぎてみるみるうちに視界が滲《にじ》む。

「お父さま……。わたくし、どうしてもお外に出たいの」

すると、父は片眉を上げて言った。

「出ただろう、ルチア。おまえのために誕生会を開いたばかりだ。なんなら詩の朗読会や茶会だって毎月開いていい。金はある、女の子たちをたくさん集めよう。な?」

(女の子なんて……ヴァレリさまがいないじゃない)

「お庭はお外とは言えないわ!」

ルチアは自分の部屋へ駆け出した。普段は穏やかな娘が荒ぶったため、伯爵は慌てた。

「ま、待てルチア……」

けれど、ルチアの耳には届かなかった。


十二歳になったルチアだったが、恋を覚えたと言っても、九歳の時に比べてそれほど大人になったとは言えない。むしろ、同年代の娘より見た目も考え方も子どもだ。

それはもっぱらフィンツィ伯爵のせいだった。大人の要素など欠片もないドレスばかりを仕立てさせ、髪型だって幼くかわいいものばかり。宝石の装飾もエレガントと言うよりもキュートの方向に振りきれているし、小物も子どもを象徴するものだった。そのあたりは、徹底して伯爵好みに統一されていたし、おしゃれに興味のないルチアも不満を抱いていなかった。そして、いまだにルチアは月の障りを迎えていない。

フィンツィ伯爵が、ルチアをここまで子どものままでいさせたいのにはわけがあった。

彼の初恋は、ルチアとルチオの母親ラウレッタだ。出会いはまだ六つのころだった。白金色の髪に緑色の瞳の彼女は、妖精のように美しく、その姿は一目惚れするには充分だった。だが、伯爵は父親に命じられて遊学することになり、離ればなれになったのだ。

時は過ぎ、ラウレッタと再会したのは、父が亡くなり爵位を継いだ二十歳のころだった。声をかけてきたのはあちらのほうだ。伯爵には昔からの婚約者がいたものの、初恋の記憶が色濃くよみがえり、婚約者を捨ててまでして求婚し、すぐに結婚した。

伯爵は好きな女を相手に、性交ざんまいの日々を送った。しかし、悲劇は突然やってきた。結婚してルチアが生まれ、そのあと待望の嫡男ルチオが生まれたとたん、すべてが崩れたのだ。

『やっと嫡男を産んだわ。わたくしの役目はお仕舞いね』

その時のラウレッタの微笑は、凶悪な殺人犯にも思えるほど邪悪なものだった。

『わたくしの妻としての義務は終わった。これからは好きに生きるわ。わたくしね、いつもあなたに〝愛してる〟って言っていたけれど、あれは嘘。ふふ、ごめんなさいね？』

ラウレッタは、この日を境に形だけの伯爵夫人になった。公然と若い情夫たちをはべらせるようになったのだ。つまり、妻や母親ではなく女でいることを選んだ。

『だいたいあなた、下手なのよ。感じているふりをするのは毎回苦痛だったわ。いいこと？　わたくしを抱きたいのなら、もっと上達してからにして。せっせと練習なさい』

『だ、誰がきさまのような売女を抱くか！　汚らわしい！　出て行け！』

『それはできないわ？　だってわたくし、どうあってもフィンツィ伯爵夫人ですもの』

ラウレッタの言うとおり、こんな女でもこの国で離婚が認められていない以上、死ぬまでフィンツィ伯爵夫人なのだ。

初恋が目を曇らせていたせいか、伯爵は、ラウレッタの放蕩《ほうとう》ぐせをまったく見抜けなかったのだ。慌てて調査を命じた結果は最悪で、がっくりとうなだれるしかなかった。

ラウレッタは伯爵と結婚する前、王の秘密の愛人だった。しかも同じ愛人仲間のベネディッタと、その後、ある男を取り合った。争奪戦に敗れてからというもの、放蕩ぶりに拍車がかかり、多くの貴族と関係していった。その悪行は性交依存症を疑うほどだった。

（おぞましい！　女はくずだ！　二度と女など信じるものか！）

それからというもの、伯爵は、病的なほどに娘のルチアにこだわりを見せるようになっていった。ルチアは決して母親のように汚れさせてはならない。大人の匂いが一切しない、子どものままの天使のような女の子。それが生涯あるべき姿だと考えた。

そうしてルチアは、伯爵の理想そのもの——無知で純真で素直なかわいい娘に育った。

ルチアの一日は、淡々とはじまり、淡々と終わることが多かった。

行儀作法など教師から学ぶことも多かったが、大半は、ひとり長椅子で刺繍をするか本を読んでいる。今日も手にしている本は、お気に入りの『淑女大全』だ。

伯爵は、娘が真剣に『淑女大全』を読む姿を見て「よし、よし」と満足そうに目を細めるが、実は、本の中身は『イレーネの恋のささやき』だ。ルチアは三年前、ボーナを通してニコロにせがみ、禁書を手に入れたのだ。それを、ニコロが職人に依頼し、装幀を『淑女大全』にしてくれたから、こうして堂々と読みふけっていられる。

ルチアは毎日、『イレーネの恋のささやき』のイレーネを自分に、騎士オネストをヴァレリにあてはめ、妄想していた。九歳から十二歳まで、およそ三年間続けている日課だったので、妄想はいまやとんでもないことになっていた。

会えなくても常に彼に恋をしているし、ますます好意が増していた。

彼を思っていると、胸がいっぱいになり、時々、食事も喉を通らなくなる。大好きな気持ちが溢れ出て、大洪水になるからだ。恋の病は重篤《じゅうとく》だ。

ある日のこと、ルチアは好物のお肉の煮込みに手をつけられなかった。

給仕に断りを入れたルチアは、父とルチオに挨拶をして、夕食の席を離れて部屋へ戻った。その後ろ姿に、伯爵とルチオは顔を曇らせた。

伯爵は、最近食が細くなったルチアのために、最高品質の肉や野菜を取り寄せ、彼女の大好きなクリーム煮を作らせていた。料理人は外国で王宮調理人をしていた誉れ高い人物だ。それなのに駄目だった。

唖然とする伯爵に、ルチオは戸惑いまじりに言った。

「お姉さま、今日もほとんど食べなかったね？　りんごとパンだけだよ」

「ルチオ、おまえはルチアと一緒に寝ているだろう？　なにか気づいたことはないか？」

「なんにもないよ？　お姉さま、『夢を見たいの』って、本を読んだらすぐ寝ちゃうし」

「どこか悪いのか？　まさか……びょ、病気？」と、青ざめながら息子と顔を見合わせる。

ほどなくして、トレイに酒瓶とホットミルクをのせたニコロが食事の間に入室した。伯爵は、とたんに眉をひそめる。

「なんだおまえは従僕の分際で。それは執事の役目だろう」

「それが、執事のブリーツィオが腰を痛めてしまいまして。ですから俺は臨時です」

とはいえニコロは拳闘家。武骨な作法で酒を注ぎ、伯爵の前に、たん、と置く。名工の繊細な杯が壊れないかと、伯爵は終始はらはらしていた。しかも、ニコロが注いだ酒は、とっておきの日に飲もうと思っていた秘蔵の葡萄酒だ。酒瓶を見るなり伯爵は瞠目する。

「ニコロ、きさま……」

「ところで伯爵さまは、ルチオさまにふさわしい婚約者を日々探しておられますが、そろそろルチアさまにも婚約者をお探しになってはいかがでしょうか」

「……なんだと？　黙れ！」

部屋に怒鳴り声がひびいた。おまけに、ニコロの言葉に腹を立てているのは伯爵だけではなかった。ぴきぴきと額に青すじを立ててルチオも言った。

「そうだ、黙れ！　婚約なんて……おまえなんかクビだっ」

だが、ニコロは怯まなかった。不敵な表情でルチオの前にホットミルクを置く。

「よくお考えください。ルチアさまは思春期になられ、多感な時期を迎えておられます。そのため、食事をしないというわがままな態度をお取りになっているのです」

伯爵は、「ルチアが思春期……」と、何度も目をまたたかせた。

「はい。そして現在、無視できない事態が起きています。巷で駆け落ち婚が大流行。先日、アンナローロ家のカンディダ嬢が馬丁と駆け落ちし、世間を大いに騒がせました」

その事件は伯爵も驚いたが、ルチアに外出を禁じている以上、関係ないと思っていた。

「令嬢と馬丁。ゆるされざる関係とは、人を燃えあがらせるものです。そこには浪漫《ろまん》がありますからね。つまり俺は思うのです。ルチアさまは失礼ながらまだ幼く、男に絆されやすい危険な状態と言えます。そこで婚約者を選定し、ルチアさまに伯爵令嬢としての責任感を芽生えさせるのです。責任感――ええ、ルチアさまは駆け落ち婚など無責任に考えることはなくなりますし、当然、食事を摂らないという暴挙も改めることになるでしょう」

ニコロの演説に、伯爵もルチオも悪態をつき、耳を傾けることはなかった。が、次の言葉でふたりの態度は一変することになる。

「なあに、本当の婚約という形を取る必要はないのです。あくまでも婚約者候補。男を複数立てておくことで、ルチアさまのうつろう心を留める楔《くさび》となりましょう」

伯爵は、ごくりと唾を飲んだあと、杯を口に運んだ。極上の味がした。

「駆け落ち婚などもってのほかだが、それで本当に食事をしてくれるようになるのか」

「ええ、なりますとも」

小さく呻いた伯爵に、ルチオはホットミルクをちびちび飲みながら言った。

「ぼく、お姉さまに婚約者候補を作るの、いいと思うよ？　他の男除《よ》けになるし、候補者はずっとひとりに絞らなければいいんだ。名ばかりの婚約者」

伯爵は、栗色の髪をゆったりとかきあげながら、「そうだな」と呟いた。

ルチアは困惑していた。朝起きると、側机に見慣れぬ本が置かれていたからだ。

眉をひそめて手に取れば、本には紙が挟まれてあり、そこにはこう綴《つづ》られていた。

〝未来の素敵な淑女のために。～父より～〟

本の表紙には、『淑女大全2』と書かれてある。

父は、ルチアが『淑女大全』を毎日せっせと読むものだから、愛娘お気に入りの聖典《バイブル》として出版社の後援者となり、金にものを言わせて『2』を作らせたらしい。

余計なことをしてくれたと思った。なぜなら『2』があるのに『1』ばかりを読むわけにはいかないからだ。二冊をまんべんなく読まなければ不審に思われてしまう。

当然ながら、妄想にふける時間も日に日に短くなってゆく。ルチアはヴァレリ不足ですっかり元気をなくしていた。食欲はますます減退の一途をたどる。その姿が父とルチオをおろおろさせているなんて、ルチアには知るよしもないことだった。

そんなある日の昼下がり、ルチアは憂鬱《ゆううつ》に思いながらも、読みたくもない『淑女大全2』のページをめくっていた。

扉が二度叩かれて、入室をうながせば、まずは召し使いのボーナが姿を見せ、続いてルチオの従僕ニコロが「お久しぶりです」と現れた。

「俺が直接ここへ来るのはめずらしいでしょう？　今宵は俺の拳闘の試合はありませんし、トレーニングはお休みです。そして、伯爵さまはルチオさまとともにラ・トルレ校へ。今日は伯爵さまがご一緒とのことで、ルチオさまはさぼることができなかったのです」

ラ・トルレ校は、貴族の子息が通う学校だ。男は外で、女は家で学ぶのがこの国の常識なのだが、ルチオは集団行動を嫌って寮にも入らず、ほとんど通っていなかった。

「ラ・トルレ？　ルチオがうらやましい……。ヴァレリさまも通っているのでしょう？」

「ええ。あの方は非常に優秀です。家柄よし、顔よし、頭もよしとは。……ね？」

ルチアはヴァレリが褒められて、自分のことのように嬉しくなった。

「もっとお話を聞かせて？　ヴァレリさまのこと」

「はい、相変わらず黒い髪をしておられました。そして、青い瞳です。――そうそう。今日俺がここへ来たのは、ルチアさまによい知らせがふたつあるからです」

ニコロはちらと、後ろに控えるボーナを一瞥してから言った。

「ルチアさまは『淑女大全2』に困っていらっしゃると、ボーナから聞いています。伯爵さまも、本へのあなたの食いつきがいまいちなので気にしておられます。そこで、俺から提案があります。本の中身をふたたびあなたが好きな本に変えてみませんか？　そうすれば、あなたは『淑女大全2』も『淑女大全』と同じく愛でることができますし、伯爵さまもあなたの様子に大満足。ウィン・ウィンの関係です」

ルチアは椅子からすっくと立ち上がり、胸の前で手を組み合わせて喜んだ。

「わたくし、本の中身は『イレーネの恋のささやき』がいいわ」

「そうおっしゃると思っていました。前回同様職人に依頼します。そして、もうひとつよい知らせが。じきに伯爵さまから話がいくと思うのですが、あなたに婚約話があります」

「婚約？　……そんな」

ルチアは顔を曇らせる。好きな人がいるのだ。まったく良い知らせには思えなかった。

呆然としていると、ニコロがルチアの顔をのぞきこむ。

「ところで、俺はずっと気になっていたことがあるんです。三年前、ルチアさまは獰猛な犬を〝ワン・パン〟で沈められました。とてもではないですが、信じがたい話です。そこであなたにお願いがあります。ためしに俺の腹をパンチしていただけないでしょうか」

正直なところ、ルチアはそれどころではなかった。頭のなかは大忙しだ。

ルチアがいくらヴァレリが好きでも、貴族の結婚とは、家と家を結びつけるためのもの。その上、女性から男性には求婚できない。舞踏会のダンスも女性のほうから声をかけるのはご法度だ。ルチアができるのは、ひたすら彼からの声かけを待つことのみ。

（ヴァレリさま……）

ルチアは、彼の家から縁談の話がこないことを知っている。三年前、ヴァレリと過ごしてからというもの、毎日彼からの声かけを待っていたが、連絡は一度たりとも来なかったからだ。残念ながら、ルチアが彼が好きでも、彼には興味を持たれていないのだ。

未来を憂いたルチアがめそめそしていると、ニコロが「あの、ルチアさま？　俺、待っていますよ。ささ、この腹にぜひこぶしを」とうながした。

よくわからないお願いだ。ルチアは気もそぞろのまま、ニコロのお腹目掛けてこぶしを打ちこむ。

ルチアは、視界から消えたニコロに気づいていなかった。遠くを眺め、瞳に涙をためる。

(わたくし知っているわ。『イレーネの恋のささやき』に書いてあったのですもの。貴族の娘は家の道具なのだって。家の決めごとには従うしかないわ。……ヴァレリさま)

ルチアの頬に、しずくが伝った。


ルチアが父に呼び出されたのは、三日後の、空が赤く色づいたころだった。

震える手で樫の扉を叩けば、入室を許可される前に父が手ずから扉を開けた。

ルチアは、背中を押されて室内に導かれ、革張りの豪奢な椅子にちょこんと腰掛ける。

目の前の机にあるのは、トレイに置かれたフィンツィ伯爵家の紋章入りの封筒だ。

ルチアは、こく、と唾をのみこんだ。なかになにが書かれているのかわかるからだ。

「ルチア、おまえにはまだ早いと思っていたが、伯爵令嬢としての未来を定めねておかねばならない時期がきた。私はおまえに八人の婚約者候補を選んでおいた。なあに、いますぐ婚約するというわけではない。ただ選んでおいただけだ。さあ、目を通してみなさい」

ルチアは、言いたくなくても「はい」と唇を動かした。

封筒の隣には金のペーパーナイフが置かれている。絶望を感じたルチアは、それを胸に刺す想像をしたけれど、実行する勇気はなかった。けれどそのくらいつらいのだ。

恐る恐る紙をナイフで切り裂いた。開けば、最初に目に飛び込んだのは、カミッロ・バリオーニ＝ベルティという男性の名前だった。

ルチアは、すみれ色の瞳を滲ませる。本当に、自分は婚約してしまうのだ。

（ヴァレリさま……）

視線をずらすと、ベリザリオ、ステファノ、ピエルルイージと名前がずらりと続いている。下に向かうにつれ、ルチアは胸が張り裂けそうになり、いたたまれなくなってきた。

いまにも泣き出しそうになっていると、ルチアはぼやけた視界で、最後の名前を捉えた。

〝ヴァレリ・ランツァ＝ロッテラ＝アルビノーニ〟

（ヴァ……ヴァレリさまだわっ！）

ルチアの顔が、ぱあっと明るく変化した。とたん、父の眉がひそめられ、これではいけないと思った。父は、ルチアがヴァレリの名前を知っていることを知らないからだ。

「……ぜ、全員知らない方だけれど、こ、こ、このパッセラ家というのは知っているわ」

「パッセラとは、おまえの好きな葡萄と檸檬の産地だからね。いいかいルチア、紙に書かれた者たちは、ひとまずおまえの相手として及第点を与えてやってもよいかもしれない者たちだ。そのように心づもりをしておきなさい。恋愛は結婚まで絶対禁止だ。いいね？」

「はい、お父さま」

どきどきと胸が早鐘を打っていた。嬉しすぎて、頭のなかで整理ができない。

ルチアは、どうすればヴァレリを知らない自分が、彼を名指しできるかを考えた。しかし、いい案は思い浮かばず、その場は口を噤んでいるしかなかった。

（そうだわ。ニコロに相談すればいいのよ）

ルチアのなかで、すっかりニコロは信頼できる存在になっていた。

父の書斎を辞したルチアは、令嬢らしからぬ勢いで、廊下をスキップで突き進む。はしたないとわかっていても、喜びが溢れすぎて抑えられないのだ。

途中で召し使いのボーナを見かけて、ルチアは彼女の手を引き、くるくる回った。ボーナは突然のことに顔を引きつらせ、目を白黒させている。

「ボーナ、やったわ！　素敵なことが起きたの。あのね、ニコロをわたくしの部屋に連れてきてほしいの。わたくしね、あなたとニコロの意見が聞きたいから、お願い」

ボーナに告げてから、彼女がニコロを部屋に連れてきたのは、二時間経ってからだった。

彼はしばらく拳闘の試合をお休みしているらしかった。どうして？　と問いかければ、お腹を押さえて、にぶい笑みが返された。

ルチアがニコロに、父の書斎であったことを説明すると、ニコロは一度頷いた。

「さようですか。さすがはフィンツィ伯爵家。あなたは世のフリーの男であれば、誰もが妻にと望む方。なにせ、あなたの持参金は国内随一ですからね」

「わたくし、ヴァレリさまとどうしても婚約がしたいの。あの方以外に考えられない」

「ルチアさまは一貫していらっしゃいますからね、わかっていますとも。あなたができることは、ヴァレリさまだけを特別扱いしないことです。少々お時間をいただきますが、俺が望みを叶えてさしあげます。ようは山あり谷あり、スパイス＆ロマンチックです」

「山あり？　……よくわからないけれど、わかったわ。ニコロの言うとおりにする」

ニコロは、にたりと笑みを浮かべたが、その面差しは、ルチアには頼もしく映った。


夜、私室で酒をたしなむフィンツィ伯爵は機嫌がよかった。

あれほど食が細かったルチアが、メイン料理まですべて平らげたし、おまけにパンもおかわりしてくれた。ここ三日連続それが続いているものだから、喜びもひとしおだ。

おそらくは、従僕ニコロの言う『責任感』がルチアに芽生え、食事を摂らない暴挙を改める結果に繋がったのだろう。おまけに、長らくご無沙汰だったルチアからの頬へのおやすみのキスがあったし、去り際、待望の「お父さま大好き」も言ってもらえた。

（大好きか……ふふふふふ）

伯爵がニコロの案を取り入れたのは、とにかくルチアに食事をさせたかっただけだった。

酒精まじりの息を落としていると、ノックのあと、扉からニコロがひょっこり顔を出す。

「伯爵さま、内々にお伝えしたいことがあります。お話ししてもよろしいでしょうか」

片眉を上げた伯爵は、印章指輪のつく人差し指をくいと曲げ、続きをうながす。

「ルチアさまの婚約者候補たちに少々問題がございまして」

ルチアの八人の婚約者候補は、このニコロの案により、ラ・トルレ校にて品行方正で成績優秀、家柄のよい者を上から拾っただけだった。そもそもいずれも婦人に人気のある嫡男たちであり、ルチアとの縁談が壊れても、さほど問題がない家ばかりだ。

「俺は言い出しっぺですから念には念を入れ、人を雇って一週間、婚約者候補の方々を徹底的に調査いたしました。で、結果なのですが。まずはじめに、婚約者候補筆頭のカミッロさまにつきまして、なんと彼は、王都で横行する立ち小便の常習犯のひとりでした」

「なに？」と伯爵の眉は鋭くひそめられた。現在それは大きな社会問題となっていた。王都での立ち小便は、若者たちが現状に不満を訴えて起こしている反抗の象徴であり風刺だ。

「やつらの行動は度し難い。当然、カミッロは除名だ。ルチアの視界に入れてたまるか」

だが、問題があるのはカミッロだけではなかった。続く候補のベリザリオは、毎日娼館に通う好き者らしいし、ステファノは風呂嫌いで、めったに入らない不潔者。ピエルルイージはごきぶり収集というおぞましい趣味を持っていた。その他の男たちも好ましいとは言えない状態だ。いずれも女遊びが激しく、ひどい者は恋人が五人もいる始末だ。

「揃いも揃ってくずばかり。まともな男は八人中ふたりしかいないだと？」

「はい。残念ながら残るは十三歳のセルジョさまと十四歳のヴァレリさまのみです」

「ニコロ、おまえがラ・トルレ校の男なら問題なしと断言したから私は選んだのだぞ」

「それは謝ります。俺が無知なばかりにすみません。ラ・トルレ校をまぶしく感じすぎていました。なにせ俺は平民です。お貴族さまに裏の顔があろうなどとは、とてもとても」

伯爵はこぶしを握りしめた。

「黙れ。……ふん、まあいい。どうせルチアはいずれの男にもやるつもりはないのだ」

「では、とりあえずしばらくはセルジョさまとヴァレリさまを婚約者候補の筆頭に据えられてはいかがでしょうか。俺のおすすめはヴァレリさまですが」

「なぜだ？」

「セルジョさまはプ、ロ、ー、ス、ペ、リ、家の常連のようです。たまたまお見かけいたしまして」

ニコロを一瞥し、酒の杯をゆっくり傾けた伯爵は、それをくい、と呷った。

×　×　×

穴熊亭——。王都から辻馬車を五十分ほど走らせた場所にその店はある。

汚い店だが味はなかなかと言っていい。二階は宿屋と娼館になっており、極彩色の布が多用されているためけばけばしく、いかにも場末といった趣《おもむき》だ。

店は、すこぶる治安の悪い旧市街にあるだけあって、客はまともであるとは言いがたい。主にはぐれ者……すなわち、ごろつきが好んでたむろしているごろつき御用達の店だった。

「いまいち波風が足りないな。これじゃあ簡単すぎる。骨がないと言うべきか」

「あ？　なんの話だ。骨？　ここに骨つき肉があんだろ？　うめえぞ」

「波風がないって言ってんだ。これじゃあそよ風……俺が欲しいのは船が転覆するような猛烈なハリケーンよ。このままハッピー・エンド？　冗談じゃない。俺はバッド・エンドは好みではないが生ぬるいハッピー・エンドはさらに嫌いでね。だったらバッド・エンドのほうが百倍ましだ。わかるかパオロ？　山があり谷がある。それでこそ最高な人生だ」

パオロと呼ばれたガタイのいい男は、「うぜえ……」と、露骨に嫌な顔をした。

「このまままるく収まってみろ、むしずが走る。平坦で穏やかな人生だあ？　マンネリなどくそくらえだ。いつだってパッションが必要なんだパッションが。そうだろう？」

「くそくらえはてめえだニコロ。うぜえし話が見えねえ。貴族に仕えて頭が沸いたか？」

「沸くものか。俺はいつだって正気も正気。例えばおまえだ。おまえは先日この上なくぶさいくなマリアと結婚してハッピー・エンドを迎えたが、おまえは波瀾万丈。そこにカタルシスがある。一方お貴族ってのはいけねえ。地位にふんわり守られやがって」

この、ニコロとテーブルをともにしている男、パオロは彼の幼なじみだった。ふたりは孤児で、ごろつきに育てられた生粋のごろつき。修羅のなかで生きてきた。ニコロは旧市街を飛び出し、拳闘家の道へ進んだが、パオロは大金持ちになろうと商人の道を選んだ。

「俺の妻がぶさいくだと？　けんか売ってんのかニコロ、表へ出ろコラァ」

「パオロ、おまえは商人のくせに運ってもんがない。美女ではなく、熊のマリアと結婚するわ、商売にしたって何度一文無しを経験した？　商売人は運がなけりゃ駄目なんだ。その点、俺が仕える貴族はたまげるほどの強運の持ち主。投資も賭け事も負け知らずだ」

目の前の骨つき肉を引っつかみ、かぶりついたパオロは「黙れ」と吐き捨てた。

「誰が熊だ。マリアの悪口はそこまでだ。俺の妻は医術の知識がある賢い女。だいたいこの俺に貴族の話をするんじゃねえよ、ぼけが。聞いてられっかよ。……それはそうと、王都に居着いているおまえがなぜ旧市街に来た？　三年ぶりだ」

「俺が仕える坊ちゃんが、日帰り講習を受けにプロースペリ家にいる。迎えのついでだ」

「プロースペリ家ってぃやあ、ペトリス地区にあるおねしょ治療のところじゃねえか」

「三年ぶりにやらかしてよ。極秘で来ていて馬車もわざわざ市井の辻馬車をご利用だ」

「しかし、ペトリス地区か……。金さえありゃあな。俺、あそこの土地を買い漁るぜ。道を付け足すだけで様変わりだ。王都へのアクセスばつぐん、物価も激安。治安もそこそこ。旧市街の用水路も手に入れてえな。時代はインフラ。インフラストラクチャーだぜ」

ニコロは手にしていた酒瓶を呷りながら、懐に手を入れ、懐中時計を引き出した。

「そろそろ時間だ。俺の主人は、一分遅れてもゆるしちゃくれねえ。くそがつくほど面倒くせえガキだからな。おねしょをしたくせに、この俺にいばり散らしやがって」

金をじゃらじゃらと机に置き、去ろうとしたニコロの腕を、パオロががしりとつかんだ。

「ニコロ、おまえはなにを企んでいる？　悪いことをしでかしそうな面だぜ？」

立ちかけていたニコロだったが、もう一度ぼろぼろの椅子に座り直した。

「面白い話をしてやろう。俺がいる貴族の家は、伯爵もその息子も順風満帆《じゅんぷうまんぱん》な化け物だ。ここにスパイスを加えるのはさすがの俺でも不可能よ。だが、やつらには致命的な弱点がある。小さな小さなねずみちゃんだ。やつらは、ねずみちゃんに関してはとんでもなくばかになる。それに気づいた時の俺の喜びときたら。ねずみちゃんの感情に、化け物たちは右往左往。簡単に山あり谷ありに陥る。つまり、鍵《かぎ》はこのねずみちゃんってわけだ」

ニコロはあごをくいっと反らして続ける。

「山が高ければ高いほど、谷は深くなる。俺は、かわいいねずみちゃんに最高の山を提供し、耐えがたい絶望の谷をお見舞いする。その谷の名は試練。さあて、甘ったれのねずみちゃんは見事乗り越え、ハッピー・エンドを迎えることができるかなあ？」

「話がくそ長え」と煙たがられたが、ニコロは踊るような足取りで穴熊亭をあとにした。


「そろそろ機嫌を直してくださいませんか？」

ルチオは、「うるさいっ」と、自身の従僕ニコロを睨んだ。

一刻も早くプロースペリ家を出たかったというのに、ニコロは三分も遅刻した。しかも、危うく、同じラ・トルレ校に通うセルジョと鉢合《はちあ》わせしそうになったのだ。

「いいではないですか。このたびのおねしょはお昼寝中のことで、誰も知り得ません。シーツは俺が手際よく焼却処分。ね？　あなたの粗相は公式には三年前の記録のみです」

「黙れ酒くさい。すべておまえのせいだ！」

「それはすみません。すべて俺のせいです。これを差し上げますのでゆるしてください」

話の流れで、ニコロにずっしりとした包みを渡され、ルチオは怒りのままに投げ捨てたくなった。が、開いてみると、なかには豪華な装幀の本が入っていた。

「『淑女大全2』？　なんだこれ。私は男だ」

「それはただの本ではありません。『淑女大全2』の顔をした『イレーネの恋のささやき』です。ルチオさまがルチアさまにお渡しください。素敵な笑顔が見られますよ」

ルチオは気を悪くした。なぜならこの二か月間、ルチアにほぼ毎日くそつまらない『イレーネの恋のささやき』を、眠る前に読み聞かせられているからだ。

「きさま余計なことを……」

「おや？　お嫌でしたら、代わりに俺がお渡ししましょうか？」

「従僕めがしゃしゃり出るな。私が渡すに決まっている」

深々と暗いため息をつきながら、ルチオはぼろぼろの辻馬車に乗りこんだ。

ルチオが最近気になっていることを口にしたのは、ニコロが座席に腰を下ろしてからだった。走り出す車窓を見つめ、ふてくされながら問いかける。

「おまえは最近、頻繁にルチアのもとへ行っている。……なにをしている？」

ニコロは「いえ、ルチアさまではなく、召し使いのボーナのもとです」と訂正した。

「実は狙っているんですよ。協力していただけると嬉しいのですが。間違ってもルチアさまではありません。俺は二十三でルチアさまは十二。大人とちびっこです。ガキは対象外ですのでね。それにあの方はいま恋をしておられます。俺の出る幕はありません」

そのとたん、ルチオはがたん、と音を立てて立ち上がり、目を剝いた。

「おや、お気づきでなかったのですか？　だいたい恋をしていなければ、いくら乙女でも『イレーネの恋のささやき』などには夢中になりませんよ。あれ、つまらないですから」

ニコロの飄々とした面持ちは、ルチオを大いにいらだたせるものだった。

ルチオは、その襟もとを小さな両手でわしづかみにし、「誰だ！」と叫ぶ。

「ルチアさまの頭のなかは、現在さぞかし楽園が広がっていることでしょう。なにせ、婚約者候補にお好きな方が選ばれていらっしゃるのですから。夢と希望がいっぱいです」

ルチオの顔はみるみるうちに険しくなった。父がルチアを婚約させることはありえないと安心していたため、婚約者候補の名前を確認していなかった。

だが、ルチアが好きになるであろう男にひとりだけ心当たりがある。そう、認めたくない男がひとりいるのだ。かつて、ルチアに教えてしまった名前を持つ男——。

その名を呟けば、ニコロはぴんと親指を立て、「ご名答です」とささやいた。


ルチアは毎朝、必ずしていることがある。父からもらった封筒から紙を取り出し、ゆっくり開く。視線でたどるのは、八番目に書かれた名前だ。

ヴァレリ・ランツァ＝ロッテラ＝アルビノーニ。彼は名前の綴りも素敵だ。

このところルチアの心はふわふわと浮ついていた。心地がよく、味気なかった日常がなにをするにしても楽しい。彼のことを思うと、その間幸せを感じられた。

ルチアは毎日彼に宛てて、せっせと手紙を書いていた。しかし、実際に届けるわけではなかった。思いが溢れて、書きたいことが山ほどあるから、いまは纏めている段階だ。

手紙が完成したら、ニコロに頼んでこっそり会いにゆく。そう決めていた。

椅子に座っていたルチアは、羽ペンを置き、頬杖をついて物思いにふける。

ルチアは、彼と過ごしたあの日から取り組んでいることがあった。ひとりで服を着ることと、ひとりで髪を洗うことだ。複雑なドレスは難しいけれど、それ以外はひとりでできるようになっていた。その努力と成果を彼に報告したいのだ。

ルチアは『淑女大全2』を手に取り、大好きな物語の世界に浸ろうとしたけれど、気が変わり、開かないまま側机に置いた。立ち上がり、とことこと扉へ歩く。

向かうのは父の書斎だ。ルチアは、いつヴァレリに嫁いでもいいように、彼の助けになるべく、本格的に投資を実践で学びたいと思い立ったのだ。

扉を開けば父は不在のようだった。代わりにいたのは父の従僕で、彼はルチアに気がつくなり、父を呼びに行ってくれた。

その間、ルチアは父の大きな机に近づいて、そこに散らばった紙を見た。国内情勢だけでなく、世界情勢が細かく書かれた紙や、産物や鉱物の売上表、輸出入の表がある。

とりわけ世界の地図に興味を引かれて、それを持ち上げれば、その下にフィンツィ伯爵家の紋章入りの紙が現れた。とたん、ルチアはまつげを跳ね上げる。

そのすみれ色の瞳が捉えたのは、ルチアの婚約者候補がずらりと書かれた紙だった。

なんと、流れるような父の筆跡で真っ先に名前が記されているのは、ヴァレリだった。

ルチアはあまりに胸が高鳴り、声にはならない声を出していた。

ヴァレリは婚約者候補の筆頭になったのだ。これはもう決まりと言ってもいいだろう。

(わたくしはヴァレリさまと婚約する！　わたくしは、ヴァレリさまの妻になる！)

ルチアは喜びのあまり胸がはちきれそうになり、じっとしていられなくなった。世界中を駆け回りたい気分だ。そわそわしていると、父の足音が廊下に聞こえた。

ルチアは慌てて椅子に座り、平静を心掛けようとした。けれど、嬉しすぎて無理そうだ。実際、無理だった。父が扉に現れたとたん、たたっ、と駆け寄り、抱きついた。

「おお……、どうしたんだい、ルチア？　私に甘えたくなったかな？　大歓迎だ！」

声を震わせる父に抱き上げられて、ルチアは父の首に腕を回した。だっこをされるのは、およそ三年ぶりだった。大きな手に、白金色の髪をふかふか撫でられる。

「お父さま。わたくしね、本格的に投資を覚えたいの。お願い」

「いいだろう、なんでも教えてあげるよ。ルチアは私の自慢の娘だ。すご腕になるぞ」

この時、ルチアはヴァレリに早々に嫁ぐ気満々だったが、父はといえば、行かず後家上等であり、かわいい愛娘を汚れた男になど嫁がせてなるものかと固く決意していた。

相反する思いを秘めて、ルチアと伯爵が微笑みあっていると、だしぬけに、ばんっと扉が開け放たれた。現れた人物に、ふたりは目をめいっぱい見開く。

艶めく白金色の髪、鮮やかな緑色の瞳。絶世の美女と名高い母、ラウレッタだ。

「エルネスト、聞いたわよ。わたくし、ルチアの婚約は絶対に認めないわ」

「黙れ売女。おまえに我々の名を呼ぶ資格はない。なぜ勝手に我が屋敷に入っている」

「まあ、売女だなんて。まだねちねちとしつこく根に持っているのね？　おかしな人」

「おかしな人はおまえだろう！　汚らわしい下賤な女め」

ルチアは、いつもはやさしい父の豹変ぶりに唖然としていたが、父に部屋の外まで連れられ、「また後で話そう。部屋に戻っていなさい」と、閉め出されてしまった。

だが、ルチアは去りたくなかった。先ほど母は、ルチアの婚約を認めないと言った。なにが起きているのか気が気でなく、ルチアは閉じた扉に耳をぺたりとくっつけた。

「早く帰れ！　おまえと話すことはなにもない。声を聞いただけで耳が腐る」

「絶対にゆるさないわ。ルチアをアルビノーニ侯爵家に嫁がせてたまるものですか！」

アルビノーニ侯爵家——ヴァレリの家が会話に登場したことで、ルチアは激しい動悸を感じた。何度もまたたきを繰り返し、さらに耳を扉に押し当てる。嫌な予感がした。

けれど、続きを聞いていたいのに、ルチアは突然、家令に抱えあげられた。

「は、放してコルラード」

「ルチアさま、いけません。あなたをあの毒婦に近づけるなと厳命されておりますので」

できれば暴れてでもこの場に留まっていたかった。しかし、ルチアは貴族の分別はあるのだ。本意ではなくても、聞きわけのよい子でいるようにしつけられていた。

おとなしく抱えられたルチアは、なすすべもなく、自室に連れて行かれた。

とはいえ、このまま諦めるつもりはなかった。ヴァレリへの思いは格別に強いのだ。

家令が去ったあと、しばらく様子を見ていたルチアは、側机の呼び鈴を鳴らした。

現れた召し使いのボーナに「お庭に行きたい」とせがんだのは、帰りがけの母をつかまえ、話を聞くためだ。

ボーナを連れたルチアは庭まで行くと、咲きほこる庭園の花を見ることなく素通りし、木の陰からこっそりと、エントランス付近の、母が乗ってきたであろう馬車をうかがった。

「……お母さま」

赤いドレスで優雅に歩く母をみとめて、ルチアは走る。だが、近づいたとたん向けられた視線は冷ややかなものだった。ルチアにとって母親とは、他人よりも遠い存在なのだ。

咄嗟に言葉が出なくて、口をもごもごさせていると、母は、唇の形を笑みに歪めた。

「あら、やだわ。あなたったら」と言いながら、母はルチアの白金色の髪に触れ、ぷつんと一本引き抜いた。それは、わずかに茶色みを帯びていた。

「見なさいこの髪、わたくしの醜いお姉さまと同じね。……あなた、いまは美しい髪色でも、じきにすべてが茶色になるわよ？　汚い、こえだめ色の髪にね。ふふふ」

その言葉が衝撃すぎて、ルチアは固まった。声が喉から出てきてくれない。

母が馬車に乗りこむ様子をただ呆然と眺め、発車を見送った。

こえだめ。農夫がこやしに使うため、糞尿をためておく場所のこと。知識に偏りがあるルチアもその意味は知っている。実際見たことはないけれど、色はなんとなく想像できた。

ルチアは、髪の色がこえだめ色になる前に、ヴァレリに会わなければと焦った。

いやだと思った。ヴァレリは、猫のニアの毛色が白金色に近かったから、ルチアをニアと呼んだのだ。髪の色が変わってしまっては、ルチアはニアではなくなってしまう。こえだめ色などもってのほかだ。けれど、母の来訪をきっかけに、激怒した父は、婚約者候補の筆頭からヴァレリの名前を消してしまった。

なにが起きているのかわからなかった。父にわけを聞きたかったが、ニコロ曰く、食いさがればさがるほど、ヴァレリとの縁は遠のくらしい。いまは我慢の時だと言われ、ルチアは必死に我慢した。けれど、理不尽を納得できているわけではない。

母に会ってからというもの、ルチアは鏡が見られなくなっていた。

こえだめ色への恐怖と、それにもまして、自分が母に似ているために気分が悪くなってくるのだ。吐き気までこみあげてきて、自分にすら会いたくなくなった。

ルチアを頻繁に訪ねてきて、なぐさめたのは弟のルチオだ。ルチオはルチアよりも母に似ているけれど、不思議と嫌悪感はなかった。相変わらずかわいい弟だ。

すっかり元気を失ってしまったルチアは、部屋にこもり、ヴァレリにせっせと手紙を書いた。それは、自分のありったけの気持ちを込めて記した二十二枚に及ぶ大作だ。

召し使いのボーナに渡したかったが、ちょうど彼女は風邪をこじらせ休んでいた。そのため、ルチアは分厚い手紙をルチオに託した。

「ルチオ、この手紙、ニコロに渡してきて。大切な手紙なの。お願い」

「うん、わかった」と、元気に頷いたルチオはすぐさま部屋を出て行った。

それを見送ったルチアは、神さまに祈るように手を組んだ。この想いが届いてほしいと。

ルチアにできるのは、もう、ヴァレリからの返事を待つことだけだった。


ルチオは庭園の片隅で、ちょこんとしゃがみ、それが灰に変わりゆくさまを見ていた。

ふと、背後から伸びてきた人影に気づく。振り向けばニコロが立っていた。

「おや、おや、おや。火打ち石を持ち出して。フィンツィ伯爵家は歪んでいますねえ」

しみじみ言ったニコロを、ルチオは「うるさい」と、ひと睨みする。

「ルチオさま。俺はわからないことがあるんです。なぜあなたの母君はルチアさまとヴァレリさまの婚約にああも反対なさったのでしょう。教えてくださいませんか？」

ルチオは、ふん、と鼻を鳴らした。

あの日、ヴァレリがルチアの婚約者候補だと知ったルチオは、辻馬車で屋敷に帰るのではなく、大嫌いな母のもとへまっすぐ向かった。

放蕩がすぎる母はひどいものだった。ルチオが訪ねた時でさえ、男と情事にふけっていたのだ。そもそも母にとっては、フィンツィ伯爵家も子どももどうでもいい存在だ。

だが、『ルチアとヴァレリが婚約するよ』と告げれば、母は豹変して怒りはじめた。

「あの女はかつてアルビノーニ侯爵のジョルダーノと恋仲だった。別の女から略奪したらしい。つまり、寝取った。でも、あの女のライバル、ベネディッタも侯爵夫人の座を狙っていた。結果、逆にジョルダーノを寝取られたってわけ。その時、ベネディッタは身ごもったから侯爵夫人になった。ヴァレリはあの女にとって、屈辱と敗北の象徴なんだ。しかも、若い時のジョルダーノによく似ているってさ」

「なるほど、それはそれは。アルビノーニ侯爵夫人といえば、あなたの母君と同じく王の愛人だった方。ですから、身体で奪われたというのは二重の意味できついでしょうね。けれど、疑問を感じます。なぜあなたの父君までああも怒っておられるのでしょう」

「それは、父とあの女が恋仲だったころと、あの女がジョルダーノと恋仲だった時期が丸かぶりだからだ。父は自分が二股をかけられていたのだといまさら知り、激怒している」

ルチオは面倒そうにニコロを見た。

「しゃべりすぎたな。こんな話を従僕ごときのおまえが知ってどうする。拳闘の試合なりトレーニングなりどこへでも行け。私はルチアのもとへ行く」

このところルチアは憔悴《しょうすい》している。そんな彼女をやさしくなぐさめ続ければ、ルチオの好感度はさらに増すだろう。ルチオは片時もルチアから離れるつもりはなかった。

「おや？　ルチアさまに託された手紙を灰にしてしまったあなたが、どんな顔をしてあの方に会われるのです？　手紙、俺に渡せと言われませんでした？」

ルチオはそれには答えず、すみれ色の瞳でニコロを一瞥しただけだった。

3章

婚約者候補の話が立ち消えになってから、ルチアがヴァレリに書いた手紙は三通だ。そのつど、彼からの返事をどきどきしながら待っていたものの、返事はついぞ届くことはなく、じりじりと二年が過ぎていった。待ち続けるルチアは、十四歳になっていた。

便りがないのは良い便りだとボーナは言い、ルチアはその言葉に頷きはしたが、内心否定していた。自分の立場を思い知っただけだった。それでも、彼を諦める気にはなれなかったし、日々、妄想にふけっているからか、想いはますますふくれあがっていた。

ルチアはこの二年の間に、変化したことがふたつある。

ひとつは、月の障りを経験したこと。三か月前、病気だと思ってびっくりしたけれど、父学者が言うには、腸が擦れて起こる人体の神秘らしい。お腹の鈍痛に苦しんでいると、父もたまに月の障りになるらしく、「ともに乗り越えよう」とルチアを励ましてきた。以降、ルチアが月の障りの時は、父も大抵そうらしく、次第に怖くなくなった。

そしてもうひとつは髪の色だ。髪が母の予言通りに、こえだめ色になりつつあった。この二年で白金色から金茶色に変わってしまった。

白金色の髪でなくなったいま、ルチアはもう、『ニア』ではない。ルチアはニアでいたかったから、それが悲しくて仕方がなかった。

ルチアは、毎夜一緒に眠るルチオに、「ルチオがうらやましいわ」と語りかける。

ルチオの髪は、自分の髪とは違い、いまだにきれいな白金色に保たれているのだ。

「ぼくの髪？　ルチアの髪のほうがきれいだよ？　金茶色」

嫌味だろうかとルチアは思った。けれど、かわいいルチオを妬《ねた》みたくなかった。

「ねえルチア。一週間後のぼくの誕生会、出てくれるよね？　お父さまと一緒にルチアのドレスを選んだよ？　きれいな水色。リボンがいっぱいで、絶対似合うと思うんだ」

ルチアは気が進まなかった。金茶色の髪を汚いと言われてしまいそうで、人に披露したくないのだ。なにも答えないルチアにじれたのだろう、ルチオが抱きついてきた。

「ねえルチア。お願い、ぼくの十三歳、祝って？」

そこまで言われてしまえば出ないわけにはいかないと思い、ルチアは頷いた。

物思いにふけっているからか、時が経つのは早かった。当日はすぐにやってきた。

会場は、フィンツィ伯爵家の庭園だ。見渡す限り、女の子で埋め尽くされているのは、父がルチオに婚約者候補となるべき娘を選ばせようと、たくさん招待状を送ったからだ。

だが、当のルチオは誰とも話そうとせずに、ルチアにぴたりと張りついたままだった。

しかも、ルチオはそこらの娘よりもはるかに小顔でスタイルもよく、妖艶で美しい。比べられたくない令嬢たちは、ルチオに近づくのを嫌がった。

極めつきが「このなかでルチアが一番かわいい。レベルがぜんぜんちがうね。ぶすばかりだもん」という、ルチオの台詞だ。これは、令嬢たちを大いに憤慨させた。

と、なれば、ルチオの誕生会は、早々にただのお茶会へと変貌することになる。

主役を差し置いて、女の子たちは各々のテーブルで噂話に花を咲かせていた。内容はもっぱら、気になる貴族の子息の話だ。

ルチアがその話を聞いたのは、トイレに行くルチオが席を外した時だった。

隣のテーブルが非常に盛りあがっていて、会話は丸聞こえになっていた。

「まあ、エミリアーナ、本当に婚約したの？」

「そうよ。わたくし、ゆくゆくは侯爵夫人なの。やったわ」

エミリアーナと呼ばれた少女は、金の髪の華やかな娘だった。歳は十六ほどだろうか。

「みんなきっと驚くわ。相手はね、あのアルビノーニ侯爵家の嫡男、ヴァレリよ」

「嘘！　本当に？　彼、すごく人気なのよ？　ラ・トルレ校のエリートだもの」

聞き耳を立てていたルチアは、ぐらりと傾きそうになった。

世界が暗黒に包まれたような気がした。過去に犬に襲われた時よりも深い闇だ。

ヴァレリから手紙の返事がいつまで経っても来ないのは、こんなわけがあったのだ。

ルチアは、これ以上話を聞いていられず、泣きながら会場を後にした。

その日、新聞を手にしたルチアは身体を震わせた。すべてが夢だと思いたかったし、聞き間違いであってほしかった。けれども、ヴァレリとエミリアーナの婚約は、嘘ではなく真実だった。

ルチアは涙に暮れながら、鬱々と暗く過ごす日々を送った。

しかし、ずっと引きこもっていたくても、周りがゆるさなかった。

父の妹――バルシャイ公爵夫人のロザリンダから、薄桃色のドレスが届いたのだ。

「おい、ロザリンダ。空気を読んでくれ空気を。いま、ルチアは……」

「空気ってなにかしら、おいしいの？　けれどお兄さま、仕方がないわ。だってわたくしルチアとルチオが大好きですもの。最高にキュート。自慢の姪と甥だわ。おほほほほ」

そんなこんなで、ルチアはなすすべもなく、召し使いたちにドレスを着付けられ、茶会に行くことになった。

バルシャイ公爵家の茶会は、はじめてヴァレリと出会った、あの日と同じ会場だった。

どうしようもなく切なくなったのは、黒い犬に唸られて、素敵なヴァレリに助けてもらった場所を通りがかった時のこと。

隣で手を繋いでいるルチオに、「しょんぼりしてどうしたの？」と問いかけられた。

返事をしようとした時だ。前方から快活な声が聞こえてきた。

それは、聞き覚えのある声だった。そして、いまは誰よりも聞きたくない声だ。

薄緑色のドレスを纏ったヴァレリの婚約者、エミリアーナが少し先を歩いていたのだ。

彼女は、三人の令嬢と会話をしている。

「まあ、エミリアーナ、本当に？　嘘でしょう？」

「嘘じゃないわ。わたくし、ヴァレリと接吻したのよ」

ルチアは、聞いたとたんその場から一歩も動けなくなった。

ヴァレリとの接吻は、ルチアにとって特別で、憧れで、幸せの象徴なのだ。

唇をわななかせるルチアを尻目に、無情にも、エミリアーナたちの会話は続く。

「やだ、聞いているわたくしまでどきどきしちゃう。接吻ってどんな感じなの？」

「意外にやわらかいわ。これまで四回したから確かよ？　それでね、わたくし、一週間後にアルビノーニ侯爵邸へ行くの。夜はヴァレリとふたりきりで過ごしてみせるわ」

頭のなかが真っ白になったルチアは、話の途中でひざからくずおれた。

彼と、夜ふたりきりで過ごしたことがあるだけに、なおさらつらかった。

そんなルチアを助けたのはルチオだった。ぼたぼたと涙をこぼすルチアをのぞきこむ。

「ねえルチア。……あれ？　泣いてる？　もしかしてヴァレリが好きなの？」

無言で、うん、と頷けば、ルチオは言った。

「ぼくね、思うんだ。結婚すればお仕舞いだけれど、婚約だったらまだ決着はついていないって。だって、離婚はご法度だけれど婚約は破談にできる。ルチアもお父さまとお母さまのことで知っているでしょ？　お父さまは、お母さまと別れたいけれど無理なの」

それまで呆然と遠くを眺めていたルチアは、ぎこちなくルチオを見やった。

「……婚約は、していても破談にできるの？」

「うんできるよ。知らなかった？　ね、ルチア。一度、ヴァレリに会いに行ってみれば？　ぼく、協力してあげる。エミリアーナが侯爵邸に行く前に行けば間に合うと思うよ。一週間後に行くって言っていたから、前日に行っちゃおう。ね？　ルチア、そうしよう？」

ルチオのささやきは、ルチアをにわかに元気づけるものだった。

ルチアは、勇気を振りしぼってでも、彼に会いに行くべきだと思った。エミリアーナには負けたくなかったし、彼を好きな気持ちは、誰にも負けないと自負している。一度手紙では伝えたけれど、もう一度彼に精一杯の心を込めて告白するのだ。

「わたくし、ヴァレリさまにお会いするわ」

それからのルチアは、水を得た魚のように、活発になっていた。

ヴァレリに会うために、率先してドレスを選ぼうとしたし、髪型も、うんと素敵にしてほしいと召し使いたちにせがんだ。

そうして、たくさんのドレスのなかからルチアが最終的に選んだのは、ヴァレリとはじめて出会った時と同じ、檸檬色のドレスだった。彼に気づいてもらいやすくするためだ。

抜かりなく用意したルチアは、とうとう決行の日を迎えた。

「おやおや、これは気合が入っていますね。かわいいですよ、ルチアさま」

「うん、ニコロの言うとおりだよ。すごくかわいい。ルチア、世界一」

「……ありがとう。ヴァレリさまに気に入ってもらえるか、どきどきするわ」

着飾ったルチアは、ルチオと従僕ニコロとともに、黒塗りの馬車に乗りこんだ。

ルチオの機転で、祖母――先代フィンツィ伯爵夫人に手紙を書いてもらっていたため、父の外出の許可はすぐ下りた。ここそこせずに、馬車は堂々と発車する。

建前では、馬車は現在祖母の屋敷に向かっているけれど、実際向かう先はアルビノーニ侯爵邸だ。当初、馬丁はいぶかしんだが、ルチオが金貨を渡せばにんまりだ。

車窓から見える景色は、なんとなく見覚えがあるような気がして、ルチアは懐かしさを感じていた。だんだんと侯爵邸に近づくにつれ、喜びが溢れてそわそわした。緊張よりも、長年夢見ていたこともあり、彼に会える嬉しさのほうが大きかった。

ニコロのエスコートのもと、ルチアとルチオは馬車から降りた。

鼓動が高鳴り、息苦しく感じる。ルチアは侯爵邸に来られて胸がいっぱいになっていた。

九歳の時と十四歳のいまでは、景色の見え方が違うのだと、この時知った。

錬鉄の柵ごしに見る緑豊かな侯爵家の庭園は、ルチアの家の庭園とはまた違った風情があって、見事なものだった。眺めていると、ルチオに手を引かれた。

「ルチア、ヴァレリがいるよ。でも……」

ルチオの声は、ささやきにも似た小さなものだった。ルチアは、弟が指差す方向へ視線を向けた。だが、とたんに、息を鋭く吸い込んだ。

そこには、以前よりも背が伸びたヴァレリがいた。しかし、その腕になまめかしく手を絡めている女がいる。エミリアーナだ。彼女は彼にしなだれかかり、甘えているようだ。

「ねえルチア、おかしいね？　一週間後のはずなのに、どうして前日にエミリアーナがいるんだろう。ふたりは婚約しているけれど、もしかして恋人同士？　ぼく、やだなあ～」

絶句したルチアだが、無意識に耳をすませていた。すると、ふたりの会話が聞こえた。

大きな声で話しているのか、拾えてしまうのだ。

「来るのは明日だろう。なんで今日いるんだ？　僕は暇人じゃない」

ヴァレリの声だ。だが声変わりを迎えたようで、澄んだ重みのある声になっていた。

「親切な妖精さんが今日がいいって言ったのよ。それにね、わたくし、あなたのお母さまと気が合うわ。歓迎していただいているの。……ねえヴァレリ、わたくしに接吻して？」

「さっきはしてくれたのに？　次がわたくしたちの六回目の接吻ね」

「ふざけるな！　おまえ、しつこいぞ」

「おまえがしつこく騒ぐからだろ。最悪だ。いいかげんにしろ！」

ルチアは、すみれ色の瞳にめいっぱい涙をためていた。

接吻をせがむエミリアーナに対して、ヴァレリは露骨に嫌な顔をしている。

しかし、ふたりの会話は、あきらかに接吻を交わしたことがあるとわかるものだった。

ルチアは内心、エミリアーナの接吻の話を否定していただけに、衝撃を受けていた。

だが、その直後、エミリアーナはヴァレリの隙をつき、ちゅ、と彼の口にくちづけた。

その様子を目の当たりにしたルチアは瞠目する。

彼は「やめろ」と、エミリアーナを遠ざけていたが、まぎれもなく接吻だった。

「おやおや、青い春。青春ってやつですか。でも、ご安心ください。所詮はキスなど、ただの皮と皮の接触。少しも意味などありません。手を繋ぐのと同じですから」

すぐそばでニコロの声が聞こえたが、ルチアは反応しなかった。聞こえなかったのだ。失意のあまり、呆然と立ち尽くす。

そもそもふたりは婚約者同士だ。接吻しても、咎める者はいない。ヴァレリに片思いしているルチアは、彼らにとっては邪魔者だ。決着は、はなからついていた。

頬をとめどなく涙が伝う。彼はルチアのものにはならない。ほかの女性のものなのだ。ルチオに「もう帰ろう?」と抱きしめられても、ルチアは佇《たたず》んだままでいた。


ルチアはその日以降変わった。部屋からめったに出てこなくなり、ずっと寝台にいて、毛布に包まっていることが多かった。

教師は、わずかに顔を出しているルチアに教えなければならない状態だ。しかも、気が向いた時にしか顔を出してくれないものだから、苦労を強いられていた。

それも致し方ないだろう。生きがいだった男性と自分ではない女性とのキスシーンを目の当たりにしたのだから。

だが、この状況を、ぴょんぴょんと飛び跳ね、喜んでいる者がひとりいた。

「ルチオさま、あなたって本当に歪みきっていますねえ。歪みの権化ですか?」

「ふん、なんとでも言え。おまえになにを言われようとも、屁とも思わない」

「あなたは策を弄《ろう》しすぎです。一連の偶然は全部あなたのしわざですよね？　とてつもなくわざとらしくて、このニコロ、笑ってしまいます。ですが、おかげで見てください、ルチアさまの惨状を。おかわいそうに、石の裏にひそむなめくじのようではありませんか」

「……仕方がないだろう。ルチアのなかからヴァレリを消すためだ」

ルチオは、ルチアが書いた手紙を読んだのだった。二十二枚に及ぶ手紙は、熱すぎる愛の告白だった。ルチアの想いを把握したルチオは、危機感を募らせ、強硬手段に出た。

「仕方がない？　あなたは姉君を壊す気ですか？　乙女の心は硝子《ガラス》細工ですよ」

「ふん、ほかの男に取られるくらいなら壊す」

「それは危険思想ですねえ。じつに危険だ。バッド・エンドが過ぎませんか？」

ルチオはうんざりと顔をしかめた。この従僕は容姿も話も性格も、面倒くさいのだ。

「これでは力の差が激しすぎる。勝負は拮抗していてこそ面白いのです。拳闘も圧倒的な差の勝負はくそです。よって、ルチアさまにも覚醒していただかないといけませんねえ」

ルチオはきれいに口の端を持ち上げた。

「覚醒？　試せばいい。ただし、ルチアの性格は少しも変えるな。あれで完成形だ」

「ルチアさまをなめくじに変えたあなたがなにをおっしゃいますやら」

ルチオはすみれ色の瞳を大きく見開き、「黙れニコロ」と叱りつけた。

「ルチアがなめくじなのはいっときだけだ。手加減している。私はルチアが大切だ」

ルチアはおよそ一年にわたり、空想のなかに生きていた。

想像上のヴァレリは、『ニア』と呼び、ルチアに微笑みかけてくれる。ルチアもまた、彼に微笑んだ。ルチアの髪は、昔の白金色のままだった。だが、いざ念願の接吻をしようとすると、彼に『おまえは誰だ』と突き放されてしまう。その時ルチアの髪は、いまの金茶色になっていた。そして、彼はエミリアーナのもとに歩いて行ってしまうのだ。

×　×　×

そのたびに、ルチアは奈落の底に落とされる。完全に、情緒不安定になっていた。

十五歳になったルチアは、身なりに構わなくなっていた。

おしゃれをしても、見せたい相手がいなかった。どうせヴァレリとは結ばれることがないからだ。すべてに無気力でいて、なにかをしようとも思えない。髪も大抵ぼさぼさだ。

「君は、ラウレッタの娘？　確か……ルイーザだっけ？」

突然話しかけられたのは、父に呼ばれて廊下をふらついていた時だった。

話しかけてくる相手が怪訝な顔をしているのは、ルチアがみすぼらしいからだろう。

相手は、精悍な顔つきの見たこともない人だった。父よりも若い青年だ。二十代なかばだろうか。流行を取り入れた格好をしていて、華やかな印象だ。

「……わたくしはルイーザではなく、ルチアです」

「すまない。そうだ、ルチアだった。私はアルナルド・イッツォ＝ソルヴィーノ＝バルシャイ。君の叔母のロザリンダは私の父と再婚した。つまり私は彼女の継子にあたる」

「バルシャイ公爵の……」

「そう。君の父、フィンツィ伯爵に火急の用事があるんだ。取り次いでもらえないか」

ルチアがこくんと頷くと、「ルチア待って」と後ろから声をかけられた。ルチオだ。

「ぼくが案内するから、ルチアは部屋へ行って？」

「やあ、君はルチオか。ラウレッタに似ているね」

ルチオは青年に気さくに話しかけられていたが、生意気にあごを上げただけだった。

バルシャイ公爵の息子が訪ねてきたのは、どうやら公爵が危篤だったかららしい。

だが、翌朝息を引き取り、ルチアは父とルチオとともに葬列に参加することが決まった。

公爵邸に出向くと、公爵は王のいとこのためか、多くの弔問客でごった返していた。

ルチアは一年ぶりにドレスを纏い、父とルチオの後ろに隠れていた。以前よりも濃くなった髪色が恥ずかしくて仕方がなかった。

貴族が集まる場にいると、父の顔の広さを思い知る。皆、父に挨拶をしたがっているようだった。ルチオが言うには、父の資産の多さに群がっているらしい。

父が話しこんでいる間、ルチアはルチオとともにいた。やがて、ルチオがトイレのために席を外すと、その隙に、ルチアは母と出くわした。

ルチアは母が大嫌いだ。ヴァレリとの婚約を壊され恨んでいた。鏡に映った自分を見ると母を思い出し、割りたい衝動に駆られるほどだ。けれど、直接抗議や反抗ができるほどの強さは持ち合わせていなかった。ただ怒りに震えることしかできない。

　そんなルチアに、母はにやにやと近づき、ささやいた。

「やだ、やっぱりその髪、汚い色になってきたわ。こえだめ色もうじきね？」

　それは、白金色の髪のままでいたかったルチアを引き裂く言葉だった。母は続けてなにかを言おうとしていたが、誰かに声をかけられ、薔薇の香りを残して立ち去った。

　ルチアはふらりと柱の陰に移動した。めそめそしていると、貴族たちの噂話が聞こえてきた。最初は興味の持てない話題だったから気にしていなかったが、次第に話題が移ってゆき、その話を聞いた瞬間、身体中の血が沸き立った。

　なんと、ヴァレリの父、アルビノーニ侯爵が多額の借金を抱えて没落したというのだ。

　彼らの話では、侯爵は借金で立ち行かなくなり、借金取りから逃れるように海外へ渡ったらしい。侯爵夫人のベネディッタはといえば、愛人のもとへ逃げたという。そして、嫡男のヴァレリは現在行方知れずだそうだ。つまり、一家は散りぢりになったのだ。

　ルチアは、ヴァレリのことが心配で、居ても立ってもいられなくなった。

　なにもかも放り出し、彼を探そうと決めた時だった。後ろに気配を感じて振り向けば、ルチオがちょこんとしゃがんでいた。

「アルビノーニ侯爵家、大変だね。たぶん、ヴァレリはエミリアーナとの婚約は破談になったんじゃないかな。没落した貴族と婚姻を結ぶような奇特な貴族なんかいないもん」

ルチアはこの時、ヴァレリの心配よりも、婚約が破談になったという言葉に歓喜した。だが直後、ヴァレリの家の没落を喜んでいるようで、自己嫌悪する。

「あ、見て？　ぼくの予想、当たったみたい」

ルチオの指差す方向に視線を向ければ、その中心に、先日屋敷で会った青年がいた。亡きバルシャイ公爵の息子、アルナルドだ。金色の髪をきらめかせ、大勢の人と挨拶を交わしている。彼には、秋波を送る取り巻きの婦人が大勢いるようだった。そこにまじって、エミリアーナの姿を見つけた。とたん、ルチアは張り切り出した。

「わたくし、今日から忙しくなるの。だから、ルチオともう寝てあげられないと思うわ」

「え？　どうして？」

「ヴァレリさまが行方知れずだから探すの。朝から晩まで、見つかるまで探したいわ」

「駄目。無理だよ。だって、ルチアはお父さまから外出の許可が下りないでしょ？」

確かに下りない。途方にくれてうつむくと、ルチオに手をにぎられた。

「だからぼくが探してあげる。ぼくはルチアの味方だよ？　だから、一緒に眠ってね？」

ルチアは、自分の手をにぎるルチオの手の上に、そっと手を重ねた。

ルチオが味方でいてくれるのが嬉しくて、久しぶりに心からの笑みが出た。

その日から、ルチアは一心不乱にヴァレリのためになにができるかを考えた。ルチオも協力してくれて、すぐにニコロに頼んで人を雇い、ヴァレリ探しに取り掛かる。

ルチアは、侯爵が借金を背負っていたことから、お金が必要だと判断した。まずは、借金のカタに売られたアルビノーニ侯爵邸を取り戻すことを決めたのだった。

そこでルチアは、父に侯爵邸をおねだりしようとしたが、すかさずルチオに「絶対無理だよ」と止められた。小さなころからなんでも与えられてきたルチアは、お金の価値や桁を知らない。それは、父であっても気軽にぽんと出せる金額ではないようだ。

「お父さまが無理なのなら、わたくしが買うわ」

「お菓子じゃないんだから、そんなに気軽に買えないよ？　屋敷なんか絶対いらない」

「駄目よ、お屋敷はいるわ。ヴァレリさまが帰る場所だもの。絶対に必要よ」

それに、ルチアは思うのだ。生まれ育ったところがなくなるのはとても悲しい。ルチアも、この伯爵邸がなくなるのは嫌だから、ヴァレリも嫌なはずなのだ。

「ルチア、どれだけのお金が必要かわかってないでしょ。すごーく、莫大だよ？」

「でもね、『イレーネの恋のささやき』にこう書いてあったわ。お金はすべてを救い、すべてを解決できるって。……作戦会議をするわ。ルチオ、いますぐニコロを呼んできて」

ルチオは「えー、ニコロ？」としぶっていたが、しばらくして彼を連れてきた。

ニコロはいつもとは違い、疲労困憊の様子だった。無理もない、彼は日々トレーニングに励み、拳闘の試合をこなしつつ、ヴァレリ探しに尽力しているのだ。

「これは少々、俺づかいが荒くはないですか？　作戦会議？　ルチオさまもルチアさまもよくお聞きください。あなた方はまずはご自分で動かないし動き方も知らない。ですよね？　つまりこれは作戦会議という名の他力本願です。まったく、過労死コースですよ」

　ルチアが肩をすくめると、ルチオも真似をして、同じように肩をすくめた。

「ああ。そうそう、ルチオさま。伯爵さまがお呼びでしたよ？　あなたの婚約者候補を十名に絞られたのだとか。みなさま、女を微塵も感じさせない男勝りな方とのことです」

「女を微塵も感じさせない？　なんだそれ。最悪じゃないか」

「ですがルチオさまはあれを装っていらっしゃるから無理もない話かと」

　ルチアは、ふたりの背後で首をかしげていたが、ルチオは「とんだ弊害だな」とぶつぶつ呟きながら部屋を出て行った。

　残ったニコロは、それまで背をまるめていかにもやつれきってみせていたが、扉が閉まるなり、すっ、と背すじを伸ばした。瞬時に、疲れを吹き飛ばしてみせたのだ。

　その変化に驚き、ルチアは「え？」とあごを持ち上げた。

「俺の迫真の演技、いかがでした？　本当はまったく疲れてなどいません。拳闘は慣れていますし、ヴァレリさま探しは人を雇っていますし。俺、かなり合理的な男ですのでね。本当は、こうしてあなたと話せる機会をうかがっていました。公爵の葬儀以来、ルチオさまはあなたにべったりでしたからチャンスは皆無。ようやく機会が訪れたというわけです。……いいですか？　あなたはいま、勝負に負けることが確定しています。相手はとんでもない資産家どもですからね。俺は、十戦して五勝はできるようにしてさしあげたい」

「ニコロ、なんの話をしているのかわからないわ。誰とも勝負はしていないもの。それよりわたくし、アルビノーニ侯爵邸を買おうと思っているの。その作戦会議をしたいわ」

「侯爵邸？　それはずいぶんな」と、ニコロは信じられないとばかりに前のめりになった。

「スケールが大きすぎですねえ。でも、ご安心ください。この際、買っちゃいましょう。あなたにある人物を紹介します。そいつは運に見放されていまして、所持していた船がころっと沈没。賠償ですべての家財を失い、金はゼロ。ですが先見の明があります」

「その方をわたくしに紹介してくれるの？」

「ええ、すでにひと月前からこの伯爵邸に新米庭師パオロとしてもぐりこませています。やつの妻は熊のマリアというのですが、あなたが毎日使う食器はマリアが洗っているかもしれません。俺、やつらに金を貸しているもので、そばで働かせて徴収しているのです」

ルチアは「新米庭師パオロ、熊のマリア」と呟いた。

「とてつもなくツイていない男、パオロに必要なのは運なのです。そしてルチアさま、あなた、運がいいですよね？　聞いたところ、昔、馬車が横転した時、伯爵さまとルチオさまは骨折したのに、あなたはかすり傷ひとつ負わなかったのだとか」

「でもそれは、お父さまとルチオが身体を張ってわたくしを守ってくれたからだわ」

ニコロは人差し指をぴんと立て、ち、ち、ち、と振り子のように動かした。

「それも運です。あなたは傷らしい傷を負ったことがないのでは？　かさぶたなんて無縁ですよね？　切り傷や擦り傷も。これ、伯爵家の召し使いの間で伝説になっていることなのですよ。たとえ、『ルチアさまが傷を負えば召し使い全員半年無給』のお触れを伯爵さまが出しているのだとしても、あなたという人は傷を負わなすぎなのです」

「本当？　お父さまはそんなお触れを出しているの？」

「ええ。この屋敷にはあなたに関する決まりごとが百以上ありますからね。俺は、あなたの強運をパオロで試してみたいのです」

　ニコロは、部屋の片隅に控えるボーナに目配せをした。すると、ボーナは外套を用意し、ルチアの肩にふわりとかける。

「まずは新米庭師パオロに会いましょう。主従の儀式をしなければ。なあに、ルチアさまのこぶしであいつは即座に軍門に下ります。自動的に熊のマリアもあなたの配下に。マリアは医術の心得があるので、腹痛時や頭痛時などに便利なこと請けあいです。この先の展開ではパオロがあなたの相談相手になるでしょう。彼らをうまく操縦してください」

　真剣に話に耳を傾けているルチアに、ニコロは片目をつむった。ウインクだ。

「最後にアドバイスをひとつ。伯爵さまにこうせがんでください。『投資がしたい』と。そこで手に入れられるのが初期費用。その金をパオロに託すのです。馬車馬のように働かせ、やつにしこたま稼がせましょう。金を転がし、数年後には侯爵邸をゲットです」

「でもニコロ、数年後では駄目なの。いますぐに侯爵邸を買いたいわ」

「そのあたりの無茶で無知な話はパオロにでも披露してください。では行きましょう」

　ルチアは、新米庭師パオロに会いに行くべく、ニコロとボーナとともに部屋を出た。

4章

ルチアたちがヴァレリを探しはじめてから、二年が経過しようとしていた。

某所にて——。その建物はペトリス地区にあった。古い遺跡を利用しているために重厚感のあるそこは、誰もが自由に出入りできるわけではない。会員制で、費用は高額。そのため、資産を持つ者しか入場資格を得られなかった。

そこは、社交を目的とした場であるが、皆の目的は、世界中の希少な品が出品される競売だ。たまに国宝級の品が出るだけあって、国内だけでなく国外からも注目されている。

その半円状に人が座る広間の、中央の壇上にいる正装姿の男性が高らかに告げた。

「次は目録番号752。アルビノーニ侯爵家、〝貴婦人の涙〟。サファイアの耳飾りです」

会場じゅうからどよめきの声が上がった。注目度の高い品だからだ。

脇から出てきた黒ずくめの男が、赤いビロードに包まれた耳飾りを皆によく見えるように掲げる。こつこつと歩きながら、すべての人に商品が見えるようにしていた。

「こちらは名工アンガーミュラーが手がけた逸品です。では二百シーカからはじめます」

その耳飾りは狙っていた者が多く、入札がはじまるとすぐに暴騰《ぼうとう》し、誰も手が出せない額に吊り上がった。没落した名門、アルビノーニ侯爵家の品は特に人気が高いのだ。

それというのも、片っ端から落札している者がいるからだ。

「八千二百シーカです。次、八千三百。八千三百。ほかにお声は？　――では落札」

(またマダム・スカルキか)

深くフードを被った男は、うんざりして舌打ちをした。

男が〝貴婦人の涙〟の落札に用意した金は二千シーカ。それでもかなり大金だというのに、およそ四倍の値をつけられた。

じつは、男は一週間前に行われた、アルビノーニ侯爵家の家宝の指輪〝真夏の白昼夢〟も、同じようにマダム・スカルキに競り負けている。その前の家宝もだ。すべて、マダム・スカルキが落札している。

(なんのために？　なぜ？　マダム・スカルキとは何者だ？)

男が狙っているのは、アルビノーニ侯爵家の家宝に限られている。だが、一度も競りに勝てたことがなかった。開始してすぐに法外な値がつくため、手が出せなくなるのだ。

男は、極彩色のドレスを纏うマダム・スカルキに目をやった。

椅子からはみ出るくらいの大きな尻のマダム・スカルキは、どことなく熊を彷彿とさせる女であった。見るからに気が強そうで、十本の指すべてに指輪をはめており、お世辞にも趣味がいいとは言いがたい。宝石をひけらかすさまは成り上がりの金満家そのものだ。

男は、とりあえずマダム・スカルキに交渉を持ちかけてみようと、彼女に近づいた。

が、あと十歩で到達というところで、強くさえぎられる。

「あっちへ行きな。マダム・スカルキはアポイントがねえやつには会わねえ決まりだ」

男は、がらの悪い者たちにいつの間にかぐるりと取り囲まれていた。

その様子を、熊のような女は赤い唇を曲げて、にたにた笑って見ている。このマダム・スカルキをはじめ、取り囲む男たちは品がなく、まるでごろつきのようだった。

こんな失礼な態度をあえて取るのは、女にははじめから取り合う気がないからだろう。

男はこれ以上の接触は無駄だと考えた。ローブをひるがえし、競売会場を後にする。

向かったのは、ペトリス地区のなかほどにある公園だ。ひげもじゃの男が座るベンチに近づき、その隣に腰掛けた。

「ヴァレリさま。ご依頼の件、調べました。マダム・スカルキは、旧市街のごろつきを束ねる女頭領です。ごろつきは皆、マダム・スカルキに一目置いているようで……。ちなみにこう言ったほうがわかりやすいかもしれません。〝Ⓜスカルキ商団〟の長《おさ》と」

フードの男――ヴァレリは目を見開いた。投資をしているからこそわかる。Ⓜスカルキ商団は、最近こつぜんと出現し、破竹の勢いで勢力を拡大し続けている謎めいた商団だ。

「Ⓜスカルキ商団か。……解せない。なぜ、マダム・スカルキがアルビノーニ侯爵家の家宝にこだわっている？　うちとは接点がないはずだ。引き続き詳しく調べてくれ」

ヴァレリはいらいらしていた。父は借金の返済のため、侯爵家の家宝を二束三文で手放した。家宝のすべてが特別な名のつく名工の作だというのに、あの男はその価値を少しも理解していなかった。現在、回収できている品は、たまたま質屋で見つけた真珠のブローチ〝白雪の初恋〟のみだった。家宝の大半は、マダム・スカルキの手のなかにある。

「僕は、爵位などどうでもいい。だが、先祖伝来の家宝や屋敷は別だ」

それらは己の根源だ。取り戻すためのできうる限りの努力は一生かけてするつもりだ。

探偵は、ヴァレリの言葉を聞いて思うところがあったらしい。「あ」と声を上げた。

「すみません、すっかりお伝えするのを忘れていました。来月、アルビノーニ侯爵邸が競売にかけられますよ？　今朝方発表されたのです」

ヴァレリはひざの上でこぶしをにぎった。絶対に、競り負けるわけにはいかなかった。

×　　×　　×

ルチオは、頬杖をついてルチアとニコロの会話を聞いていた。内心、ほくそ笑みながら。

「ねえニコロ。ヴァレリさまは見つかった？」

「すみません、ルチアさま。まだ見つからないのです。手を尽くしてはいるのですが」

ルチアはその言葉を聞くなり、あからさまにしょんぼりした。

「そうなのね……。あれからもうすぐ二年になるわ。ご無事なのかしら」

「そういえばルチアさま、庭園の花がきれいに咲いていましたよ。ご覧になりました？」

ルチオはニコロの言葉を不審に思い、眉をひそめる。いま、花はそこまできれいに咲いていないし、葉っぱばかりだ。けれど、ルチアは「見てくるわ」と部屋を出て行った。

ルチオがルチアのあとについていこうとした時だ。ニコロが止めた。

「ルチオさま、伯爵さまがお呼びでしたよ？　婚約者候補を四名に絞ったのだとか」

「またか。もううんざりだ。婚約しないものはしないっ。父など無視だ」

「無視？　伯爵さまはしびれを切らしてここへいらっしゃるような気もいたしますが。そうそう、近ごろのヴァレリさまについてですが――」

ルチオの口が弧を描く。二年前、ルチオはニコロに、『もしヴァレリが見つかれば私だけに言え』と命じていた。あれからすぐにヴァレリは発見されており、現在旧市街に落ちのびているのがわかっている。ルチオは、彼を完全な庶民に落とす計画を企てているのだ。

というのも、調べたところ、アルビノーニ侯爵は王宮から呼び出されているにもかかわらず、国王への説明責任を果たさずに借金取りから逃げまわっているらしい。期限内に王宮の求めに応じなければ、爵位は自動的に侯爵の弟に移行する。そうなれば、ヴァレリは晴れて自分の敵ではなくなる。ルチアの心がどうであろうと、父のフィンツィ伯爵からルチアの相手としては絶対に認められなくなるのだ。ルチオはそれを狙っていた。

（爵位失効まであと一年を切っている。早くルチアの婿になる資格を失ってしまえ）

にやりと唇を歪めていると、ニコロに「なにを笑っているんです？」と聞かれた。

「ヴァレリは父親と――アルビノーニ侯爵と接触していないんだろう？」

「ええ、立派な旧市街民として平民ライフを送られています。しかし旧市街とは考えましたね。追っ手は来られません。上流階級の方々は旧市街をはきだめ扱いしていますから」

「ふん。死ぬまで平民ライフを満喫するがいい」

ルチオは満足していた。だが、ほどなくして、しびれを切らした父に扉を開けられた。


従僕ニコロにうながされ、庭園へと向かうルチアは、もう十七歳になっていた。

風にそよぐ髪は、望んでいないというのに、いまではすっかりこえだめ色だ。

ルチオは、『チョコレート色だよ？　かわいい』と、きらきらした白金色の髪をひけらかしながら言ってくれるが、ルチアには、嫌味にしか聞こえなかった。それほどルチアには余裕がなかったし、ヴァレリを発見できずに焦っているため、心が狭くなっていた。

庭園に出ると、ほどなく四阿《あずまや》が見えてくる。ルチアは、そのなかに入って腰掛けた。

先ほどニコロが言った『庭園の花がきれいに咲いていましたよ』という言葉は、じつのところ、ルチアだけに通じる隠語だ。新米庭師のパオロが、ルチアに話したいことがある場合に使用されている。ニコロとボーナがパオロとの連絡役になっていた。

（パオロはどんな用なのかしら。いい話？　それとも、悪い話？）

二年前、ルチアはニコロにパオロを紹介された際、初対面なのに即座に嫌われ、ぼろくそに言われてしまった。当時の彼は、大の貴族嫌いだったのだ。

パオロの迫力があまりに怖くて、ルチアが泣き出すと、ニコロが『生意気なパオロを黙らせましょう。主従の儀式として、誓いの腹パン――つまり腹にパンチをお願いします』とルチアをうながした。また、パオロも負けじと『腹パンだと？　やってみろや、くそガキが』と上着を脱ぎ捨て、挑発した。

ルチアは震えながら、こわごわ彼のお腹にこぶしをお見舞いしたのだが、翌日からのパオロは人が変わったようだった。ニコロが言うには、主従の儀式の成果らしい。

晴れてルチアの部下となったパオロは、ルチアに早速アドバイスをくれた。

まず、ルチアは父に投資をしてみたいとせがみ、初期費用を手に入れた。ニコロの言葉通りに、お金をパオロに渡そうとしたけれど、パオロは資金が倍になるまで、父の情報をかすめとりつつ運用するようにと言った。

当初は、父が投資する品を真似していたが、ルチアは盗み見るのが面倒になり、自分でやってみることにした。はじめての運用は未知の世界で新鮮なものだった。やがて過去の資料から法則性を見出して、値動きを独自の計算式にあてはめ、予測の指針とした。

二か月ほど経ち、パオロの前に成果を見せると、彼は尻もちをついた。

『なんてこった。ルチアさま……なんですかこの才能は。あんたは最高なちびだ！』

ルチアは、自分にとって楽しい作業だったにもかかわらず、褒められて嬉しかった。

それからは、ルチアはパオロに言われるがまま、父に、『もう投資は飽きたわ』と、初期費用を返還した。けれど、陰でこつこつ続け、少しずつ手を広げていった。

一方、パオロはルチアが増やした資産で、旧市街の用水路やペトリス地区の土地、道路の整備に着手していった。それにはルチアは首をひねった。

『ねえパオロ、わたくし、土地や用水路や道路よりも、アルビノーニ侯爵邸がいいわ』

『なにを言ってるんです、侯爵邸はまだ売りに出されていません。あちらは補修して、より高値で売りたいんでしょう。そして時代はインフラです。つまりインフラストラクチャー。俺はあんたを完全無欠の旧市街の女帝にしてみせる。……ところで、あんたの偽名を決めちまいましょう。今度開かれる競売にアルビノーニ侯爵家の家宝が出品されるって噂があります。屋敷の入札を待つ間、こっちの家宝を根こそぎ仕入れましょうぜ』

『家宝？　大賛成よ。全部落札したいわ。それから、わたくしの偽名は――』

この時、ルチアの頭を真っ先によぎったのは、以前、親戚に間違えられた名前だった。

『ルイーザ。あ、ニアがいいわ。でもやっぱりイレーネがいいかも。でも、ニアもいい』

『面倒くさいですね。一番目のルイーザにしちまいましょう。ファミリーネームは？』

『えっと、スカルキがいいわ。あのね、『イレーネの恋のささやき』でね、イレーネが』

嬉々としてルチアが大好きな本のことを語っている間に、パオロは言った。

『じゃあルイーザ・スカルキだ。これがあんたの名前。俺たちが資産を運用している間、当面は俺の妻のマリアに競売と窓口を担当してもらいましょう。実はもう、本人に話を通してて妻はやる気です。テーマは極楽鳥だとか。あんたの名前を借りますよ？』

『ええ、好きにしていいわ。極楽鳥ね。すべてあなたたちに任せるわ』

二年という月日は、人の体感により長さは変わる。ヴァレリの身を案じるルチアには、とても長く感じられた。同時に、この二年の間でルチアが置かれた立場は、本人のあずかり知らぬところで激変していた。

パオロは、旧市街の用水路の事業のほか不動産業にも手を出した。特に用水路のほうでは、ごろつきたちを雇い入れ、彼らに職を与えた。結果、ごろつきたちが自発的に自警団を形成した。すこぶる治安の悪い旧市街をごろつきが取り締まる。徐々に奇妙な秩序が生まれていった。そのおかげで犯罪は減少、旧市街の人口は増加の一途をたどり、二束三文だった土地の価格は急上昇。用水路の事業も見事に成功し、巨万の富を生むことになる。

旧市街では、名実ともに用水路の女帝〝マダム・スカルキ〟が誕生していた。組織も大きくなりすぎたため、パオロ主導でⓂスカルキ商団が作られることになったのだ。

だが、当のルチアはそれらを把握していたとは言いがたい。

彼女は、お金の価値を知らないまま、いままで通りの生活をしていた。

父にふんだんに物を買い与えられ、言われるがままにかわいいドレスを着て、ルチオに尽くされる。そして、いまだにヴァレリを見つけられず、落ち込む日々を過ごしていた。

「ルチアさま、お待たせしました。妻のマリアが来てるので話を聞いてやってください」

四阿の椅子に座っていたルチアは、新米庭師のパオロが身体を揺らして現れると、その場に立ち上がった。ルチアは、マリアの知らせをいまかいまかと待ち望んでいたのだ。

マリアは、ガタイのいいパオロと同じほどの上背があり、熊を彷彿とさせる女性だ。伯爵邸内にいる間は、料理人の補助を務めているという。

「マリア、ありがとう。アルビノーニ侯爵家の〝貴婦人の涙〟、すごく嬉しかったわ」

「二週間後には侯爵家の家宝〝新緑の舞踏〟が出品されます。必ずルチアさまのもとに届けますから。それで今日の知らせは……お喜びください。意外に粘る輩がいたため高くつきましたが、それでも我らの手にかかれば想定内。──さあ、心の準備はいいですか？」

ルチアは胸に両手を当てて、「やだわ、どきどきしちゃう」と、ぱたぱた足を動かした。

「なんとルチアさま。ついに、ついについに。アルビノーニ侯爵邸を手に入れました！この時のために王都から競売場をペトリスに誘致し、格安で家主となっていたのです」

ルチアは、「やったわ……ついに、ついについに」とひとしきり喜びに打ち震えたあと、ぼたぼたと涙をこぼした。そして、両腕を広げるマリアのふかふかな胸に飛び込んだ。

×　　×　　×

ろうそくが半分以上消えた書斎にて。長椅子に座るフィンツィ伯爵は、物憂げに考えこんでいた。今朝方、弟の娘がみすぼらしい商人と駆け落ちしたと知らせが入ったからだ。弟の娘のアリーナは、ルチアのひとつ年上だ。それがルチアと重なる。……そう、世間では、駆け落ち婚がますます流行していた。

伯爵の不安は、病的なほどに増幅していた。男色のルチオは駆け落ちの心配はないけれど、ルチアがそうならないかと気が気ではなかった。

　一方、父の不安を知らないルチアは変わらぬ日々を送っていたが、翌日、父の書斎に呼び出された。ちょうどルチオに本の読み聞かせをしていたため、ルチオもついてきた。

「この三人のなかから選ぶように」

　だしぬけに告げられた言葉に、ルチアとルチオは瞠目する。父から渡されたのは、婚約者候補の名前が書かれたリストだった。ヴァレリとの話が消えて以来、父から話がなかったので、婚約自体がたち消えになったのだと油断していた。

　ルチアは、名前を見ても誰かはわからなかったが、ルチオは知っているようだった。

「お父さま、これひどいや。この、ダヴィーリオ子爵家の嫡男はちびだし、ボヌッチ伯爵家の嫡男はでぶ。コルギ伯爵は、はげ散らかしているじゃないか。こんなの、三重苦だ」

「お父さま、わたくし……いやだわ。選びたくない」

　ルチアはうるうると涙をためた。が、今回の伯爵の決意は固いようだった。

　伯爵は、かわいいルチアにろくでなしと駆け落ちされるくらいなら、とりあえず枷《かせ》をはめるためにも、適当に形だけの婚約を強行しようと決めたのだ。ルチオはこきおろしたが、彼らは、女の影が昔から一切なく、性経験は皆無だと確信できる男たちだ。

「ルチア、ひと月後に彼らと面会する。その時に必ずひとり選びなさい。いいね？」

　ルチアは、ヴァレリ以外の人など考えられず、うなだれた。

　三日の間、うじうじしていると、召し使いのボーナが切り出した。

「ルチアさま、庭園の花がきれいに咲いていましたよ。ご覧になりましたか？」

それは隠語だ。新米庭師のパオロが、ルチアを呼び出しているのだ。

庭園の四阿に向かうと、その近くでパオロが草むしりをしていた。彼を呼ぶと、無事にアルビノーニ侯爵家の家宝〝新緑の舞踏〟を落札できたと報告があった。

「あとは現在、部下に命じて、国内すべての質屋と骨董屋に人海戦術で当たってます。ルチアさまの希望の品は、金に糸目をつけず、最優先で、徹底的に手に入れねえと」

「パオロ、ありがとう」

ひと言ふた言パオロと会話をして、ルチアはこの三日考え続けていることを相談した。

「ねえパオロ、わたくしね、望まない婚約をひと月後にすることになってしまいそうなの。だからお願い、助言してほしいの。悩んだけれど、答えがわからなくて……」

パオロは、「なんでも聞いてください」と請けあった。

「わたくし、縁談を相手のほうから断らせたいのだけれど、どうすれば断ってもらえるかしら。いやな娘を演じようと思っても、それがどんな感じなのかわからないの」

「そうですね。男に不人気な女といったら、ぶさいく・不潔・がさつあたりかと」

ルチアは、ぶさいくについては、自分はこえだめ色の髪だから問題ないと考えた。皆が顔をしかめるだろう。問題は、不潔とがさつだ。なにをもってそう判断するのだろうか。

「ところで、ルチアさまの相手とは、貴族の野郎ですよね？」

ルチアが認めると、パオロは「なら破談させるのは簡単だ」と笑顔になった。

「胸糞《むなくそ》悪い貴族の野郎どもは、旧市街をとにかく嫌ってやがるんです。俺たちをうじ虫扱いしやがって、さも、ごみを見るような目で蔑みます。だから、旧市街の人間を参考にすればいい。ようは素行が悪い人間になりゃあいいんです。ごろつきですごろつき」

「ごろつき……」

「俺が教えられりゃあいいんですが、あいにく忙しい。そうだな、——あ。ちょうどいいごろつきがふたりいるな。やつらニコロに賭けで負けちまって、三日前からここで馬の世話係として働いて、ニコロはやつらの金を強制徴収してるんですわ。連れてきます」

厩舎《きゅうしゃ》に向かったパオロが戻ってきたのは、待ちくたびれたルチアがベンチに座り、うとうとと船をこぎはじめたころだった。ルチアは、お腹にひびくような低い声で飛び起きた。

「なんだこのくそガキ、貴族か？　やんぞコラ」

いまにもルチアに殴りかかってきそうな男の人がふたりいた。いずれも筋骨隆々で、ニコロとパオロもそうだが、圧倒されるほどいかつい人たちだ。

（こ、こわいわ……）

「おいてめえら、この方に手ぇ出してみろ。目ん玉くり抜き二度とお天道さまをおがめねえようにしてやんぜ。いまから主従の儀式に誓いの腹パンだ。腹出して歯ぁ食いしばれ」

パオロも、ごろつきたちふたりに負けず劣らず怖かった。ルチアはあまりの迫力に萎縮《いしゅく》し、ぶるぶる震えてしまう。そんなルチアに、パオロは一転して穏やかに言った。

「ルチアさま、紹介します。左の背の高いほうがガスパロ。ちびのほうがロッコ。ロッコはガスパロの手下です。このガスパロ、手下が百はいますから百人力。さあ、まずは誓いの腹パンをさくっとしましょう。詳しい話はそれからです。――てめえら、腹出せ腹ぁ」

びくびくするばかりのルチアは、信じられない思いでいた。

なぜならこの日、ガスパロとロッコという屈強な部下を手に入れたのだから。


それは、三人の婚約者候補との面会日が十日後に迫っていた日のことだ。

ヴァレリを思い、婚約したくないルチアは必死でがんばっていた。

ルチアは、ガスパロとロッコ、ふたりのごろつきに教えを乞い、素行の悪さを少しずつ手に入れていた。主にロッコがルチアに教え、ガスパロがそれを監修している。

日が迫っているだけあって、ルチアはふたりから毎日四時間程度特訓を受けていた。

「なに見てんだ、こら。あたいをじろじろ見てんじゃないよ。潰すよ？」

「んー駄目だなあ、迫力がちっともねえよ。背すじ伸びすぎ。顔も駄目。上品すぎ」

「ごろつきって難しいのね。……ねえロッコ、『潰すよ』って、一体なにを潰すの？」

「そういう細かいこと考えちゃ駄目ですって。ごろつきは勢いと度胸。ね？」

ルチアにとって、ごろつき語は外国語よりも難しいものだった。ただ発音すれば終わりではない言語だ。続いて、表情や巻き舌の仕方を学んでいると、扉が叩かれた。

召し使いのボーナが応対すると、入室してきたのは、従僕ニコロだった。

「おや？　なぜガスパロとロッコのろくでなしふたりがルチアさまのもとにいるのでしょ

う。あなた方は馬の世話係。今日の糞の始末と藁《わら》の差し替えは終わったんですかあ？」

　ニコロとガスパロとロッコは、仲が良くないらしい。三者三様、相手を射殺す勢いで睨みあっている。ルチアはとても怖かったけれど、勇気を出して間に割りこんだ。

「ガスパロとロッコはわたくしの先生なの。ニコロ、わたくしに用事があるのかしら」

　ニコロは瞬時に普段通りの目つきになった。

「はい、ルチアさま。いまからする話は伯爵さまとルチオさまにはくれぐれも内密にお願いします。邪魔されること請けあいですからね。ここからが、ルチアさまの腕の見せどころです。選択はあなたにすべてゆだねられる。——さあ、稀代の勝負の幕開けです」

　言わんとしていることがわからなくて首をかしげていると、ニコロが胸を張った。

「おめでとうございます。このニコロ、ヴァレリさまを発見いたしました」

　ルチアはまつげを跳ね上げ、鋭く息を吸い込んだ。

「本当……？　ヴァレリさまが？」

「ええ、本当ですとも。ですがご注意ください。ヴァレリさまはこれまで多くの貴族に裏切られています。調べたところ、大の貴族嫌いになっておられるようで」

　浅く息を吐きながら、ルチアはひざからくずおれた。それを助けたのはガスパロだ。

「生きていらした……。わたくしは、それだけで嬉しいわ。ヴァレリさまが」

　頬に涙がぼたぼた伝う。毎日毎日心配していた。会いたくて、狂いそうだった。

　胸がいっぱいで想いが溢れてくる。耐えきれず、ルチアは声を上げて泣きじゃくった。

「なあルチアさま。野郎が貴族嫌いならちょうどいいじゃねえか。このままごろつきを極めちまえば、婚約は破談にできるわ、野郎に近づき手に入れられるわいいことずくめだ」

ルチアはガスパロを見て、こくこくと頷いた。そのたびに涙が飛び散った。

「わたくし、うんとがんばって、立派なごろつきになるわ……」

それを眺めていたロッコがにたにた笑って参加した。

「そうと決まりゃルチアさま、とびっきりいい女になんねえと。なあガスパロ、あんたの愛人《まぶ》にルチアさまの服を見立ててもらおうぜ？　いまの格好、ひらひらでガキくさくてぜんぜん駄目だ。これじゃあまったくそそられねえ。逆に萎《な》えるってもんよ」

先ほどまでのいがみ合いはどこへやら、ニコロがガスパロとロッコに言った。

「早速いまから旧市街に向かいましょう。最初だけ案内いたします。ですからガスパロとロッコ、どちらかが辻馬車を拾ってきてください。手の空いたほうは、ちゃちゃっと馬たちににんじんを食べさせて腹ごしらえ。ボーナ、あなたはルチアさまが町娘に見えるみすぼらしい服を調達してきてください。さあ早く。伯爵さまが紳士クラブへ出向き、ルチオさまがラ・トルレ校にいるいまがビッグ・チャンスです。これぞ山あり谷あり、スパイス&ロマンチック。ハッピー・エンドorバッド・エンド。戦いの狼煙《のろし》が上がりました」

「あァ？　なにうだうだ言ってんだてめえは」

とロッコが睨めば、ニコロが意味深長ににやついた。

「はあ……あまりくっつくな。うっとうしい」

「無茶言うなって。くっつきたくてくっついてんじゃねえよ」

ルチアとボーナ、ニコロ、そしてガスパロとロッコはぎゅうぎゅう詰めで辻馬車に乗っていた。ルチアとボーナ以外は筋肉質でガタイがいいため、仕方のないことだった。

皆、不快に思っているのか、「空気が薄い」と無口になったが、ルチアだけは浮かれていた。八年越しの恋なのだ。馬車の激しい揺れやおしりの痛みまで楽しく感じられていた。

（ヴァレリさま……）

ルチアは、突如車窓に現れた尖塔を眺めた。それについてロッコが補足する。

「あの塔が旧市街自慢の公衆浴場の目印。治水によって湯は良質なものに激変、みかじめ料も爆上げ。あれが、俺たちのはじまりもはじまり、女帝のはじまりよ。しかし、あんたが真のⓂスカルキ商団の長だとバレちまえば、下剋上狙いで襲撃されちまう。だからよ」

「待ってください、それはまずいですよ」と、ニコロは片眉を上げてさえぎった。

「襲撃？　困りますねえ。ルチアさまに傷がついては伯爵さまは召し使い全員に連帯責任を課します。俺の給金的にも命がけで守ってもらわないと。Ⓜスカルキ商団とルチアさまは完全に無関係にしてください。なにかあろうものなら、伯爵さまおよびルチオさまは発狂。旧市街は徹底的に弾圧され、潰されますし、俺とボーナの首はぽん、です」

「ニコロ、大丈夫よ？　わたくし、充分気をつけるわ」

ヴァレリ会いたさに、うきうきしているルチアはガスパロに顔をのぞかれた。

「あんたの設定を考えとかねえとな。幸い、旧市街でルイーザ・スカルキは知られてねえ。ってことで、あんたはただのルイーザだ。で、そこのねえちゃん。出身地を言え」

召し使いのボーナは、強面すぎるガスパロと目が合い、「ひっ」と、すくみあがった。

「プ、プ……プブリオ村です」

「ププブリオ村？　ふざけた名だが、じゃあその村だ。あんたとルイーザは同じ釜《かま》の飯を食った幼なじみ。ルイーザはあんたを頼って村を出た。これで決まりだ。いいな？」

ほどなく辻馬車が止まると、下車する前に、ニコロは言う。

「そうそう。あなた方、ちゃんと追っ手を撒く手段も考えておいてください。伯爵邸とここを直接往復するような愚かの極みと言える愚行は、絶対に避けていただかないと」

辻馬車を降りると、ルチアは目前に広がる世界に圧倒された。無秩序で、古い壁や階段が複雑に入り組み、さながら現実味のないだまし絵のようだと思った。

人は、ルチアを運がいいと言ったが、本当に運がいいのかもしれない。

なぜならルチアしか気づかなかったが、雑踏のなかにヴァレリを見つけたからだ。

ルチアが彼を見間違えるわけがない。どんなに質素な服を着ていても、やはり、彼は彼だった。ルチアにとって特別で、大好きで、素敵な人。

(ヴァレリさま、ようやく……また会えた)

幸せを噛みしめたルチアは、もう、彼のことしか考えられないと思った。

5章

相変わらずの、少し長めの漆黒の髪。その隙間から見える青い瞳。それはきらめくサファイアか、はたまた色鮮やかなラピスラズリだ。

長い足の彼は歩幅が広い。その歩き方も速度も素敵だ。風を切る彼が颯爽《さっそう》とルチアの前を横切れば、わずかに空気が動き、ルチアは彼を感じたくて息を吸う。

彼の隣で歩くことができれば幸せだ。話しかけられたら、もっと幸せだろう。

けれど、視線はこちらに向くことはなさそうだ。頑なに、まっすぐ前を向いたままだ。

(今日も素敵。ヴァレリさま……)

王都から、ペトリス地区で一旦下車し、馬車を替え、そのまま旧市街に到着する。それを繰り返すこと四日間。ルチアはいまだ、ヴァレリに気づいてもらえていなかった。

五日目の今日も、背後にいるガスパロとロッコに向けて、ルチアが「帰りましょう」とささやくと、積もりに積もっていたのだろう、ガスパロがぶち切れた。

「もう我慢できねえ……。毎日、毎日、あのチンカス野郎！　俺はなぁ、一番むかつくのは無視だ。優男の分際で、ふざけてんじゃねえぞコラァ！」

「ガ、ガスパロ、落ち着いて……落ち着いて……。ね？」

ガスパロに触発されたのだろう、ロッコも切れた。

「あいつにちんぽこはついてんのか？　あァ？　見てみろ、いまのルイーザさまは激マブも激マブ。あのチンカスがモノにしねえなら、俺がいただくぞこの野郎！」

ルチアはおろおろとガスパロとロッコを止めようとがんばったけれど、ふたりは収まりそうもなかった。ごみ箱を乱暴に蹴り上げる始末だ。それが運悪く、たまたま通りがかったごろつきにぶち当たったものだから、突如、ごろつき同士の乱闘がはじまった。

通りでは、皆が輪になって観戦している。旧市街では戦いが日常茶飯のようだった。

「だ、だ、駄目……。どうなっているの？　お願いやめて……」

ルチアは怯えていたものの、端から見れば、ルチアも充分ごろつき一味だ。なぜなら、ガスパロの愛人監修のもと、露出度の高いなまめかしい服を着て、情熱的なメイクをしているからだ。いかにも〝ごろつきの女〟といった風貌だ。その上このガスパロとロッコのふたりは、札つきのごろつきだ。だったら、連れもごろつきと相場が決まっているものだ。

ルチアが、どうしよう……と涙ぐんでいると、近くに立つ影に気がついた。

ふと、そちらに目をやって、とたんルチアは二度見する。

なんと、騒ぎに気づいたヴァレリが、のぞきにきていたのだ。

（ヴァ、ヴァレリさま！）

ルチアは緊張しきっていたが、なにか話しかけないと、と自分に言い聞かせる。

ルチアは、これまでにガスパロとロッコに教えてもらった知識を総動員して、ヴァレリに向かって言葉を発した。

「あんた、こ、こんなとこにいちゃあ危ないよ？　このあたいについて来な」

比較的すらすら話せた。ルチアは、一歩一歩と歩いてみせたが、実はぜんぜん旧市街に詳しくない。けれど、後ろから聞こえる足音は、ヴァレリがついてきてくれている証だ。

ルチアは、十歩ほど歩いたところで振り返った。瞬間、くらっと倒れそうになる。

眉も目も鼻も口もほっぺたも、あごも髪型も、最高だ。背も、見上げるほどに高い。手も足も長いし、肩はばも広くて、全体的にきらきらしている。どこもかしこも最高だ！

(ヴァレリさま、大好き)

だが、怪訝な顔でこちらを見ているヴァレリは、なにも言わずに立ち去ろうとする。逃がしたくないルチアは慌ててしゃべった。

「あっ、――あたい……。あたいはルイーザってんだ。あんたの名前は？」

「ヴァレリだ。おまえが僕の名を聞いてどうする」

その続きの言葉が思い浮かばない。ルチアは、ごくんと唾をのみこんだ。

「……こ、公衆浴場……には、行ったかい？　塔が目印なんだ。すごく、大きくて」

「改めて言われなくても知っている。たまに行く」

「あ、たまに行くんだ……。……明日。あたいと、一緒に行こう？　公衆浴場……」

それには、なぜかいきなりヴァレリが猛烈に顔を歪めた。

「はあ？　行くわけないだろ、気味が悪い。二度と僕に話しかけるな」

彼が大股で去ってゆく。ルチアは、胸に手を当てて立ち尽くしていた。

どれほど時間が経っただろう。背後で声が聞こえた。

「――あ、いた。ルイーザさま、ちょこまかと勝手にどこかへ行ってんじゃねえっすよ」

ロッコの声だ。

声をかけられたルチアだったが、ヴァレリが去った方向を見つめたままでいると、しびれを切らしたのか、「無視かあ？」と、ロッコに顔をのぞきこまれた。

「おお？　泣いてんのか？　あんたを泣かしたやつぁどこのどいつだ。殺《や》んぞコラァ！」

腕まくりをするロッコを、ガスパロが「やめろ」と止めた。

「ルイーザが使いもんになんねえ。化粧が崩れてやべえ顔だ。とっとと帰んぞ」

ルチアは、なかば抱えられるようにふたりに連れられて、市場に向かった。ここにあるとあるお店で、ルチアは、ロッコ曰く激マブの服から質素な町娘の服に着替える。

泣きながら着替えを終えて、三つの店舗のなかを素通りし、ようやく辻馬車に乗りこんだ。これは、新米庭師のパオロが用意した手段で、万が一にもルチアが尾行されないようにするためだ。十通りの経路があり、毎日きまぐれに変えていた。

辻馬車が走り出すやいなや、ガスパロが切り出した。

「で、あんたはなにに泣いてんだ？　鼻水まで垂らしてよ。ガキかぁ？」

「……ごめんなさい。だって、わたくし…………。嬉しくて幸せなことと……、死にたいくらいにつらいことが、同時にあったの……」

「幸せなことってなんだ？」

「……ヴァレリさまと目があったし、会話ができたの。すごく近くで姿を見られたわ」

それには、ロッコが「意外にやるじゃねえか！」と喜びをあらわにした。

「でも……わたくし、間違えたみたい……。『気持ち悪い、二度と話しかけるな』って」

「一体全体どうしてそうなった？　言ってみろ。場合によっちゃあ、ボコってやるぜ」

ルチアは、ぐしぐしとハンカチで涙と洟を拭ってから言った。

「明日、一緒に行こうって、誘ったの。……公衆浴場に」

「あ？　公衆浴場だぁ？　ハードル高えよ。本気か？」

「だって、ロッコは言ったわ。公衆浴場から……わたくしたちははじまったって」

ヴァレリとも、そこからはじめられるかもしれないと思ったのだ。

「言ったけどよ、でもよ」

「それに……、ヴァレリさま、わたくしを覚えていなかった……」

――こえだめ色の髪だからだわ。

誰にも聞こえないように呟いて、ルチアはひたすら涙を落とした。

『気持ち悪い、二度と話しかけるな』と言われたことよりも、ヴァレリが自分を覚えていないことのほうがはるかにつらかった。大切な思い出が、ごみだと宣言されたように感じて、やるせなくなったのだ。

「あぁ臭え。辛気臭えよ。なにをめそめそしてやがる。ルイーザさま、切り換えろ。あんたはあのチンカス野郎にとって、空気から物へ昇格したんだ。あんたという存在をあいつは認識した。大した進歩じゃねえか。泣くな、喜べ。これでようやくスタートラインだ」

その、ガスパロの言葉は、奈落に転がり落ちつつあったルチアを引き上げた。

「スタートライン？　……そうね、そのとおりだわ。………そう思う」

涙を指で散らしたルチアは、うん、と頷いた。


ルチアは決めていることがある。伝えられなかった言葉を、彼に直接すべて伝えるのだ。これまで八年、彼と離れていたこともあり、その反動はすさまじかった。

待っていても、なにも起きないことを痛いほど知っている。もう、機会を待つのはいやだし、やめたのだ。ルチアには、ヴァレリしかいないし、いらないし、彼しか選ばない。

あくる日のこと、ルチアはいつものとおりに投資に精を出したあと、ガスパロとロッコをせっついて、旧市街にやってきていた。ふたりは、「昨日とえらい違いだな」と苦く笑ったが、ルチアを応援してくれるようだった。

所定の位置でヴァレリを発見したルチアは、勇気を振りしぼり、大きく手を振った。令嬢たるもの、大きなジェスチャーなどしたことがないが、がんばった。

「ヴァレリ、おはよう。いいお天気だね！」

だが、広がるのはくもり空。それにいまは朝ではない。昼下がりだ。

「またおまえか。二度と僕に話しかけるなと言ったはずだ」

呆れた顔をしている彼に、ルチアは懸命に声を出した。

「ごめんよ。でも、あたいね、……あたいはあんたが好きなんだ」

そのルチアの告白に、辺りにいる皆が一斉にこちらを向いた。ガスパロとロッコも、目をまるくしている。

「あたい、あんたと一緒に公衆浴場に行ってみたい。行くべきだと思うし……」

ルチアにとって、彼とのお風呂は特別だ。かつて、彼は『ニア』としてルチアを洗ってくれたし、水を指でぴゅっと飛ばす方法を教えてくれた。

「行きたいんだ。大好きだから。ねえ、いまからあたいと一緒に行こう?」

ヴァレリは、周りから「ぴゅう〜」と口笛を吹かれたり、「よぉにいちゃん、色男だな!」と、茶化されたりして真っ青な顔をしている。

「正気か? 不気味な女め……。なんの悪夢だこれは。――くそ」

黒い髪をくしゃくしゃとかきあげた彼は、きびすを返して立ち去った。

(ヴァレリさま……)

ここへは毎日馬車で通い、往復あわせて二時間かかる。その場に滞在するのはわずか二十分にも満たないが、それは、ルチアにとって、なにがあっても欠かしたくない日課だ。

もしも茶会や詩の朗読会などの催し物で旧市街に行けなそうなら、弟のルチオに貴族の自分の代役を頼んででも、ルチアはヴァァレリに会いに行った。実際に、ルチオは代役をしてくれていた。

ルチアは、ヴァレリが貴族嫌いになっていると聞いたので、より一生懸命ごろつき言葉の習得に励んだし、より一層素行が悪くなるように努めた。

そして、ヴァレリに会えば、かかさず「好きだ」と伝えた。ヴァレリは露骨に嫌な顔をしていたけれど、それでも毎日決まった時間に同じ道を通ってくれるから、ルチアは勝手にゆるされている気になっていた。応えてくれなくても、溢れる想いを伝えたいのだ。

とはいえ、常にヴァレリはすげない態度だし、話題を振っても反応が薄かった。パンを差し出せば、ごみを見るような目つきで見られ、受け取ってはもらえない。「いいかげんにしろ」と、はたき落とされた時もある。当然、かつての『ニア』のようにルチアに微笑みかけてはくれない。毎回、寄るな、話しかけるなと、無言の圧をかけられた。

いくらがんばっても進展はなく、くじけかけたし、あまりのヴァレリの冷たさに、しくしく泣いた時もある。だが、ルチアはそれでもめげずに前を向いていた。好きだからだ。

そんななか、ルチアは婚約者候補たちとの面会日を迎えた。

以前のルチアであればめそめそしただろうが、ガスパロとロッコのおかげで度胸がついたからだろうか、なんでもやると決めているルチアには一切迷いはなかった。

ルチアは、自身が投資で取引している香辛料で歯を黄色く染めて、爪のすべてに土をつめこみ、極力不潔に見えるようにした。おまけに、婚約者候補と面会した時は、時々、ロッコ直伝の貧乏ゆすりも試みた。わけもなく、ちっ、と舌打ちするのも忘れない。

その努力の甲斐あってか、婚約者候補たちは見事全員が辞退した。ルチアは大いに喜んだが、父は大いに不満げだ。それだけでは終わらず、フィンツィ伯爵令嬢の悪い噂が広まったが、父とルチオがどれほど憤慨していても、ルチアはなんとも思わなかった。むしろ、これ以上婚約話は来ないだろうと喜んだ。

「聞いて、わたくしね、婚約を断られたの！　やったわ」

旧市街に向かう辻馬車内で、ガスパロとロッコに報告すれば、さすがだと褒められた。

「あとは、あのヴァレリの野郎を落とすだけじゃねえか」

「ええ、がんばるわ」

そして、ルチアは今日も、ガスパロとロッコとともに、旧市街へ出立するのだった。

×　×　×

「あたい、今日もあんたが好きだよ？」

「いいかげんやめろ。しつこい。毎日毎日おまえ、なにが狙いだ」

「狙いなんかない。大好きだから、言ってるだけさ」

「頭がおかしい。おまえになんか付き合いきれない」

ルチアが、ヴァレリに毎日告白するようになってから、およそ三か月が経過した。

きっと、人は次第に贅沢を覚え、わがままになってゆくものなのだろう。例外なく、ルチアも想いを伝えるだけでは満足できなくなっていた。

(少しだけでいい……。笑ってほしい。普通に話をしてみたい)

目標は、『ニア』の時までとはいかなくても、彼と仲良しの位置まで戻ることだった。けれど、どれほど考えてもその方法がわからない。あまりに悩むものだから、夜、一緒に眠っているルチオに「どうしたの?」と涙をためて心配されるほどだった。

次の日、旧市街に行ったルチアは、状況が三か月前から少しも変わらないことにくよくよしつつ、ガスパロとロッコに相談した。答えてくれたのはロッコだ。

「ルイーザさまはガキなんすよ。駆け引きってもんを知らねえ。普通は押して押して引く。ある程度アピールしたら待つもんです。釣りだって待ちの姿勢が肝《きも》ってもんすよ? それをあんたは押して押して押して押して押して……まあ、俺はその姿勢は嫌いじゃねえけど」

「押して押して引く? わたくし……引くのは」

その語尾は消え入りそうなほど小さくなった。

「わたくしね、伝えたいのに伝えられないことがあるのを知っているの。いまの伝えられる時に伝えないまま終われない。いなくなりそうで怖いから。そう思うから……だから」

「うまく言えない」と、しょんぼりすると、ロッコが話を切り替えた。

「ようは現状を打破したいってわけっすよね? んなもん相場は決まってます。ルイーザさまはまわりくどすぎる。ここはごろつきらしく既成事実。手っ取り早く作っちまいましょう。ヴァレリの野郎を絶対に逃れられない立場にしてから口説きまくりゃあいい」

ルチアはゆっくり顔を上げる。すみれ色の瞳はうつろなものから鮮やかになっていた。

「既成事実……。そうよ……わたくし、それがいいわ。……いいと思う」

「ルイーザさま、あんたいま、簡単に話にのったけど意味知ってんですか？」

ルチアは大きく頷いた。意味を知っているのは、『イレーネの恋のささやき』のイレーネと騎士オネストがそれを理由に結婚したからだ。ようは、男女が一夜一緒の部屋で過ごせば、ふしだらだと認定されて、男の人は女の人に対して責任が発生する。ルチアは、ヴァレリ以外の人と結婚するつもりはないので、それでいいと思った。

「わたくし、一生をかけてヴァレリさまを口説くわ。好きになってもらえるまで」

「でもよ、問題はどこで既成事実をこしらえるかだ。ルイーザさまにやつを誘えるとは思えねえ。それに、俺とガスパロはなぜかとんでもなく嫌われちまってる。なにもやってねえのによ。あの野郎、うんこでも見るような目つきで俺らを見やがって……」

ガスパロとロッコは、この三か月の間で、ヴァレリの前でたびたび殴り合いをくり広げている。血の気が多い彼らは、〝島《シマ》〟を荒らすごろつきに因縁をつけるのだ。そのため、ヴァレリに蔑まれているし、しかめ面をされている。貴族とは、力で訴えることを美徳としないのだ。きっと、ヴァレリもそうなのだろう。

「ぐじぐじ考えずに、んなもん、パオロにさせりゃあいいだろ」

これまで黙っていたガスパロが、あくびをしながら言った。

「商人は口がうめえと相場が決まってんだ。やつにあの野郎を宿屋に連れてこさせろ」

それから三人で話し合った結果、決行日は、ルチアの父と弟次第ということになった。


父とルチオが同時に家を空けるのはなかなかないことだった。なので、ルチアは下手をすれば半年、もしくは一年以上時間がかかるかもしれないと危惧していた。

だが、ふいにその日がやってきたものだから、ルチアはひそかに驚いた。それは、既成事実を作ると決めてから十日経った日のことだった。伯爵である父と嫡男ルチオが、夜会の招待を受けたのだ。

「いやだ！　ぼくは行かない。ズブリーギ領なんか、すごくすごく遠いじゃないか！　泊まりになるからいやだ！　ぼく、ルチアがいなきゃ眠れない！」

「駄々をこねるな。ルチオ、おまえはもう十六歳。なにがルチアがいなきゃ眠れないだ」

ルチアには、父の狙いがわかっていた。今回、ルチオのわがままを頑として聞かないのは、ルチオを婚約させたいからだろう。ズブリーギ伯爵には娘が三人いると聞いている。しかも、同じ派閥のため、なにかと都合がいいのだ。

ルチオは、馬車に乗りこむまで「行かない！」と騒いでいた。だが、従僕ニコロに軽々抱えられ、逃れられなくなっていた。そんな父たちを見送って、ルチアはその足でまっすぐ新米庭師パオロのもとへ向かった。

すると、すでにそこには、ガスパロとロッコの両ごろつきも控えていた。

旧市街へ出立したのは、午後四時を過ぎてからだった。

ルチアは外泊するため、その日はいつも以上に手のかからない娘に徹していた。月の障りであると告げれば、部屋にこもることができるため、胸が痛んだけれど、嘘をついた。

「で、ルチアさま。既成事実の心の準備はできてるんですか？　本当に？」

がたごとと辻馬車に揺られながら、なぜかパオロが心配そうに問うので、ルチアは不思議に思った。まるで、命がかかっているかのような、神妙な顔つきだ。

「心の準備はとっくにできているわ。少し、わくわくするわね」

「わくわく？　はじめては男と違い、女には大事なもんでしょう？」

「はじめての既成事実ってこと？　何度もするの？　わくわくするのはおかしいかしら」

パオロは言葉を失っている。その様子にルチアが首をかしげると、ロッコが眉を持ち上げる。ガスパロも反応し、肩をすくめた。

「あれぇ？　……えーっと、ルイーザさま。もしかして、意味を知らねぇ――とか？」

ロッコの言葉に、ルチアは胸を張って、「もちろん知っているわ」と言い切った。

「ねえ、既成事実の時はなにを話せばいいのかしら。なにか作法はあるの？」

ロッコが「えぇ？」と額にぴしゃりと手を当てると、ガスパロは咳払いをひとつした。

「パオロ、やべえぞ。こいつぁ作戦変更だ。ヴァレリの野郎を徹底的に酒でぶっつぶせ。絶対手ぇ出させせんな。大事なのは疑惑よ疑惑」

ガスパロが告げれば、すかさずパオロも同意した。

「俺もそう思ったところだ。こいつぁやべえ。ルチアさまはやっぱルチアさまだ」

「待って。既成事実は知っているわ。一体なんのお話なの？　お酒？」

そのルチアの問いには、パオロが答えた。

「なあに、ヴァレリさまに酒で酔っていただくって話っすよ。ルチアさまはあの男に冷たくあしらわれてるって聞いてるんで、酒で陽気に変わっていただく。酒ってやつは万能薬ですから、どんなしかめ面野郎も飲めばにっこにこです。多少は心も開くでしょう」

「本当？　陽気になるの？　ヴァレリさまが笑顔に？」

ルチアの胸は、とくんと高鳴った。念願の、彼の笑顔を見られるかもしれないのだ。


その店は、旧市街の公衆浴場にほど近い場所にある。半年前に改修されたため、外観は古くても、内装は比較的新しい。

常に人で賑わっているのは、料理が旧市街一だと評判だからだ。二階は宿屋と娼館になっており、階段には春を売る女がなまめかしく座り、客を待っていた。

ルチアはガスパロとロッコとともに席に座り、斜《なな》め前のテーブルをちらちら見ていた。目の前には料理の大皿がところせましと並んでいるが、食べることより見るほうが忙しい。

（すごいわ……パオロ）

パオロがどのようにしてヴァレリを誘い出したのかはわからないが、テーブルを挟んだふたりは、和気あいあいと談笑している。お酒というのは、本当に人を陽気にさせるのだ。

ルチアは、ヴァレリの声を拾おうと、会話に耳をすませた。

「やめてくれ。僕は、酒に強くない。これでもけっこう酔っている」

ヴァレリは自身の杯に酒を注ごうとするパオロを止めているようだが、無理やり注がれてしまっていた。

「なにをおっしゃいますやら。この穴熊亭にいて蜂蜜酒《ミード》を飲まねえなんて、魚に塩を振らねえで食べてるようなもんです。ほら飲んで飲んで。……それで、あんたは最近なにに注目してるんです？　俺は鉄です。いまは安値だ。木材？　ありゃあ高値圏」

「僕は茶葉だ。それから葡萄酒。あとは小麦。で、金と銀は鉄板だろう？」

「ああ、鉄板だ。ってことは、あんたはもっぱら食料に注目してるってわけだ」

「食料だけは需要が消えることはないからな。それから蝋《ろう》も買っている」

ルチアはこの会話に懐かしさを覚えていた。ヴァレリは、いまも投資の話が好きらしい。

過去を思い出し、涙ぐんでいると、ロッコがあごをしゃくった。

「ルイーザさま、涙目になってねえで、あんたもあっちに参加してくりゃいい」

「……わたくしも？　でも……」

あの輪のなかに入って、空気をたちまち凍らせるなど、できないと思った。

「でもじゃないっすよ。パオロの野郎よりも、あんたのほうが投資は詳しい」

「でも……わたくしは、……わたくし……」

――ヴァレリさまとお話ししたい。

ルチアがヴァレリに向き合うパオロに目をやると、パオロは目を細め、手招きをした。

ずっと参加したかったのだ。ルチアは頭で考えるよりも先に歩き出していた。

ヴァレリは、最初こそ警戒したような冷たい目を向けてきたが、その後は、ルチアを邪険に扱うことはなかった。はじめてのことに、ルチアはとても感激していた。

交わす会話が投資や世界の情勢に限られていたとしても、彼の近くにいられるのが嬉しくて、胸がいっぱいになっていた。彼の青い瞳に自分が映っているかと思うと、どきどきと切なく心がざわめいた。時が止まってほしかった。

蜂蜜酒の飲み過ぎで酔った様子のヴァレリは、頬杖をつきながら、ルチアに言った。

「……おまえ、意外に食べ方がきれいだな」

その言葉に、ルチアは泣きそうになった。

この時、ルチアのなかで迷いが生じた。これからしようとしていることは、はっきり言ってヴァレリの同意がない以上、無理やりだ。

だが、すぐに否定する。ルチアはヴァレリが欲しくて仕方がなかった。なにもいらないけれど、彼だけは欲しいのだ。たとえ嫌われていたとしても。

お酒に強くないのだろう、ヴァレリがふらふらになり、突っ伏して寝てしまうと、パオロがガスパロとロッコに合図した。ふたりは「よしきた」とばかりにのしのしと登場し、ヴァレリを担いで二階の宿屋に連れて行く。

それは異様な光景だ。だが、穴熊亭はⓂスカルキ商団の傘下となっているため、否定的に見る者は誰もおらず、特に騒ぎにもならなかった。

その場に残ったままのパオロは、ルチアに向かって頷いた。

「俺らはここで朝まで酒盛りしてますんで、ルチアさまはぞんぶんにあいつと過ごしてください。なあに、あれだけしこたま飲ませたんだ、あいつは朝まで起きねえ。で、朝方俺らが部屋に行きます。そこでやつを叩き起こしましょう。既成事実の誕生ってわけです」

ルチアが眉根を寄せると、パオロに「ほら、行った行った」とせっつかれ、ルチアは固く目を閉じて、決意する。

(ヴァレリさま、わたくしが、絶対にあなたを幸せにします。だからごめんなさい)

ルチアは、パオロに目配せをしたあと、階段を一歩一歩上っていった。

途中、ガスパロとロッコに出くわせば、ふたりはルチアを励まそうというのか、親指をぴんと立て、にたりと笑う。思えば、パオロ夫妻もガスパロもロッコも、ルチアには過ぎた味方だ。ルチアは、ふたりを真似て親指をぴんと立て、はにかんだ。

ヴァレリがいるであろう扉の前に立つと、ルチアは自分の手が汗で滲んでいることに気がついた。罪悪感と、喜びと。けれど、喜びのほうがはるかに強かった。

深呼吸をひとつして、ルチアはかちゃりと扉を開けた。

部屋は、これといって特筆すべき点がない。飾りはなくて殺風景。

壁際に寄せられた寝台では、ヴァレリがすやすや眠っていた。

ルチアはヴァレリの顔を至近距離でのぞきこむ。ぴたりと閉じたまつげは動かない。引き結んだ唇のあどけなさに、形のいい鼻をつん、とつつきたくなった。

「かわいい、ヴァレリさま」

床にひざをついたルチアは、うっとりしながら頬杖をついた。

こうしてヴァレリを朝まで見つめていられるなんて、しかも、ふたりきりでいられるなんて、幸せで胸がはちきれそうだった。朝までとは言わず、ずっと、一生見ていたい。

顔は言わずもがな、腕まくりした手のすじが素敵だし、平らな胸もかっこいい。呼吸とともに動くお腹も凛々しいし、すらりと伸びた脚も満点だ。

彼をあまりにじっくり見たものだから、照れてきてそわそわしていると、ふいに彼の首に喉仏を発見し、ルチアは寝台に顔をうずめた。

（とってもキュート）

ふたたび顔を上げて、彼を飽きることなく見つめていると、ヴァレリのシャツのボタンが上まで留まり、首が窮屈そうだと気づいた。なので、ひとつボタンを外して楽にした。

これでいいわ、とルチアが満足した時だった。ヴァレリのまぶたが、かっ、と開かれ、鮮やかな青の瞳が現れた。それが、ゆっくりこちらを向いた。

「…………誘っているのか？」

心臓が飛び跳ねる。ルチアは、言葉が出ず、口をもごもご動かした。

彼は顔をくしゃりと歪め、ルチアの手首を強くつかんだ。

「この僕を、誘っているのかと聞いている」

ルチアは、なにを誘っているのかわからなくて、ぱちぱちと目をまたたかせた。が、次の瞬間、景色がぐるりと動いた。

はっ、はっ、と口から浅く息が出た。不機嫌そうな彼の顔。そして宿屋の天井が見える。背中にはシーツの感触。ルチアは寝台に押し倒されて、彼に身体を押さえつけられていた。

やがてルチアに馬乗りになったヴァレリは、威嚇《いかく》するように言った。

「くそ、娼婦め。……だったら、望み通りにしてやる」

娼婦――。その言葉をルチアは知らなかった。性に関する単語は、父のレーティングにひっかかるからだ。また、いま、この場で疑問を持つ間もなかった。

突然のことに、胸がばくばく音を立てていた。ルチアは、状況をうまく把握できない。

「わ、わたくし……わたくし、あ。……あの……あたいの、望みは」

「黙れ娼婦」

鼻にしわを寄せた彼の顔が、いまにも触れそうなほど下りてきた。

彼は、怒っているのだ。ルチアは睨みつけられている。

「怒らないで……。ヴァ……ヴァレリ……。あたいの、望みはあんたと――」

突如、唇が熱くなる。ルチアは、すみれ色の瞳をめいっぱい見開いた。

強く吸いつかれ、ルチアの続きの言葉は、彼の口のなかに消えていた。途中で歯が当たり、痛みが走るが、すぐにやわらかさを感じた。

(接吻?　これ、接吻……?　接吻?)

ルチアの唇の形がぐにぐにに変わる。彼はひどく荒々しい。唇同士が擦り合わさって、音が鳴る。そう、まぎれもない、はじめての接吻だ。

九歳からずっとずっと夢見てきた。ルチアは、たまらなく嬉しくなった。

それは激しく、想像とは大きく違うが、彼の背中に手を回し、ふたりの唇が離れないようにしたいと思った。唇も気持ちがいいし、のしかかるヴァレリの重みも気持ちいい。

(好き、好き、ヴァレリさま。大好き)

息継ぎが大変だったが、ルチアはくちづけに夢中になっていた。どさくさにまぎれて、ちゅぱ、ちゅぱ、と彼に負けじと吸いついた。

すると、後頭部が彼の手で固定され、その強さが増したと思ったとたん、肉厚の舌がぬるりと口のなかに侵入し、舌同士がねっとり絡まった。ふたりの唾液も混ざりあう。まるで、彼と繋がり、ひとつになっているかのようだった。

長く続く接吻は、ルチアの身体を火照らせた。

ルチアは、彼自身とその接吻で頭がいっぱいだったが、太ももに硬く大きなものが当たっていることに気がついた。

邪魔だった。これでは彼にぴたりとくっつけない。

なので、彼の背に回していた手を、ふたりの身体の間にしのばせた。硬く、邪魔なそれに触れてずらせば、彼がびく、と身体を硬直させた。

「……おまえ」

身を起こした彼の目が、ルチアをまっすぐ射貫いている。

ルチアは、短く息を繰り返しながら、彼を見ていた。

なんて色気のある素敵な人なのだろう。乱れている黒髪が素敵だ。顔が少しだけ赤みを帯びているようで、いつもの彼とは違って見えた。その唇が、なまめかしくきらきらと光を帯びているのは、きっと、ルチアの唾液のせいだろう。

もっとヴァレリと接吻したくて、唇をつんと尖らせれば、彼は小さく呻いた。

ふたたび、彼の唇がルチアの唇に重ねられた。舌も、すぐに合わさった。

幸せでいっぱいになっていると、彼の大きな手がルチアの両脚にかかった。不思議に思っていると、やがてその目的に気がついた。

どうやら、彼はルチアにひざを立てさせたいらしい。そろそろと従えば、彼の手で脚を大きく開かされた。

令嬢たるもの、これほど脚を開いたことなど一度もない。秘部が必要以上にすうすうしていて恥ずかしい。閉じるべく脚を動かすと、それより先に、彼の身体に邪魔をされた。

不浄の場所に、彼の服を感じる。とんでもないことだと身じろぎすれば、彼は、ごそごそと服の裾を探っているようだった。

手の動きを止めた彼は、熱い息を、深く、長くルチアの唇に落とした。

青い瞳にルチアが映る。

秘部に、硬くてつるつるとしたものが当たっている。

ぐ、とその一点に圧がきた。なんだろうと思っていると、それは明確な意志を持ち、ぐぐ、とルチアにめりこんだ。瞬間、ルチアは度肝を抜かれた。

痛いなんてものではなかった。まさに凶器。身体が緊迫し、縮こまるほどの、猛烈な激痛だ。痛み慣れしていないルチアは身もだえる。死んでしまいそうだと思った。

そして熱い。とにかく熱かった。汗が、ぶわりと噴き出した。

「ああ、…あ……あ」

ルチアの声が、突如ぴたりと消えたのは、隙間なく唇を合わせた彼に、荒々しくむさぼられているからだ。声も、叫びも、唾液もすべて食べられる。

その間にも、ルチアの秘部は、ぐぐ、となにかに引き裂かれていた。

(痛い……。痛い痛い……痛い)

はあ、はあ、と、部屋に呼吸がひびいた。ルチアの息だけではない。彼のものもだ。

ルチアが歯を噛みしめていると、ヴァレリの唇からは、なまめかしい声が漏れた。

「あ。――ふ」

彼が、余裕なくルチアの腰を両手でわしづかみにし、ぐちんと自身の腰を打ちつけた。

考えられないくらいの奥の奥に、得体の知れないなにかが、ぐに、と押し当たる。

たちまちびゅくびゅくと、勢いよく熱いものが噴き出されているのを感じた。それはじんわりと、お腹のなかに広がって浸透していく。

なにが起きているのかわからず、痛みにわななくルチアは、目もまつげも頬も、涙でぐっしょり濡らしていた。おとなしく痛みに耐えていられるのは、ひとえに彼の唇が、ルチアにぴと、とついたままでいてくれるからだ。

ルチアは腰をひねって動かした。奥に吐き出された液体が伝っているような気がしたからだ。ぬめぬめしていて、決して気持ちのよいものではない。

それに、お腹のなかにあるものを取り去りたかった。その異物は、容赦なく痛みをもたらし、不安感を煽るのだ。あきらかに嵩《かさ》がなくなっていることも不気味に感じた。形を変え、ずっとなかに居座られると困ると思った。

早く除去したくて、ぐにぐにと腰を上にずらせば、彼の手によって身体が動かないよう、強く固定されてしまう。その間も、彼とくちづけをしたままだった。

舌を吸われて、部屋にぴちゃぴちゃと水音がする。

(ヴァレリさま……。好き)

ルチアが驚きに目を瞠り、怯えたのは、お腹のなかのものが硬さを増した時だった。まるで息を吹き返し、復活を遂げたようだった。

ぎし、と寝台がきしみをあげて、ルチアは混乱してしまう。やっと異物が出て行ってくれたと喜んだのも束の間、また自分のなかに侵入してきたからだ。

ヴァレリと接吻しながらも、ルチアは激しく眉をひそめた。

異物はまた出て行ったかと思えば、ルチアをからかおうというのか、すぐに押し入り、戻ってくる。また出て、即戻り、奥に定位置とばかりに収まった。それは繰り返されていて、間隔も短くなる。淡い期待をさせておいて、激痛を撒き散らしながら踏みにじり、裏切り続ける異物が憎たらしくなった。とてもいじわるだ。

（いや。もういや。痛い）

異物が出入りするたび、寝台がぎしぎし鳴っていた。一定の規則性があるかのようだった。ヴァレリの身体もルチアの身体も揺れている。耐えがたいほどの悪夢の時間だ。

しかし、ヴァレリとくっつき、抱きしめられて、接吻している。熱い熱い天国だ。

ルチアのまなじりから涙が伝う。

（ヴァレリさま、好きなの。好き、あなたが好き。……好き、だから）

ルチアは、彼と接吻したいがために、激痛を我慢した。


痛みは終わりが見えなかった。

ルチアは、最初はぐっと耐えていられたものの、限界を迎えていた。

すでにこらえきれず、ルチアはぐすぐすと泣いていた。泣きたくなくても、痛みのあまり泣けてしまうのだ。ヴァレリが接吻してくれなくなったことも大きな理由だ。これでは、気を紛らわせられない。

ルチアは、この痛みをヴァレリがもたらしているのだともう知っていた。身を起こした彼に脚を抱えられ、一心不乱に腰を振られているからだ。

その痛みの仕組みはどうなっているのか、スカートが隠しているからわからないが、彼の腰と凶器は見事に連動していることだけはわかる。

ぐちゅ、ぐちゅ、と音が鳴る。たまになにかが吐き出されているから、秘部はぐずぐずになっていた。それが溢れて、おしりに液が垂れていた。

凶器が怖いと思った。圧倒的な質量で、堅牢な城の扉を破壊する丸太のように、容赦なくルチアのお腹を何度も打ちのめす。その目的がよくわからない上に謎だった。痛みを与えるためだけのものとしか思えない。

そう、彼は怒っているのだ。それも、激怒している。

いまルチアはこっぴどく痛めつけられ、彼にこらしめられている。

どうして彼をここまで怒らせてしまったのだろうか——。

泣きべそをかいているルチアは、彼をなだめることはできないと思った。怒りの原因がわからない以上、いまは、逃げて仕切り直すしかなかった。ルチアはもうがんばれない。

彼が、ぴた、と動きを止めた。また、奥に熱いものがどくどくと注がれる。

深く息をついた彼は、ルチアにずしりと身体をもたせかけた。

ルチアはいまだと思った。ふたたびお腹のなかの凶器が、しぼんだからだった。

大きな凶器はなにかを出すことでしぼむことは確信していた。そして、すぐには復活できないことも。

ずりずりと横にずれたルチアは、彼を引き剝がすことに成功した。お腹はすでに自由を得ている。ほふく前進をして、寝台から逃れようとした。

が、背中に重みを感じて、ルチアは上から潰された。腰に彼の手がガシリと回った。がんじがらめに捉えられ、耳の近くで彼の吐息が聞こえた。

ルイーザ、と呼ばれた気がして振り向けば、彼の顔が至近距離にあり、口を塞《ふさ》がれた。

それは、ひとしきり舌を動かし、彼と絡めあったあとだった。

ルチアは信じられない思いでいた。激痛から一転、ヴァレリに服の上から胸をまさぐられ、その先を指でふにふにといじくられている。服の隙間から侵入した手にも、じかに頂をもてあそばれていた。それは、背中がぞくぞくし、下腹がうずくほど気持ちがいい。

ルチアは、先ほどの『こらしめ』だけは避けたくて、彼に明確な思いを告げた。

「ヴァレリさま、これは好きよ。気持ちがいいわ。だから、わたくし、これが……」

だが、要望を伝えてもヴァレリの怒りは治まっていないようだった。なぜなら、四つ這いにさせられたルチアの秘部に、先ほどと同じ激痛が走ったからである。

いつの間にか復活を遂げたあいつが、またずぶずぶとなかに押し入り、ルチアのお腹をこらしめる。藁にも縋る思いで、ぎゅ、とシーツをつかんだ。

白い脚に、溢れたとろみのある液が、すじを作って垂れてゆく。

「あ……うっ、これじゃ、ない……の」

ぎし、ぎし、と寝台がきしみをあげている。ルチアは顔をくしゃくしゃにして泣いていた。お腹を攻撃するのではなく、胸をたくさん撫でてほしいのに。

「——娼婦め……。なぜ、おまえは娼婦なんだ……、くそ」

ルチアが逃れられたのは、空になるまで吐き出した彼が、疲れ果てて眠ったあとだった。

「ねえお父さま、娼婦って、一体なんなのかしら」

昼の食事にて。ルチアがにんじんを避けながら問いかければ、葡萄酒を飲みかけていた伯爵は、ごふっ、とむせた。隣の席のルチオも目をぱちくりとさせている。

ルチアがその質問をしたのは、ヴァレリと事を起こしてから二日後のことだった。当日はうまく歩けないほど秘部が痛かったが、二日後のいまはましになっている。

だが、父もルチオも、ルチアの状況を知るわけではなかった。なにせ、ルチアは月の障りでここ数日おとなしくしていると報告されていたし、彼らが外出先のズブリーギ領から戻って来たのは今朝だからだ。

「お父さま、お姉さまが『娼婦ってなに？』って。早く教えてあげて？」

ルチオの補足に、フィンツィ伯爵は片手で両目を押さえた。そして、呟く。

「……誰だ、そのような下賤極まりない単語をルチアに触れさせた輩は」

それには、ルチオがルチアに聞こえないように、声をひそめて父に言う。

「誰がやったか徹底的に調べればいいんだ。お姉さま、最近様子がおかしいもの。お父さま、気づいてないでしょ？　お父さまが三重苦たちと婚約なんかさせようとしたからだ。かわいそうにお姉さま、まったく茶会に行かなくなったよ？　だから悪い噂は広まったまま修正できない。どういうわけか、ずっと歯が黄色いだとか爪が黒いだとか不潔扱いされてる。そんな風説の流布《るふ》、ゆるせるもんか。だからぼくがなんとかするしかないんだ」

「ぼくがなんとかだと？　……ルチオ、おまえはどうかしている。ルチアの代わりに茶会に出ているそうじゃないか。しかも、ドレスを着て髪結いまでしているとの報告つきだ」

ルチオが「そうだよ？」と、けろりと認めれば、伯爵は渋い顔をする。

「おまえというやつは。代わりに出るのはいいとして、なぜルチアになりきる必要がある。ルチアの悪い噂は否定できても、おかしすぎるだろう。ルチアを私と同じ栗色の髪ではなく、おまえの白金色の髪だと認識している者も出てきている始末。そしてなにより、おまえはフィンツィ伯爵家の嫡男だ。女装を趣味扱いされては大変なことになる」

「いいじゃない。ぼくの髪はお姉さまと同じくらい長いし、髪の色なんかよりもいまは悪い噂を否定するほうが重要だもの。それに、ぼくは美しいからちゃんとお姉さまになりきれる。でもそれって、十六歳のいまだけしかできないことだもの。だからやるんだ」

この、ふたりのひそひそ話は、なにをこそこそしているのだろうと思ったルチアが、眉をひそめ、ふたたび同じことを問うた時に止まった。

「ねえお父さま、娼婦って、一体なんなのかしら」

伯爵は一度咳払いをして、テーブルに置かれたナプキンで口を拭ってから言った。

「娼婦か。……そうだな、特殊すぎる稼ぎ方をする女商人と言うべきか。とにかくおまえには一生関係のない者どもだ。そのような言葉、即刻忘れてしまいなさい」

ルチアは「はい」と口では聞きわけよく答えていたが、お金を稼いでいる以上、自分も商人だと思っている。そのため、言葉はしっかり認識していた。

（わたくしは娼婦……。けれど、どうしてヴァレリさまは『娼婦め』って怒っていたのかしら？　ヴァレリさまは以前、投資をやってみればいいと勧めてくださったのに）

ルチアは、「わからないわ」と首をひねったけれど、すぐに頬を引きつらせた。いまヴァレリを思うと、否でも応でも思い出すのは宿屋での出来事だからだ。

あれはとても痛かった。けれど、痛かったからこそ彼のすさまじい怒りが伝わった。同時に、ルチアにとってあの夜はすばらしい日でもある。念願の接吻を彼と交わせたからだ。

数日会えていないだけで、胸が苦しくなっている。だが、毎日旧市街に通っていたというのに、いまは出向く気になれないでいた。うじうじと部屋に閉じこもってばかりいる。

それというのも、まず、彼にどんな顔で会っていいのかわからないし、彼が怒っている理由がわからない以上、ちゃんと謝れないからだ。

食事を終えたルチアは、しょんぼりしながら廊下を歩く。

すると、前方から大きな男がのしのしと歩いてきた。ルチオの従僕ニコロだ。

「これはルチアさま。庭園の花が、きれいに咲いていましたよ。ご覧になりました？」

ルチアはぱっと顔を上げた。ニコロが告げたのは、待っていた言葉だ。

「ニコロありがとう。早速行ってみるわ」

早く、早く、と駆け出しそうになりながら、急ぎ足で庭園にたどり着くと、ルチアは雑草を抜いている新米庭師パオロに近づいた。声をかける前に、彼は振り向く。

ルチアは、パオロにヴァレリがなぜ怒っているのか探ってもらっていたのだ。

「身体は平気ですか？　お望みならあの野郎をぶちのめしますが」

パオロの表情が曇っているのは、彼がルチアの身に起きたことを知っているからだ。ルチアはあの日、泣きながら一階で酒を飲むパオロたちのもとに逃げたのだ。

「どうしてぶちのめすの？　それよりも、ヴァレリさまはなぜ怒っていたのかしら」

「……ルチアさま、あの夜のことを気にしてねえんですか？」

「気にしていないと言えば嘘になるわ。でも、怒らせてしまったわたくしが悪いの」

ルチアは、はっきりと事を把握しているわけではない。おまけに、あの場にいたパオロもガスパロもロッコも明言を避けるため、ふんわりとしか理解できていなかった。彼との交接を、少しも性的に捉えていないのだ。ルチアにとって、あれはお腹への攻撃だった。

「まあ、ルチアさまがいいって言うなら俺の出る幕はねえけどよ。……で、なぜ怒っていたのか、なんですけどね。あいつ、酔っていたじゃないですか。なんにも覚えてねえそうです。俺とルチアさまと話していたことは、うっすら覚えているようですが」

「なにも、覚えていないの？」

「ええ。宿屋の人間に処理を頼んだのが敗因でしょう。やつら、ご丁寧に事後のシーツを真っさらに替え、あいつの服をきれいに正しちまった。あの宿、Ⓜスカルキ商団が出資してまして。やつをマダム・スカルキの客だと思ったやつらは、VIP対応しちまった。あれではなにかが起きたと気づいても、なにもないと認識するしかねえってもんです」

ルチアはパオロに礼を告げ、とぼとぼと自室に戻った。

長椅子に座ると、頬にぽたりとしずくが落ちる。

ヴァレリはあの夜を覚えていなかった。交わした接吻だけは、覚えていてほしかった。

ルチアは、説明できないくらいにヴァレリが大好きだ。もはや、無条件と言っていい。

かつての彼がにんじん嫌いだったため、にんじんが嫌いになったし、茄子が苦手だったが、ヴァレリが好きだと言ったから、一生懸命克服した。投資にしてもそうだった。彼が取り組んでいたからルチアも取り組んだ。基準はすべてヴァレリなのだった。

そんなルチアが痛い目を見たとしても、そうそうヴァレリに対する想いは変わらない。

ルチアがずっと彼と会わずにいられるはずがなかった。引きこもっていたのは、わずか一週間だけだった。突然、発作のように、彼に会って想いを伝えたくなったのだ。

ルチアは召し使いのボーナに頼み、いそいそと変装し、ヴァレリに会いに行った。

パオロは終始ヴァレリに対して渋い顔をしていたが、辻馬車のなかでのガスパロとロッコは、当日は怒っていても、いまはそうではなかった。ルチアが嬉しそうに『ヴァレリさまと接吻できたの』と報告したせいもある。

「しかしルイーザさま、あんたは健気っすね。好きと伝えに行きたいなんて泣けるぜ」

馬車に揺られるルチアは、ロッコの言葉に肩をすくめてはにかんだ。

「謝らないとって思っていたけれど、それよりも、気持ちを伝えたいって思ったの」

「謝るなんてわけがわかんねえけどよ。……ってこたぁ次のステップってわけっすね？」

ルチアは、うん、と元気よく頷いた。

「ほうら、言ったとおりだったでしょ。やっぱ俺たちの見立ては最高なんすよ。ガキくさいままじゃてんで駄目。マブい服マブい化粧でヴァレリの野郎もいちころよ。所詮やつは男、どんなにすかした気取り屋でも魅力に抗えねえってことっすわ。それに、ルイーザさまはやっちまったんだし、もういっぺんやってヴァレリの野郎にもわからせねえと」

「やっちまった？　ねえロッコ、わたくしはなにをやったの？」

「そういうのは追い追いっす。とにかく、この先はマグロはくそって覚えておかねえと」

ルチアは「マグロ……。お魚の？」と眉をひそめた。

「女もなまけてねえで、腰をせっせと動かしやがれってことっす。そのへんわかってねえ女が多くていけねえ。俺なんか、相手がマグロとわかろうもんなら二度とやんねえ」

魚の次は腰だ。話がよくわからなくて、首をひねっていると、ロッコが付け足した。

「ようは女も男も貪欲に、積極的になれってことっすわ」

辻馬車は旧市街に到着し、ルチアはロッコが言った『積極的』について考える。

けれども、想いをめぐらせていたのは、いっときだけのことだった。ヴァレリ会いたさに、馬車を降りた後はいまにも走り出しそうになっていた。

「……おぅ、ちょ……ちょっと待てや……、ル、ルイーザさま。……あ——ぐぅっ」

苦しげなロッコの声に振り向けば、ロッコが土気色の顔をして、前かがみにもだえていた。そのさまを、ガスパロがにたにた笑って見下ろしている。

「なんだ、腹ぁ下しちまったか？　…………あれぇ？　ロッコおまえ」

ロッコはお腹とおしりを手で押さえ、もはや、なりふりかまわずトイレに向かう。

「こりゃあ、あいつやっちまったなあ。——ははっ！」

ガスパロは、ばかにしつつ笑って、ルチアに「先に行こうぜ？」とあごをしゃくったが、歩いているうちに、彼の様子も怪しくなっていった。ついには、汗をぼたぼた垂らしながら苦しみはじめた。おそらくは、ガスパロもロッコも同じものを食べていたのだ。

「……ガスパロ、大丈夫？」

すでにガスパロの顔もロッコと同じく土気色だ。

「いいか、ルイーザさま……こっから動くな。絶対動くなよ？　俺を、……待ってろ」

ガスパロは、「……絶対だ」と念を押し、悶絶しながらじりじりとトイレを目指した。

ルチアは動くなと言われたけれど、心配で居ても立っても居られなくなっていた。もしかして病気かもしれないからだ。ガスパロとロッコは大切な人。絶対に救いたいと思った。

だが、幸いなことにここは旧市街で、丘の上にある新米庭師パオロの屋敷には、パオロの妻のマダム・スカルキ――マリアがいる。彼女は、女だてらに医術師だと聞いている。意を決したルチアは、マリアのもとに行こうと思った。薬を処方してもらうのだ。

常にガスパロとロッコが護衛をしてくれるから、ひとりで歩くのははじめてだった。雑踏を突き進み、人を縫うようにして歩く。旧市街の道はただでさえ複雑だった。丘への道をきょろきょろ探していると、時々見知らぬ人に睨まれたりして縮み上がった。

ルチアは、旧市街の恐ろしさを皆から毎日言い聞かせられているので、びくびくしながら歩いていた。建物や壁にさえぎられ、見通しが悪く空が狭いのも怖さを助長した。

だが、ふと、背後の足音に気がついた。誰かにつけられているのだ。

心臓が、どくどくと早鐘を打っていた。怖くて怖くて仕方がなかった。

とうとう駆け出したルチアだったが、足音から、相手も駆けているのだとわかる。恐怖に慄きながら、ルチアは、たっ、たっ、たっ、と夢中で足を動かした。

しかし、追いつかれ、肩をがしりとつかまれる。

びくっと飛び跳ねたルチアは、ガスパロとロッコが教えてくれた、身の危険を感じた時の合い言葉を言い放つ。極力冷ややかに、蔑みを込めて――。

「くたばれ、チンカス」

振り向けば、そこに虚《きょ》をつかれたように、唖然とするヴァレリが立っていた。

ぴしりと固まるルチアをよそに、ヴァレリはきびすを返して去って行った。

6章

ヴァレリ・ランツァ＝ロッテラ＝アルビノーニ。彼は、由緒正しい侯爵家の嫡男だ。

アルビノーニ侯爵家は名門として一目置かれているが、たとえ屋敷に偉人と呼ばれる先祖の肖像画がずらりと並んでいても、それは過去の威光にすぎない。

王都にそびえ立つ歴史ある侯爵邸は、いまの侯爵家の状態を如実に表していた。

外観は荘厳でいて、気高い佇まいであっても、内部は補修を必要としている部分が多く放置されたまま。ようは張りぼてであり、中身がともなっていなかった。

ヴァレリが物心つく頃から、アルビノーニ侯爵家の内情は褒められたものではなかった。

早世したという祖父母や曽祖父母はどうであったかは知らないが、父母は散財だけは天才的だ。家名を笠に着た寄生虫――。それが、いまの侯爵家にふさわしい渾名《あだな》だろう。

よって、ヴァレリは家を立て直すことに興味は持てても、家族に興味が持てないでいた。

もし、兄か弟がいたなら、考え方も違ったのかもしれない。苦難を分かち合い、ともに悩み、問題を打開できただろう。少なくとも、ひとりで途方にくれることはなかった。

愛人に入れあげる両親に存在を忘れられたり、夜、ひとりぼっちでひざを抱えたりしなくて済んだし、侯爵家にありながら、暖炉の火が絶え、寒い思いやひもじい思いをせずに済んだはずだった。ひとりではできなくても、ふたりならばできたことは多かったと思うのだ。

幼いころに価値のある宝石を持っていたとしても、換金して物を買う知識などは持ち合わせていない。ヴァレリが不条理に怒りを抱えていたのは、わずか五歳の時からだ。

ヴァレリは天才だともてはやされていたが、そうではない。血の滲むような努力のたまものだ。毎日寝る間を惜しんで勉学に励み、わからないことは徹底的に調べあげた。

それは、父も母も金を使うことしか能のないばかだから、さぼろうものなら未来の自分がこうなりうると反面教師にしていたからだ。彼にとって、両親は悪しき見本だったのだ。

ヴァレリは、昔から貴族を好きになれず、それどころか嫌悪していた。両親に代表されるように、着飾っていても中身はすかすかなカスばかり。言葉に重みはなく、息をするように嘘をつく。放蕩がすぎる父と母のせいで、迷惑を被る時も多々あった。

自他ともに認める真面目なヴァレリは、父と母に似て自分も美形であると知っていた。出かけるたびに、頬を染めた貴族の子女に騒がれていたからだ。だが、容姿で判断されることが嫌だったし、両親を間近で見てきたため、恋愛とは病と同じで、熱に浮かされたばかのすることだと思っていた。

『その意見に賛成だわ』と言われたのは、母の誕生会でのことだった。発言者は、エミリアーナ・バルビ＝パスクァーリ。パスクァーリ子爵令嬢だ。

それは、彼女から『将来を見据えてお付き合いましょう？　ゆくゆくは結婚を』と唐突に告白されて、振った際に告げた理由に、丸ごと賛成されたのだ。

『わたくし、恋愛はさほど重要だと思っていないの。貴族に恋愛は必要ないってお母さまも言っていたわ。だからあなたに、わたくしを好きになってもらわなくてもかまわない』

『あっちへ行け。おまえと話す気はない』

『わたくしは束縛はしないし、一緒にいて楽なタイプだと思うわ。それにね、わたくし、あなたがお父さまのように愛人を作ってても咎めないし、子ができたとしてもゆるすわ。でもね、わたくしと先に作ってほしいの。愛人は息子が生まれてからにしてね？』

ヴァレリは『ガキがなにを言っているんだ。気持ち悪い』と、露骨に顔を歪めた。

『子どもだからいまのうちに動いておくのよ？　わたくし、結婚の際に重要だと思う項目がふたつあるの。ひとつは最低でも侯爵夫人の立場を得られること。もうひとつは美形。子どもがぶさいくだといやなのですもの。おめでとう、あなたはふたつとも合格よ』

無視していると、エミリアーナは気を取り直したように言った。

『では、わたくしとの結婚、じっくり考えてみてね？　答えは急がないわ。実はね、あなた以外にもいいと思う人がもうひとりいるの。アルナルド・イッツォ＝ソルヴィーノ＝バルシャイ。バルシャイ公爵家の嫡男よ。わたくし、あなたと彼、どちらかと結婚するから、もしもあちらに決めたとしても悲しまないで。選ばなかったわたくしを恨まないでね？』

『誰が恨むか。あっちへ行けって言っているだろう』

この、エミリアーナとのおかしな話が影響したのかもしれない。

ヴァレリは翌週、見目の良い息子をひけらかそうという母に連れられ、バルシャイ公爵家の茶会に無理やり参加させられた。彼は、母の狙いが手に取るようにわかっていた。茶会の話題を攫い、目立ちたいだけなのだ。

(くだらない)

ヴァレリはまた、容姿を理由に女からきゃあきゃあ騒がれるのかと思っていた。

だが、もっぱら騒がれていたのは、ルチアとルチオという名の、白金色の髪の姉弟だ。人形のようなふたりの一挙手一投足に、皆が注目していた。しかも、姉弟の親は莫大な財を築いているフィンツィ伯爵であり、そのおこぼれに預かりたい貴族たちは、こぞって姉弟を褒め称え、伯爵の取り巻きになっていた。

『ふん、ぶさいくじゃないの。所詮はぶすのラウレッタの子どもたちね』

母のベネディッタが言った。どうやらあの姉弟は、母の最大のライバルの子どもらしい。

『母上、口を慎《つつし》んだほうがいいのでは？　あのふたりはバルシャイ公爵夫人の姪と甥です』

『わかっているわよ。つまらない、しけた茶会だこと。わたくしは帰るわ。あなたはまだ残っていなさい。わたくしの分までしっかりね？』

自分が中心にならなくて面白くない母は、息子を従僕に任せると、愛人宅に向かった。母にとって、息子は自分を高める道具でしかない存在だ。

ヴァレリはすぐにでも屋敷に帰りたかったが、従僕は、母からバルシャイ公爵夫人に文を渡す命令を受けているらしい。だが、公爵夫人と語らう順番待ちの列は長く、相当待たされそうだった。

退屈なヴァレリは、連れてきていた芦毛の馬に乗り、嫌々公爵邸内を散策していた。合理的な彼は、こんなところで時間を無駄にしたくはなかった。

馬を常歩で歩かせていたが、速歩に変えようとしていた時だった。唸り声が聞こえて目をやれば、先ほど見た白金色の髪の娘が、大きな黒い犬に威嚇されていた。

それは、どこかで見たことがある犬だった。

(確か、バルシャイ公爵家の嫡男の犬だ。しつけていないのか？　……愚かな)

ヴァレリは貴族が嫌いだ。どこかの令嬢が襲われていようが、知るかと思っていた。だが、なぜかその時、あの娘――姉弟の姿に、兄弟が欲しかった自分を重ねて、気づけば身をていして助けていた。

『くそっ、この犬！』

牙をむき出しにした狂犬だ。乗馬鞭で叩くが、案の定、犬は少々渋い顔をするのみだ。

そもそもヴァレリは肉体派ではなく、人を雇い、策を練って動かし、勝機をつかむことに長ける頭脳派だ。泥臭い戦いなど、するつもりもなければ向いてもいない。

(やれやれだ。なぜ僕はいま犬と戦っているんだ？　なんの得もないのに、くそ。このままでいくと、怪我は避けられない。……公爵家に賠償させ、金をむしりとってやる)

しかし、こしゃくな犬はヴァレリをいらつかせるが、白金色の髪の娘にもいらいらさせられた。突っ立ったまま、泣いてばかりで動かないのだ。

（むかつくちびだ。泣いたってなにもはじまらないだろう！）

ヴァレリは、女という生き物全般が、論理的ではないため嫌いだった。

『おまえ、ぐずぐずするな！　僕が時間を稼いでいる間に、這ってでも逃げろ！』

そして、いざ犬に噛まれると、激痛のなか、ヴァレリはがらにもないことをしでかしたから死ぬかもしれないと自嘲した。

（最後に見るのがあのちびか……）

ぼんやりと逃げる白金色の髪の娘を眺めた。が、その時だ。娘は犬に襲われるヴァレリを認めるやいなや豹変した。こぶしひとつで大きな犬を、あっという間にやっつけたのだ。

啞然としながら、ヴァレリはこの娘を助けてよかったのかもしれないと思った。これまで自分の親を筆頭に、欲深い貴族ばかりを見てきたが、人のために行動できる者をはじめて見たからだ。

『ごめんなさい……』

なぜ謝られるのかわからなかった。この娘は謝るようなことはしていないというのに。

『なあ、そんなことよりおまえ、強いな。勇敢だった』

ヴァレリは、鬱屈とした靄が晴れるかのように、清々しい思いでいた。

そして、あのちびな娘の名前を、無意識に脳裏に描いた。

従僕に抱えられて屋敷に戻ったヴァレリは、たまに娘と犬のことを思い出し、噴き出していた。ちびな娘が筋骨隆々な犬を撃退する場面は、改めて考えれば滑稽だ。怪我も少しずつ癒え、痛みが消えかけていたころだった。ヴァレリは娘――ルチアと再会した。なぜかルチアは侯爵邸で、ねずみごっこに興じていたのだ。

（おかしなやつ。人の屋敷でなにをやっているんだ？）

だが、思春期にさしかかろうというヴァレリにとっては、娘を『ルチア』と直接呼ぶのは難しかった。そこで、彼女を昔飼っていた猫の『ニア』と呼ぶことにした。ルチアはふわふわしていて、ねずみというよりも猫っぽいところがあった。

ルチアが自分に好意を持っていることは、わかりやすいから気づいていた。それはおそらく、鳥のひなに見られる刷り込みのようなものだろうということも。自分を助けてくれた者に憧れているだけなのだ。けれど、彼女に好かれるのは悪い気がしなかった。

ヴァレリは、彼女の好意に態度で返したかったが、その手段がわからなかった。そのため、彼女をかつてのニアに見立てて同じことをすることにした。

餌をふんだんに与えて、お風呂に入れてやる。できる範囲で磨いてやった。髪も丁寧に梳いてやる。さすがにニアのように一緒に寝るのはまずいと思い、遠ざかろうとしたが、ルチアは一緒に寝たがった。ヴァレリはこれは猫だと自分に言い聞かせ、彼女の隣に寝転んだ。

彼女はすぐに眠った。シャツがはだけていたため、きっちり着付けて、薄着のルチアが風邪を引かないように抱えた。かつてニアにしたように、白金色の毛に頬をすりつけると、なんとも言えない気分になった。

胸がうずき、泣きたくなるのはなぜなのか。この時ヴァレリは、これが妹ができた時の感覚か、と考えた。

そのまま眠り、朝になると、隣にいるはずのルチアの姿は消えていた。ヴァレリは寂しく思ったが、孤独を感じていたくはなかった。そのため、これははじめからねずみごっこだったのだと切り替えた。ねずみはそうそう人の前には姿を現さないのだ。

ヴァレリが表面上、いつも通りの日常に戻るのはすぐだった。しかし、ルチアの存在は消そうとしても消えないままだった。たまに彼女は夢に現れるし、質《たち》が悪いことに、ひざの上にのったりしては、猫のニアになりきり、甘えてくるのだ。

その夢は、なんと三年も続いていた。

ヴァレリは、いくらなんでもこうも続くのはおかしいと考えた。

ルチア以外にも、茶会や晩餐会で会った娘が大勢いるが、いずれもどんな顔か覚えていないほどだというのに、数日会っただけのルチアをなぜ想うのか不思議で仕方がなかった。

だが、自分はあの娘が好きなのかもしれないと考えれば、いままでの事態がしっくりくる。

(そうか、僕は好きなんだ)

自覚をしてしまえばお仕舞いだ。いままでの生活は一変した。兎にも角にも彼女に会いうでもよくなっていた。
などはいらないものだ。
に決まったと伝えられた。
たすことだけを考えた。忙しくし
たからだ。
て、ヴァレリを誘う。必死に抗っていた
し、夢に癒やしを求めるようになっていた。
だった。
の散策や買い物にまで付き合わされて、くちづけま
ないし、わめき散らして癇癪を起こすのだ。おまけに毎
し、家令は屋敷にあげてしまうため、会わねばならない。
は、婚約者のエミリアーナは、空気を読まずに笑った。
しの思いどおりになったでしょ？　五年前を覚えてる？』
要じゃないと言っていたはずだ。僕に接吻を求めるな』
はないと思っているけれど、恋愛ができるのならしたいに決まっている
女の子の憧れですもの。できれば接吻で、わたくしに夢中になって？』

たくなるのだ。そればかりか、記憶のなかの彼女は九歳のちびの姿のままだというのに、性的な対象に思えてしまう。彼女で自慰をしてしまった時は、とてつもない犯罪者になったような気がした。

（幼女趣味《ロリコン》か？　最悪だ。こんなの、気持ち悪すぎるだろう……）

髪をかきむしり、もんもんと自身の性癖を悩んでいると、ほどなくしてヴァレリは父に、『そろそろ婚約者を決めねばならない』と告げられた。

同じ年ごろの令嬢のリストを渡されたが、ルチア以外考えられなかった。そのため、リストにない彼女をあげれば、父はフィンツィ伯爵に書簡を出してくれるという。

周りの貴族は地位を笠に着た放蕩者のばかばかりだし、自分は幼少期より努力してきたためか、学業も優秀な成績を修めている。よって、真面目な自分が選ばれないわけがないと自信があったが、実際よい返事をもらった時に、思った以上に嬉しくて、自分は本当に彼女が好きなのだと改めて自覚した。

（婚約者候補というのは解せないが、まあいい）

ヴァレリは、想像でルチアとくちづけを交わし、抱きながら、本物の彼女に会いたいと思った。三年を経たルチアは、どのような娘になっているだろうか。

だが、婚約者候補でいられたのは束の間のことだった。

なぜなら、いきなり伯爵からルチアとの婚約を理由もなく断られたからだ。伯爵家に面会を申しこんでも、丁重に拒否された。諦めずに打診し続けたが、何度も門前払いにされ

続け、聞かずとも伯爵の強い意志は理解した。

それからというもの、ヴァレリは行きたくもない茶会にたくさん参加した。ルチアに会うためだったが、どんな場所に行っても彼女はいなかった。

噂では、ルチアは伯爵の掌中《しょうちゅう》の珠《たま》だという。ヴァレリは伯爵に直接話を聞いてもらうため、待ち伏せすることにした。

おそらく、この婚約が破談になったのは、侯爵家の借金のせいなのだ。

ヴァレリは、ろくでもない自身の家が、フィンツィ伯爵に断られても仕方がないと考えた。国内有数の資産家でもある伯爵家は、年々勢いを増す盛んな家だが、アルビノーニ侯爵家は名門だとしても、例えるならば落陽だ。落ち目の貴族は魅力もなければ得もない。貴族とは、付加価値を求める生き物だ。

しかし、ヴァレリはひそかに投資をしている。まだ勉強中の身だけれど、そこそこの蓄えはあったし、侯爵家が自分の代になりさえすれば、家を立て直す自信がある。伯爵に、今後の展望といまの資産を提示したら、絶対に理解してくれるはずだと思った。

だが、事は腸《はらわた》が煮えくり返るほど思うようには進まなかった。フィンツィ伯爵家の門前や、紳士クラブで待ち伏せしても、ひと月ほどのらりくらりとかわされた。

ヴァ……伯爵に聞かされたのは、父や母との過去だった。しかも、……ぐに金のた……発見し、

……け入れ……言えば、……カチだ。……だが、捨……る始末だ。……手だなと……う。

ヴァレリは『誰がなるか』と深々と息を吐く。

『おまえとの恋愛の可能性など、ゼロどころかマイナス以下だ。したいのならバルシャイ公爵家の嫡男を選べばいい。いますぐ汚名を着てでも破棄してやるから向こうへ行け』

『いやよ、あの人とあなたではラ・トルレ校の成績が雲泥《うんでい》の差ですもの。わたくし、頭がいい人が好きなの。しかも、あの人恋人が七人もいるみたい。さすがに性病が怖いわ。その点あなたって見るからに学術にしか興味がないのですもの。もちろん童貞でしょう？』

ヴァレリは猛烈に顔をしかめた。童貞という言葉は、悪いことをしたわけではないというのに、なぜか負の意味を持っている。ひどくばかにされたような気分になるのだ。

『見下げ果てた女め、帰れ。おまえの相手などしていられるか』

しかし、エミリアーナは侯爵夫人の座に並々ならぬ執着心を持ち、ほどなく接吻どころか夜を匂わせるまでに至った。『どうして童貞を死守するの？』とまで言われる始末だ。

そんな、騒々しい地獄のような日々を送っていると、気づけば家の様子が変化していた。借金で首が回らなくなったのだ。家財や家宝は、知らぬ間に次々と消えていた。

父は、どうしようとおろおろするばかりで、母は熱心に愛人のもとに入り浸る。

周りの貴族も豹変した。没落しつつある家など、なんのうまみもないため、ひとりふたりと離れていって、客の絶えなかった屋敷はがらんどうになってゆく。曽祖父が自慢していたという絵画やシャンデリアが取り外された時は、終わりだと思った。

投げやりのヴァレリは、家には思い入れがなくなっていた。爵位などなくてもいいとさえ思う。貴族というものがはなから嫌いだったし、ほとほと嫌になったのだ。

やがて、婚約者のエミリアーナの家から、そちらから婚約を解消しろと圧力がかかり、ヴァレリは喜んで受け入れた。

みるみるうちに衰退する家を横目に、ヴァレリは父と母には黙って投資をし続けた。目的を見失ってはいたものの、家財や家宝を取り戻したいと思ったからだ。それが、最後に残された、嫡男としての矜持だ。

ある日、父が縁談を持ってきた。十五も歳の離れた行き遅れの女性だ。断り続けていると、なんと、女は裸でヴァレリの寝台でごろりと横になっていた。部屋に入ろうものなら、誰かが扉を開けて、即結婚させる算段なのだろう。既成事実を作ろうというのだ。

父を問い詰めると、涙ながらに彼女と結婚してくれと頼まれた。そうすれば、借金を肩代わりしてもらえるという。

吐きそうになり、ヴァレリはそのまま侯爵家を飛び出した。家を捨てることに、なんのためらいも、未練もなかった。


流れ着いたのは旧市街。一度、ペトリス地区に入ったものの、父と女の追っ手がいたため、急遽進路を変えていた。

住んでいるところは、家畜小屋ではないかと思えるほどの古びたみすぼらしい一室だ。

だが親に売られて、一生を棒にふるよりもましだった。侯爵邸を出て二年、ヴァレリは町人として生きていた。

旧市街は治安がすこぶる悪いと評判だったが、住めば都とまではいかないけれど、けんかを売ったりせず運が悪くない限りは平穏だ。もっとも、ヴァレリは本心を隠す貴族と付き合ってきたため、人心を読むことに長けており、不要な争いを避けられた。

生活にも慣れ、ほとぼりも冷めたころ、彼は探偵に自身の家を調べさせた。

父は、借金取りから逃げるために外国へ行き、母は老公爵の愛人として怠惰な生活を送っているという。両親の呆れた様子に、ヴァレリは自分の行動は正解だったと考えた。

この時、ヴァレリは十九歳になっていた。

多感なヴァレリは、夢に出てくる八年前のルチアを、無理やり大人に見立てて毎日汚していた。自慰にふけり、学問に励み、投資をしてまた自慰をする。自分でもくそな毎日だったが、そうしなければ心が持ちそうもなかった。彼女が過去に示してくれた好意に縋りつき、自分の価値を見出していたのだ。

というのも、彼は己のふがいなさに耐えきれなくなっていた。

ヴァレリは、売られてしまった侯爵邸を競り落とそうとした際、Ⓜスカルキ商団に負けていた。投資をはじめたのは十歳だ。その、九年分の全資産をつぎ込んでも敵わなかった。

商団の長は、旧市街のごろつきを統べる、不動産および用水路の女帝マダム・スカルキ。女が住まう金ぴかのいかにも成金じみた豪邸は、旧市街を一望できる小高い丘に建っていた。陽を浴びて、四方に光を撒き散らすさまは、言葉通り『君臨』と言える。

その屋敷を見るたびに、ヴァレリは気分が悪くなる。なぜなら一度、侯爵家の屋敷を取り戻そうと、意を決してマダム・スカルキを訪ねたことがあるが、門前払いにされた上、ちょうどその時馬車で通りがかったマダム・スカルキにすげなくこう言われたからだ。

『いいかげんにしな。毎日あんたのような輩がわらわら湧いて迷惑してんだ。痛い目見ねえうちに帰んな。いいかい、あれはあたしのもんだ。いくら積まれようが売らないよ』

『頼む、一生かけてでも、二倍でも三倍でも出す。だから』

窓から顔を出しているマダム・スカルキは、小ばかにしたように鼻をひくつかせた。

『倍？　わかってないねえ、こちとら金なんて腐るほどあるんだ。金じゃねえんだよ』

この、熊のような女が手に入れたのは侯爵邸だけではなかった。アルビノーニ侯爵家の家宝は総取りされ、絵画やシャンデリアに至るまでことごとく落とされた。おまけに、この女はその他の競売には参加していない。登場するのは侯爵家の競りのみに限られていた。

『なぜおまえは、アルビノーニ侯爵家にこだわる』

『なあにいちゃん。競売たぁ手に入れたきゃ金を積む、これしか勝利の道はねえんだ。金をあたしより用意できなかった時点であんたは負けだ。もっとも、あたしには誰も敵いっこないね。このあたしは旧市街の女帝マダム・スカルキだ。負けるわけがねえんだよ』

マダム・スカルキは、『敗者は黙って枕でも濡らしてな』と吐き捨て、窓を閉めた。

十九年間生きてきて、これほど屈辱を味わわされたことはなかった。ヴァレリは、こぶしをぎりぎり握りしめた。力を込めすぎて血が滲む。

父に裏切られ、見知らぬ金満女と婚姻させられそうになった時も、両親の行いで望んだ婚約が破談になった時も、理不尽に蔑ろにされ、腹は立ったが、今回の比ではなかった。道を踏み外さず努力を重ねてきたのに、まったく歯が立たなかったのだ。完全な敗北を突きつけられていた。それも、決して挽回できない敗北だ。それは、彼には受け入れがたい現実だった。人生そのものがすべて無駄になったように思えた。

打ちひしがれるなか、舌足らずな声が聞こえた気がした。

『わたくし、ひとりで眠るのが寂しいわ。ヴァレリさまと一緒がいい……』

白金色の髪、すみれ色の澄んだ瞳。彼にとって、どんな宝石よりも価値を持っている。

この日から、ヴァレリは思い出の少女に溺れるようになった。


行為をしている時、女は鳴くという。それは、どんな声なのだろうか。

想像のなかでの彼女は、相変わらずふわふわな髪をしていて、あどけなさを残した少女だ。猫に例えたのは正しかったのかもしれない。少しこましゃくれた顔立ちだった。

自分でも、気味が悪いしおかしなことだと思っているけれど、毎日汚すことをやめられないでいた。多い時には笑ってしまうほど回が増す。ひどい時には一日じゅうだった。

とてもではないが褒められない、そんなすさんだ日々を送るヴァレリは、ある日強い視線に気がついた。ガタイのいいごろつきふたりを連れた、茶色の髪の娘がじっとこちらを見ていた。次の日も、またその次の日も娘は見ていた。

真っ赤な唇が目についた。だが、娘はおそらく童顔だ。化粧をして、けばけばしい大人に見せているようだった。服も、周りの娘に比べて露出度が高いし、時々こちらを誘うようなしぐさを見せる。まるで胸の谷間に注目してほしいようだった。

(なんだあのおかしな女は)

あまりに毎日続くので、ヴァレリは屋台の店主に、『あれは誰だ』と聞いたところ、『娼婦じゃないのかい?』と言われて、熱い視線に合点がいった。

娘は太客を求めているのだ。ヴァレリは娼婦に使う金などないと、徹底的に無視をした。だが、空気のように扱っていても、娼婦は毎日欠かさずやってくる。変わらずこちらを見つめている。しつこい娘だとほとほと呆れた。

しかし、ただ見ているだけなのかと思いきや、ついには話しかけられて、以降は毎日挨拶してきた。どんなに冷たく接しても、彼女はめげることはなかった。

ヴァレリが、あからさまに娘を嫌ったのにはわけがある。

舌足らずなしゃべり方、娼婦のくせに無垢なすみれ色の瞳。

大好きだと言われなくても、しぐさひとつで、ひしひしと想いが伝わってくる。

娘は太客を求めているのではないと、ヴァレリはいやでも気づいていた。

おまけに、髪の色こそ違えど、どことなくルチアを彷彿とさせるからむかついた。

同時に焦りも感じていた。毎日毎日自分を見つめ、語りかけるものだから、勝手に心は浮き立つし、ルチアの記憶が、娼婦に置き換わってしまうのだ。自分のなかで、娼婦がルチアを侵食しているのがわかる。

ヴァレリは、ルチアを忘れないためにも、ルチアに会わなければならないと思った。話しかけるつもりはないし、姿を晒そうとも思わない。

結ばれることはないとわかっているが、ルチアが娼婦に消されることだけは嫌だった。自分の想いも、彼女の面影も忘れず覚えていたいのだ。

ヴァレリは仕立てのいい服を買い、帽子を目深にかぶって王都に向かった。ひと目だけでもルチアを見て、夢から娼婦を跡形もなく追い払いたかった。

探偵に探りを入れさせ、彼女が茶会に出向くことは知っていた。

木の陰から様子をうかがっていると、やがて、黒塗りの馬車が車寄せに停車した。紋章からフィンツィ伯爵家の馬車だとわかる。

その扉を開くガタイのいい男は、見覚えがあったが、いつ見たのか、誰であったかは思い出せない。男にエスコートされて出てきたのは、絶世の美女と言えるほど美しく成長したルチアだった。白金色の髪は陽の光を浴びて、きらきらと輝いていた。

だが、ヴァレリは、波が引くように心が冷えてゆくのを感じていた。

再会した瞬間に、近づきたくて居ても立ってても居られなくなると覚悟していたのに、感慨などは一切抱かず無風の状態だった。そればかりか、母を思わせる妖艶な美貌に興味が失せて、早く旧市街に戻りたくなった。ヴァレリは彼女の成長にひどくがっかりしたのだ。

その日以来、ヴァレリのなかで、娼婦の存在がどんどん大きくなっていった。

葛藤がはじまった。いきなり勝手に、想いの切り替えが進んでいることに、自己嫌悪に陥った。自分は、両親とは違うと否定し続けていたのに、同じ移り気のように思えたのだ。

ヴァレリは、娼婦が無性に腹立たしかった。彼女が自分を変えたとしか思えない。

娼婦はなぜ毎日こちらを見るのか。なぜ話しかけるのか。なぜ無視していても笑うのか。

『あたいは……ヴァレリ、あんたが好きだよ？』

（……ああ、くそ）

濡れた右手を見て戦慄を覚える。ヴァレリはルチアではなく、娼婦を相手に自慰をした。

しばらく呆然としていて動けなかったが、ぎゅっと手を握りしめた。

否定をしていたが、本当は、挨拶ひとつでも、娼婦に声をかけられ、嬉しくなる自分がいたし、話しかけられても冷たくあしらうが、内心冷たすぎたと後悔していた。

だが、貴族のヴァレリにとって、娼婦に惹かれるなどありえないことだった。不特定多数に自分を抱かせて金をとる女だ。かつて、娼館通いをする同窓を蔑んでいたのだ。

そのはずなのに、意志はもろく、娼婦の知り合いだという男に酒に誘われたなら、ほいほいとついていく自分がいた。あの娘に会えるかもしれないと期待して、時間が過ぎてゆくごとに焦りを感じていたし、娼婦が現れた時には、妙に胸が熱くなった。

『パオロ、ここにいたのかい？　ヴァレリも。あたいも一緒に飲んでもいいかい？』

『よぉルイーザ、ちょうどあんたの話をするとこだった。……ヴァレリ、このルイーザも少々投資をかじってんだ。俺よりも詳しいぜ？　で、あんたはなにに注目を？』

娼婦は、『あたいは最近、香辛料。異国のね、いろんな種類があるんだ』と言った。

ヴァレリは驚いていた。娼婦を見誤っていたかもしれないと思った。

なぜ香辛料なのかと問えば、その理由は理に適ったものだった。

ルイーザという名の娼婦は、話し言葉や服装は娼婦らしく乱れているが、しぐさは洗練されていた。それは、狂おしくなるほどの懐かしさまで感じるほどだった。好ましい……。

そんなはずはないと、必死に抗うべく、どんどん酒を呷れば、ふらふらになるのはすぐだった。ヴァレリは、自分がどこにいるのかさえわからなくなるほど酔ってしまった。

それからなにがあったのか、どのように移動したのかはわからないが、気づけば宿の寝台の上、なぜか娼婦とふたりきりでいた。

間近に見える娼婦の顔。娼婦は、ヴァレリの上衣をくつろげようというのか触っている。よほど男に飢えているのだろう。それにショックを受けると同時に、激しくいらついた。

この娼婦は、様々な男と寝ているのだ。

ヴァレリは、至近距離で娼婦の顔を見つめた。鮮やかな瞳が明かりを映し取っている。すみれ色。その目を見るなり、箍が外れて抑えがきかなくなった。

そのあとは、頭に靄がかかったようだった。

朝、目覚めたヴァレリは、なぜ宿の寝台にいるのかわからなかった。だが、普段から悩まされている鬱屈とした身体のうずきは消えていた。身体が軽く、すっきりだ。

気持ちがいい、という思いでいたような気がするが、なにが気持ちがよかったのかわからない。昨夜のことを思い出そうにも、途中からの記憶は消えていた。宿屋の主人に聞いても、首をひねられるだけだった。

家に帰ったヴァレリは、娼婦のことばかりを考えて、ルチアのことがどうでもよくなっている自分に気がついた。これではいけないと、机の引き出しから彼女がくれた五枚のハンカチを取り出して眺めてみたが、心は揺るがない。

悩まなかったわけではない。しかし、ヴァレリは少女のルチアと決別するべく、大切にしてきたハンカチを思い切って処分した。

両親を反面教師にしていた彼は、多情がゆるせないのだ。娼婦を思いつつ、ルチアを思うなんてことはしたくなかった。

ヴァレリは娼婦に会って、じっくり話をしてみようと思った。酒の入っていない自分の心を見つめ直したかったし、いままで自分の気持ちに抗い、彼女に冷たく接していた自覚があった。

しかし、いつもは決まった時間に娼婦に会えるはずなのに、彼女は現れない。彼女が連れているふたりの極悪そうなごろつきも探したけれどいなかった。次の日も、また次の日もいなかった。

ヴァレリは日を追うごとに、娼婦に会いたくてたまらなくなった。思いは募ってゆくばかりで、学問や投資を放り出し、必死に娼婦を探すようになっていた。すべての娼館をまわり、金を積み、自分の目ですみずみまで調べたほどだ。だが、彼女は見つからなかった。

彼女にどうしても問いたいことがあった。いくら借金があるのかを聞き出して、清算し、娼婦をやめさせたいし、常識を覚えさせ、まともな生活を送らせたくなっていた。

ヴァレリはもう、娼婦との未来しか考えられなくなっていた。娼婦をやめるのが難しければ、流行りの駆け落ち婚をすればいい。家を買い、ふたりで細々と暮らすのだ。

自慰も、娼婦への想いを自覚してからはやめていた。それはヴァレリなりのけじめだ。

一週間が経ち、なかば狂いながら娼婦を探していた彼は、見慣れた茶色の髪を見つけて歓喜した。露出度の高いふざけた服装も、間違いなく彼女のものだった。

ヴァレリは駆け出した。が、なぜか娼婦も走り出す。しかも、驚くべき速度だ。

走っても、みるみるうちに広がる距離に、ヴァレリは目をまるくした。

(はあ？　なんだあの娘……いくらなんでも速すぎるだろう！)

娼婦は運動神経がずば抜けていた。男顔負けのスピードに、ヴァレリは全速力で走った。

息を切らしながらもようやく追いつき、振り向かせようと、彼女の肩に手をのせる。

汗にも構わず、声を発しようとした時だ。耳を疑う言葉を彼女に浴びせられた。

『くたばれ、チンカス』

それは、育ちのいい彼にとって、考えも及ばないような下品極まりない言葉だ。

頭が真っ白になったヴァレリは、無意識にきびすを返し、その場を立ち去ったのだった。

7章

ルチアは茫然自失となっていた。

ロッコ曰く、あの合い言葉は男を怯ませるとっておきの言葉で、どんな屈強の男でも言われたくないという。それを、あろうことか大好きなヴァレリに投げつけてしまった。

早く謝らなければならない。しかし、動かない足に必死に動いてほしいと懇願するけれど、少しも動いてくれなかった。これ以上嫌われるのが怖くて身体がこわばっていた。

うじうじしているうちに、彼の背中はどんどん小さくなって、雑踏に消えてしまった。

どれほど立ち尽くしていたのかわからなかったが、気づけば周りに濃い影があった。

ルチアは、いつの間にかガラの悪そうな荒くれ者四人に囲まれていたのだ。ガスパロとロッコほどではないとはいえ、充分悪人面で強そうだった。

「ねえちゃん、なかなかマブいじゃねえか。なあ、俺らといいことしようぜ?」

ルチアは、新米庭師パオロから、『いいことしようぜ』という言葉には絶対のってはいけないと教わっている。それは、百発百中いいことではなく最悪なことらしい。

それこそ、いままさに『くたばれチンカス』と言うべきだった。なのに、萎縮した喉は言葉を発してくれそうになかった。

男たちに肩を抱かれ、慄くルチアは避ける方法を必死に考える。

窮地のなかでひらめいたのは、最後の手段——誓いの腹パンをすることだ。パオロやガスパロ、ロッコと同じく、主従の儀式で仲間にするしかないと思った。

えい、と近くのならず者のお腹にこぶしを打ちこむ。すると、ぼごっ、と大きな音とともに、その男はもだえながらひざまずいた。

ルチアはこわごわ様子をうかがい、仲間になるのを待っていた。しかし、ならず者は真っ赤な顔で恐ろしげに威嚇してきて、その大迫力に、ルチアは怖くて泣いてしまった。

パオロたち三人と見た目は同じでも、仕組みは違うようだった。仲間になってくれない。

「この女《あま》、ゆるさねえ！　輪姦《まわ》したあとなぶり殺しだ！」

そのまま路地裏に引きずりこまれそうになり、ルチアは窮鼠《きゅうそ》よろしく、もうひとりのお腹目掛けてこぶしを決めた。すぐに、その凶悪そうな男も地面にうずくまる。

「てめぇ、やりやがったなァ！」

さらに怒り狂った残りのならず者ふたりが、ルチアの髪を引っつかむ。抵抗できないほどの力だ。ルチアはなすすべもなく、ずるずると路地裏まで引きずられてゆく。

ルチアは、かつて黒い犬に襲われたことを思い出していた。あのときと同じ絶望だ。

この世の終わりとばかりに目をぎゅっとつむると、人を激しく殴った音が聞こえた。けれど、ルチアは殴られてはいなかった。

不思議に思ってこわごわ目を開ければ、ルチアをかばっている者がいた。

信じられなかった。守ってくれているのは、去ったはずのヴァレリだったからだ。

瞠目していると、彼に強く手を引かれ、ルチアはその背中に隠された。広い背中だ。どくどくと、恐怖の動悸が治まらなかったのに、それは、別の意味のどきどきに変わった。

（ヴァレリさま……ヴァレリさま……）

「なんだてめえ、邪魔すんなァ！」

荒ぶるならず者たちに、ヴァレリはポケットから小袋を取り出して見せつけた。彼らの威勢が見るからにしぼんでいったのはなぜだろうか。ルチアはごくりと唾をのみこんだ。

「この金をやるからここは引け。足りないとは言わせない」

どうやらヴァレリはお金を渡したらしかった。それは大金だったようで、男たちは目の色を変えて去ってゆく。ルチアはヴァレリの対応にのぼせ上がって感心していた。

（スマートで素敵だわ……。さすがはヴァレリさま）

しばらく惚《ほう》けていたルチアだったが、ヴァレリがこちらを向いて心臓が飛び跳ねる。心の準備ができていなかったし、ならず者たちの登場で忘れていたけれど、先ほど彼に『くたばれチンカス』と言ってしまったのだ。

あわあわと、「ヴァレリ、あたい……あたい……ごめんなさい」と伝えたけれど、それは蚊《か》が鳴くほどの小さな声だった。彼には気づかれていないようだ。ヴァレリはルチアの手を調べたりして、身体の無事を確かめているようだった。

「あ、あの……ヴァレリ、ごめんよ?」

しかし、ルチアの発した声は、彼の声がかき消した。

「このばか! なにをしているんだ。弱いくせにごろつきにけんかを売るなんてどうかしている! 勝てるとでも思ったか? 二度とするな! 殺されてもおかしくなかった!」

けんかとは、誓いの腹パンのことだろうか。誤解を解こうとすると、彼に詰め寄られた。

「普通は周りに助けを求めるものだ。なのにおまえときたら率先して腹を殴るなんて、あれじゃあ誰も助けない。この僕もおまえじゃなければ素通りだ。本当にやめてくれ!」

ルチアは甘やかされたことしかないため怒られ慣れていないけれど、いま彼から怒られるのは嬉しかった。真剣に心配してくれているのがわかるし、無視されていないから幸せだ。

「わかった。あたい、ヴァレリの言うとおりにする。……あ。血がついてる」

ルチアはポケットからハンカチを取り出し、彼の唇の端にあてがった。ならず者に殴られて血が滲んでいるのだ。ちょん、ちょん、と生地をつけながら「ごめんよ、痛い?」と問いかけると、彼は不機嫌そうに顔をしかめた。

まだ叱り足りないのだろう。くどくどと説教がはじまった。しかし、ルチアは彼がそばにいることが、涙が出るほど嬉しくて惚けてしまい、ほとんど聞き流してしまった。

説教が十分ほど続いたあとだった。彼は、心の底から深いため息をついた。

「本当におまえは危なっかしい。これじゃあ目を離せない。来い」

突然、右手がぬくもりに包まれる。彼に手を引かれて歩き出したルチアは、いま起きていることは奇跡だと感激していた。憧れの『手繋ぎ』を大好きな彼としている。

幸せすぎて気が動転し、浅く息を繰り返しているうちに、彼がルチアを連れてきたのは、古めかしい建物だった。『小栗鼠亭《こりす》』と書いてある。

ルチアがうらびれた看板を見上げていると、彼に背を軽く押され、入店をうながされた。

「ここは僕がよく来る食堂だ。どうせおまえも料理が作れないんだろう？」

「うん、あたい作れないよ。ヴァレリもかい？」

彼は入り口にほど近い机の椅子を引き、ルチアを座らせたあと、自身も真向かいに座った。無意識だろうけれど、貴族としての婦人へのエスコートが染みついているのだ。そして、ルチアもそれを受け慣れている。ふたりは高貴に腰掛けているが、それは店内では目立つ行為で、知らず注目を浴びる羽目になっていた。

「僕はそもそも作る気がない。だが、おまえが作るならしてもいい」

ルチアは意味がわからず、きょとんとしていると、彼は「苦手なものは？」と言った。

「あたい、にんじんが苦手なんだ。ヴァレリは？」

「奇遇だな、僕もだ」

(知ってる)

「それ以外にないのなら好きに頼むが、いいか？」

ルチアが頷くと、彼は店主を呼んで、てきぱきと注文した。

店主が去ってすぐ、ルチアは頬杖をつきながらヴァレリを見つめた。

「あたい、今日もあんたが好きだよ？　大好きなんだ」

いつもの『しつこい』という言葉が返ってくると思っていたが、そうではなかった。真っ向から青い瞳に見つめられる。ルチアは慣れないことに調子が狂い、どぎまぎした。

冷たくされ慣れているのだ。戸惑い、目をきょろきょろと泳がせていると、ふいにヴァレリがごろつきにお金を出したことを思い出した。

「あんたのお金、返すよ。パオロに言われてるんだ。持ち歩けって。だから持ってる」

「いらない。目当てのものはなにも買えなかったから金は余っているんだ。気にするな」

「気になるよ……。あたい、あんたに迷惑かけたくない」

ルチアがうなだれると、テーブルの上にのせていた手にヴァレリの手が重なり、肩が跳ね上がる。手繋ぎはわかるけれど、この、手に手が重なることの名前をルチアは知らない。

緊張しきっていると、ヴァレリは深呼吸をしてから言った。

「ルイーザ、おまえはなぜ娼婦をしている？」

娼婦とはなんだろうと思いかけたが、女商人を指していることを思い出す。

「娼婦は好きだからしてるんだ。それに必要だし楽しいから……つい夢中になっちまう」

意気揚々と答えると、ヴァレリがひどく傷ついたように眉をひそめるから、ルチアは不安になった。「ヴァレリ？」と首をかしげると、手をぎゅ、と握りしめられる。

「僕がおまえを満足させると言ったら？　金もある。だからやめろ。食事を終えたらしょう。がっかりさせないし、おまえが欲しいならいつでもする。僕の家にいればいい」

思いがけない言葉にルチアが目をぱちぱちとまたたかせると、店主が大皿を運んできた。

(え、満足？　やめるって……。食事のあとになにをするのかしら。わたくしはなにも欲しがっていないけれど……どういうこと？　でも、ヴァレリさまの家には行きたいわ)

ルチアの思考は混乱の渦にあった。しかし、ヴァレリには良いところをたくさん見せたいと常に願っていた。無知とは思われたくないし、彼と同じく知的でありたいと。これ以上嫌われたくないし、できれば好感度を上げたい。

(いま、どう答えるのが正解なの？　――そうだわ)

取り繕ったルチアが、さもわかったように頷くと、彼は満足そうに目を細めた。

「僕の家に行く前に、食べよう」

「うん。あたい、ヴァレリの家に行きたい」

食事は、舌がやけどしそうなほど熱いものが出てきて驚きの連続だった。貴族の食事は、ソースや調理法は凝っているものの、冷めているのが普通なのだ。

湯気がたつ、少しレアなお肉の、あまりのおいしさにびっくりしていると、彼に食べ方がきれいだとまた褒められる。ルチアは、いままでの冷たかった彼が豹変していることに驚いていたけれど、かつての彼が戻ってきてくれたみたいで嬉しくなった。

「うまいか？　その様子じゃここははじめてだろう？　この小栗鼠亭は、僕が旧市街に来てはじめて入った店なんだ。まず、熱さに驚いた。僕の家は作り置きが基本だったから、熱いものを食べたことがなかった。もう、あんなぱさぱさなもの、食べたくないな」

ルチアは、過去を思い出して切なくなった。アルビノーニ侯爵家の食事はおいしくなかったが、彼にはあれが普通だったのだ。てっきり、多くの客人がいたから作り置きされていたのだと思っていた。

「あたい、ヴァレリに食事を作ってみたいな。この料理みたいに熱々にするんだ」

「だったら、一緒に作り方を覚えるか？」

「うん、覚えたい。あ、そうだ。ヴァレリはいつから旧市街にいるんだい？」

「二年ほど前からだ。おまえは？」

「あ、あたいもそのくらいかな。で、ヴァレリは……」

「おまえは二年、娼婦をしているのか。出身は？」

ルチアは、質問が自分に移りつつあることに肝を冷やした。貴族嫌いの彼に貴族だと知られるわけにはいかないからだ。それに、ごろつきはまだ勉強中の身で合格していない。まだ片言だと言われているし、いつボロが出るかわかったものではなかった。

「えっと……そうだね、二年娼婦だよ。あたいね、ププププリオ村出身なんだ」

「プが多いな。プブリオ村だろ？　生糸の産地だ」

「うん、そう。プブリオ村。でね、ボーナと幼なじみでさ、同じ釜の飯を……」

ルチアは懸命に話をひねり出すが、途中で、ふと、ガスパロとロッコのことを思い出した。そういえば、病気の彼らに薬をもらいにいく途中だったのだ。

（いけない、わたくしったらすっかり忘れていたわ！）

「ご、ごめんよヴァレリ。あたい、医術師のところに行く途中だったんだ」

ヴァレリは顔をしかめて「どこか悪いのか？」と聞いてきた。

「ううん、仲間がいま大変なんだ。じゃあ、あたい行くね。おいしかった」

席を立ったルチアが去ろうとすると、腕をがしりとつかまれる。彼があまりに真面目な顔つきをするものだから、ルチアの胸は高鳴った。

「ルイーザ。明日の昼、この店の前で待っている。ずっと待つから必ず来てくれ」

ルチアは、「うん。必ず来るよ。約束」と頷いた。


旧市街は丘に近づくにつれ様変わりする。ぎゅうぎゅう詰めの迷路のような下層とは違い、上層はゆったりしていて贅沢だ。成り上がりたちの豪邸が間隔を空けて並んでいる。

ルチアは、その頂に君臨するひときわ大きな金ぴかの屋敷を訪ねて、新米庭師のパオロの妻、マリアから薬をもらった。そのまま引き返し、下層へ向かう。

ガスパロとロッコは改めて探す必要はなかった。ガスパロの部下が大勢ルチアを捜索していたからだ。ルチアは彼らを知らないけれど、ごろつきたちは知っていた。ガスパロの部下にだけは、ルチアがⓂスカルキ商団の長であることを教えてあったそうなのだ。

ごろつきたちに案内されて向かった場所には、汗だくのガスパロとロッコが不機嫌そうにしゃがんでいた。交代しながらトイレに行きつつ、ルチアをずっと待っていたようだ。

「おいおいルイーザさま、なに出歩いてやがんだ。おかげで死の苦しみだろうがよ」

なかば切れた様子のロッコに詰め寄られたが、ルチアが「これ……」と薬を差し出すと、打って変わって機嫌が良くなった。

「やるじゃねえか。さすがは我らがルイーザさまだ。部下思いたぁ泣けるね」

「安静が必要だそうだから早く帰りましょう？　ふたりに相談したいこともあるの」

辻馬車に乗り、ルチアが彼らに先ほどの奇跡を伝えると、ガスパロとロッコから次々とアドバイスがやってきた。彼ら曰く、「こりゃあ、あと一押しでころりと落ちるぜヴァレリの野郎はよ」とのことだった。最後の畳みかけが肝要らしい。

「ルイーザさま、いよいよ明日だな。ここはガツンと決めちまおうぜ」

「明日ね。がんばるわ」

しかしながら翌日。ルチアはあろうことか寝坊をしてしまった。起きたら夕方だったのだ。明日が楽しみすぎて、朝まで眠れなかったからである。ヴァレリとの約束を見事にすっぽかしてしまった。

いつもは起こしてくれるはずのルチオが、「ルチア、昨日眠ってないから」と起こしてくれなかったし、父もルチアは寝かせておけとお触れを出していたらしい。召し使いたちは、命令通りに抜き足差し足でルチアの部屋のろうそくや水差しを替えていた。

あくる日、ルチアは謝罪の言葉を用意して、ガスパロとロッコとともに旧市街に向かい、小栗鼠亭の前を、塀の穴から恐る恐るうかがった。すると、すでにヴァレリが待っていた。

彼の機嫌が非常に悪いことが遠目でもわかる。

「ど、どうしよう……。ガスパロ、ロッコ。ヴァレリさまがすごく怒っているわ」

なにか少しでも怒りをなだめられる案はないかと、縋るような目でふたりを見たが、揃って首を横に振るだけだった。蒼白なルチアに答えたのはロッコだ。

「やつは屈辱のまちぼうけを食らいましたからねえ。謝るしかないっすよ。なあに、ルイーザさまの魅力で機嫌など直っちまいますって。ここは女の最終武器を使っちまいましょう。いいですか？　ヴァレリの野郎に近づき、明るく『ごめんよ』って、おっぱいを腕やら背中やらにこすりつけてやるんです。そうすりゃころり。おっぱいは地上最強よ」

ガスパロが、「おいロッコ、おっぱいじゃねえよ、もっと上品な言い方をしろ」と指摘している間に、ルチアは自分の胸を見下ろしていた。あまり最強だとは思えない。

ルチアが胸を気にしていることに気づいたのだろう。ガスパロとの言い争いを中断したロッコが、「謝るためにも、もっと色気があるスーパーおっぱいにしねえとな」と、膨らみと谷間を強調するように言う。それを受け、ルチアはいそいそと服をずりさげ、いつもよりも胸が露出しているように工夫した。

「……どうかしら？　わたくし、色気がある？」

「ああマブいマブい。うまそうだ。十中八九喰われちまうだろうが、がんばれよ？」

「ええ、がんばって謝るわ。……その、喰われるってなにかしら」

「ヴァレリに好きにされるってことっすよ。ぜーんぶ受け入れりゃあ、やつは骨抜き。とにかく、気持ちよけりゃあ『もっと』とねだり、痛けりゃあ『やさしく』と言やぁいい。──ああ、それから、令嬢のあんたは孕むとまずいんだろ？　パオロに口すっぱく言われてんだ。だからはじまったらこう言うんすよ。『外だし』で。この三つがありゃあいい」

ルチアはわからない単語があり、「孕むって？」と首をかしげた。

「ええ？　……まあ、外出ししてりゃあ無縁っすよ。わかんねえものは忘れちまいな」

「じゃあ外だしって？」

「そりゃまあ、あれだ。男にしかわからねえ。『外だし』、『中だし』。つまり男語っすよ」

「そうなのね、そろそろ行くわ。怖いけれど……やっぱりすごく会いたいのですもの」

ガスパロとロッコが親指をぴんと立てるから、ルチアもぴんとそれに習った。

息を大きく吸って深く吐く。繰り返したルチアは、足を踏み出した。

塀から出たとたん、ヴァレリの顔がこちらに向いているので、彼の視界に捉えられていることがわかった。胸はどきどきするし、背中に汗が伝った。

（やっぱりすごく怒っているわ……。緊張する）

怖じ気づきそうになるけれど、ルチアは自分の足を叱咤した。意を決して駆けようと決めると、それより先に、ヴァレリが大股でこちらに近づいてきた。

「ルイーザ、なぜ昨日来なかった」

ルチアとて、とても来たかったのだ。涙をこぼしそうになるが必死にロッコに従った。

「ご、ごめんよヴァレリ。あたい……」

ルチアは胸を意識して、ぴと、と彼にくっつける。そろそろと見上げれば、そこには怒りに満ちた彼の顔がある。不機嫌さがさらに増幅しているような気がした。

「なんの真似だ。ふざけているのか？」

顔だけではない、声まで彼は怒っている。胸は、最終武器でもなければ、地上最強でもないらしい。大失敗に愕然としていると、彼はルチアの胸の生地をつかみ、ぐいと上に引き上げた。きれいに折り目正しく整えられて、スーパーおっぱいとやらもなくなった。

かたかたと震えていると、ルチアは無言の彼に手を引かれ、小栗鼠亭に入った。

ヴァレリは無口だ。取り巻く空気さえも刺々しい。機嫌は直らず、「ごめんよ」を重ねても、「もういい」とすげなく言われるだけだった。ルチアが話しかけてもそっけない。

しょんぼりしていると、テーブルには、食べきれないほどのお皿が出てきた。

「一日分だ。可能な限りすべて食べろ」

「こんなにあたい、食べられない……」

「いいから食べろ」

「わかったよ……」と、ルチアが少しずつお皿に食べ物を取り分けると、そのお皿を横取りされてしまった。そして、彼は骨つき肉や魚のハーブ焼きなど、大量に盛っている。

ルチアのお皿は山盛りだ。目をまるくして見下ろしていると、彼が言う。

「──で。おまえ、一昨日と昨日の夜は働いたのか？」

一昨日は、ヴァレリと食事をした日で、昨日はルチアが寝坊をしてしまった日だ。

どう答えればいいのだろうか……。ルチアは悩みに悩んだ結果、『イレーネの恋のささやき』に書いてあったことを思い出していた。

通常、貴族ではない者たちは、ほぼ毎日労働するものだという。そのため、貴族ではないルイーザが働いていないのはおかしなことだ。

「うん。あたい、一昨日も昨日も働いたよ、いつも通りにね。えっと、当然さ」

ルチアは答えた瞬間に悟った。この答えは不正解だと。なぜなら、ヴァレリの顔や目が剣呑なものに変わったからだ。彼は一層機嫌が悪くなる。それが、見るからにわかった。

「ルイーザ、二度と働くな」

「え……。二度と？　〝働かざる者食うべからず〟だよ？」

「黙れ」とさえぎられ、以降は無言で食事をした。とてもではないが、話しかけられる空気ではなかった。ひたすら食べるしかなくて、ルチアはお腹がはちきれそうになっていた。けれど、彼が怒っているのは完全にルチアのせいだった。なので、意を決して彼に言う。

「ごめんよヴァレリ。約束を破るなんて、あたいが本当に悪かった。どうすればゆるしてくれるんだい？　あたい、なんでもするよ。だから」

「なんでもする？　本当か。ではおとなしく言うことを聞け。ゆるすのはそれからだ」

ルチアが大きく頷くと、席を立った彼になかば引きずられるように店を出た。

怒っているだろうから無理だと思っていたのに、それでも、ヴァレリは歩いている時に手を繋いでくれた。ルチアは、最初はおどおどしていたものの、次第に気分がよくなって、

『イレーネの恋のささやき』のヒロインになりきった。

ヴァレリが向かった先は屋台だ。そこで、女性用の服と亜麻布の服、そして布を購入する。簡素な亜麻布の服と布はふたつずつあるから不思議だった。

手のぬくもりを感じるルチアは幸せだったけれど、次第にヴァレリの目的地を知り、感激に打ち震えた。彼が連れてきてくれたのは、あの公衆浴場だからだ。ずっと、ずっと、彼と一緒に来たかった。

視界にどん、と遺跡がそびえ立つ。古くは神殿だったと聞いている。威厳がある佇まいの背景は、ごみごみとした新旧混ざりあう旧市街だから、その光景は独特だ。

遺跡を利用した公衆浴場は、門構えからして異国的だった。いつ建てられたのだろうときょろきょろしていると、ヴァレリに「落ち着きがない」と咎められた。

建物内は、裸のおじさんやおばさんが普通に歩いていて驚かされた。しかし、ほとんどの人が亜麻布の服を着ている。屋台でヴァレリが服を買ったのはこのためらしい。

広間では、思い思いに皆、服を着替えるが、裸を晒して着替える人や、こそこそ隠れて着替える人など、ひとりひとりの羞恥の差や性格が表れているようだった。

ルチアが辺りを見ていると、隣のヴァレリが視界に入った。

なんと、彼はルチアに背を向け、てきぱきと服を脱ぎ、贅肉の一切ない身体を晒した。

思わず両手で顔を隠したルチアだったが、指の隙間から彼を盗み見た。背中もおしりも脚も手も、肌の色も、すべらかでいて、きれいで最高だ。

ルチアは、周りの男性――パオロとガスパロとロッコ、そしてニコロたちと比べていた。

(ヴァレリさま、素敵だわ。わたくし、むきむきよりもヴァレリさまが好き)

ふわふわと思考をめぐらせていると、「まだ着替えていないのか」と彼に呆れられてしまった。気づけば彼はすでに亜麻布の服を着ていた。

「あ……、あたい、あっちで着替えてくる」

いそいそと柱の陰にひそんだルチアは、着ようとしたけれど、着方がまったくわからず途方にくれた。もたもたと布をいじっていると、彼が近づいてきた。

「待って、待って」

「待っていられるか。遅すぎる」

裸なのに隠れられない。おろおろしていると、彼が顔を出した。

「……はあ？　まったくおまえは。着方も知らないのに僕を浴場に誘っていたのか？」

「ごめんよ？　じつははじめてだったんだ」

ルチアは、彼に着付けてもらったが、そのそっけない態度のおかげで恥ずかしがらずに済んだ。

手を引かれて向かった広い湯室は、全体が湯気に包まれ、濃霧がたちこめているかのようだった。お風呂は遺跡の床をくり抜き、お湯がなみなみとはられている。

ヴァレリと肩までつかると、その手が伸びてきて、顔にかかった髪をどかしてくれた。

「ありがと。あたいの髪、汚いだろう？　こえだめ色なんだ」

彼は、聞くなり「ぷっ」と吹き出した。顔をくしゃくしゃにして笑っている。

その笑顔の原因がルチアの汚い髪というのは悲しいけれど、彼の笑顔は素直に嬉しい。念願の、左の頬のえくぼが見られた。

「おまえ、自分を卑下しすぎだ。こえだめは確かに茶色だが、なぜわざわざ排泄物に例える必要があるんだ。普通に茶色か栗色でいいだろう？　僕は栗色だと思うが」

告げられたとたん、ルチアのなかでずっしりと横たわっていた錘《おもり》が解けたような気がした。これまで、父もルチオも否定してくれていたけれど、彼の言葉だからこそ救われた。

「なぜ泣くんだ？　僕は泣かすようなことは言っていない」

どうやら泣いているらしい。手の甲で目を拭うと濡れていた。

「だってあたいの髪を……あんたが栗色って」

彼は、「しょうがないやつだ」と言いながら、湯につけた布でごしごしとルチアの顔を拭った。涙を洗ってくれているのだ。

(わたくしの髪は、今日からこえだめ色じゃない。栗色なの。そう、栗色)

ヴァレリの手つきは荒いけれど、だからこそ嬉しい。

その後、布を外した彼に顔をのぞかれ、凝視されてしまった。眉間にしわが寄っている。

「おまえいくつだ？」

「あたい？　十七だよ？」

「十七で娼婦をしているのか。……二年前からということは、はじめたのは十五？」

「そうなるね」と認めれば、彼に、さらに顔をぐいぐい拭われた。

「わざと化粧で大人に見せていたのか」

ルチアの化粧はヴァレリのためのもの。ルチアは化粧がとれてマブくなくなったのではないかと不安になった。が、それ以降彼はなにも言わない。その手はルチアの腰にあった。ルチアが彼の様子をうかがい、おとなしくしていたのは少しの間だけだった。かつてヴァレリにお風呂に入れてもらったことを思い出し、心が弾む。

以前教えてもらったように、水を指で弾けばぴゅっと飛ぶ。うまくいったので、得意になって大きく飛ばすと、すましたような彼の顔にかかった。

「こいつ、僕の気も知らないで」と、彼も指で水を弾けば、ルチアの顔に勢いよく噴きかかる。ふたりで飛ばしあえば、お互いに笑顔になった。

「ヴァレリ、あたい、あんたが好き。死んでしまいたいくらい、大好きなんだ」

この、〝死んでしまいたいくらい〟というのは、『イレーネの恋のささやき』の台詞で、ルチアがいつかヴァレリに伝えたいと願っていた言葉だ。

ようやく言えて満足していると、彼に湯のなかで抱えあげられた。

そのままヴァレリは移動して、ルチアを柱の陰に隠した。

「洗わせろ」

「あたいを？　いいよ？」

ルチアは、彼に身体のすみずみまで触れられて、嬉しくなった。以前、白金色の髪の時と同じことをしてくれている。彼と見つめあえるのは幸せだった。

彼の手が胸をかすめた時に、宿屋で気持ちよかったことを思い出し、「もっと」とねだれば、彼はすぐに叶えてくれた。逆に、足の間を洗われている時には、痛みを思い出して怖くなり、「やさしく」と言った。すると、彼はしかめ面になった。

「なんだおまえ、やけに注文が多いな」

「だって、あんたに触れてもらえて嬉しいんだ。もっとたくさん触ってほしい……」

「その割にはうるさいじゃないか。面倒な女だな」

それでも彼は、口が悪くても、甘くやさしい手つきだ。

だが、あまり長湯の経験がないルチアにとって、次第に熱さが厳しくなってくる。すっかりのぼせてしまった時には手遅れだ。彼が買った服を着せられて、背負われた。

彼の背で揺られながら、ルチアはその黒髪に頬ずりをする。こっそり匂いもかいでいた。ふたりとも同じ、公衆浴場のハーブの匂いがする。それは幸せの匂いだと思った。

「ヴァレリ、あたい、またあんたと公衆浴場に来たい」

「ああ、来よう」

また次があることにルチアは嬉しくなって、「大好き」と、彼の肩に顔をうずめた。

彼の声を留めておけるような紙があればいいと思った。それを開けば、いつでも彼の声が聞ける紙。毎日毎日聞くだろう。

なにせ、ルチアがヴァレリと普通に話せるのは八年ぶりだった。いまのこの瞬間が嘘のようで、今日という日が終わらないでほしいと願う。同時に、また失うのが怖かった。

「ねえヴァレリ、今日洗ってくれてありがと。気持ちよかったよ？　特に胸がよかった」

「ばか。……別に。僕は、目的もなしに洗ったわけじゃない」

やさしくない言葉だけれど、ルチアはだからこそ好きだ。ぶっきらぼうなのにおぶってくれている。彼は、言葉と行動が嚙み合わないが親切だ。しぐさや手つきも優美で素敵。

「ヴァレリ、どこに向かっているの？」

「僕の家だ」

「ヴァレリの家？　嬉しい」

ルチアの夢のような信じられない一日は、これだけで終わりではなさそうだ。

なぜなら彼の家に着き、扉が閉まったとたん、床に下されたかと思うとすぐに抱きしめられて、口と口がくっついたのだから。


接吻をしている。ルチアの瞳には、彼しか映らない。

ヴァレリの家に着いたら、部屋を堪能したいと思っていたけれど無理そうだ。

ふに、ふに、とやわらかい唇が、角度を変えて合わさって、ひっきりなしだった。

ルチアは、接吻が好きだと思った。九歳で接吻というものを知り、ずっと憧れ、彼とエミリアーナの接吻を目撃して絶望し、そして、いま、熱がここにある。

感極まって、彼の唇の隙間に舌を差しこむと、顔を離した彼に剣呑な目で見下ろされた。

「ヴァレリ、舌、絡めよう？」

それは、宿屋で彼が教えてくれた接吻だ。

だが、腹を立てたような彼の舌が口にねじこまれ、ぐちゅぐちゅとかき回す。八つ当たりをされているようで、ルチアは彼をなだめるべく、そっと舌に舌を絡めて撫でつける。するると、次第に彼の荒さがなくなった。

ルチアは唇がくっつくだけの接吻も好きだけれど、この、舌同士の接吻もお気に入りだ。熱も唾液も息もすべてがひとつになる。ふたりが繋がっていると実感できる。

深いくちづけのさなか、ふいに柑橘系の匂いがした。目の端で捉えたのは檸檬だ。かごに山積みになっている。

唇と唇がかすかな音とともに離れた時に、ルチアは無意識に「檸檬」と呟いた。

「……水に入れたり、そのままかじる。手が不快な時は檸檬の汁で洗う」

彼は話している途中、ルチアの服のボタンを外し、脱がせようとする。お風呂じゃないのに、ルチアの肌が露出した。

「どうして、脱がすの？」

「おまえから男を消す。決めていたことだ」

この時、ルチアの脳裏に浮かんだのは、一緒に来たガスパロとロッコだ。ふたりは穴熊亭で待ってくれている。そのため、「消すのはいやだわ……」と訴えた。

「黙れ、決めていると言っただろう」

ルチアは一気に剝かれた。服はすとんと足もとに落ちる。纏っているものはなにもない。

彼の腕の力が強まり、「家に帰さない」と告げられた瞬間、抱きしめられていた。

「なぜおまえはそうなんだ。まったく僕の自由にならない。……おまえにわからせる」

ひざに彼の腕が差し入れられて、ルチアの身体は彼に抱えられた。一度、唇を食まれたあとに、寝台へなかば投げつけるように落とされる。ヴァレリは、怒っている。

「ヴァレリ」と身を起こそうとしたルチアは、すぐに寝台に沈められる。彼がルチアの上に重なって、いきなり胸に食らいつく。先を強く吸われて、ルチアはあごを突き上げた。

「あっ……！」

信じられないことが起きている。彼が胸を舐めているのだ。想定外のことだった。

しかも、下から胸をすくい上げ、わざと尖りを強調させて、ルチアに行為を見せつける。

身体を貫く刺激に、下腹にずくく、と熱が集まった。彼が乳首を舌でねぶり、歯で潰すから、身体がびくびく反応し、腰が浮く。空いているほうの胸は、彼の指につままれてぐにぐにねじられた。ルチアは、はじめての身体のうずきに、首を左右に振りたくる。

「ああ……ぅう。あ。……はふ。……あ」

とても変な声だった。こんなふざけた声をヴァレリに聞かせるわけにはいかない。ルチアは、両手で自分の口を塞いだ。だが、胸から顔を上げた彼に、手を無理やり外された。

漆黒の髪からのぞく青い瞳は鋭い。

「声を出せルイーザ。全部、僕に聞かせろ」

ヴァレリは、ふたたび胸に顔をうずめる。揉まれて舐められ、舌ではじかれ、歯で嚙まれたり抓られて、乳首はひどくいじめられる。けれど、気持ちいいのはどうしてだろう。声を上げて喘ぐルチアは、ガスパロとロッコが教えてくれたとおりに、思いを伝える。

「あふ、……ヴァレリ、好き。気持ち、いい……。……もっと、もっとして？」

すると、彼の行為は強くなり、ルチアの胸の形がぐにぐに変わる。小さな薄桃色の突起は色濃く充血し、彼の唾液できらきら光る。しかし、あまり姿を現さない。彼の口、もしくは手に隠される。

先ほどよりも下腹が熱くてたまらなくなり、ルチアは脚をもじもじ擦り合わせた。なにかぬるぬるするものが、とろりと秘部から出ているようだった。

ルチアはまつげを跳ね上げた。

(月の障り!?　まずいわ……)

恐る恐る手を自分の股間に差し入れると、やはりぬるぬるに濡れている。腸が擦れた血液だ。人に見せてはいけないと教わっている。これが、三日以上続くのだ。どうしようと動転していると、気づけば、彼の重みがルチアから消えていた。なんと、身をわずかに起こしたヴァレリが、ルチアの手の動きを追っていた。股間にある手を見つめている。たちまち、全身の血が沸いた。見られていたことにルチアは衝撃を受けるが、手首を持たれ、手を引っこ抜かれそうになったので抵抗した。

「や、やめて。……お願い見ないで」

「僕の愛撫が気に入らないから、自慰を？」

彼の瞳は鋭いけれど、声も刺々しい。

（愛撫？　自慰？　なに……？）

ふたたび「やめて」と伝えたあとに、ルチアは羞恥でぷるぷる震える。

彼はいじわるだ。制止しても聞いてくれない。そのままルチアの手首を持ち上げる。

けれど、指先についているのは血ではないようだった。とろみのある透明の液体だ。

（なにこれ？）

ルチアが指を見つめていると、そこに、ヴァレリの赤い舌がべろりと這った。

それは、指に留まらなかった。手のひらも甲も手首も、彼は舌を這わせていく。唇ごとつけ、舐めまわし、それが腕にもやってきた。ちゅうと強く吸いつき、赤い痕も残した。

八年間も好きな人。その人が、ルチアを舐めている。

「………ヴァレリ、あたい……。あたい、あんたが好きだよ？」

「知っている」

舌は脇に到達し、とたんにぞわりと毛が逆立った。胸が高鳴り、ルチアは喘ぐ。下腹はびしょびしょで大変だった。シーツが濡れているのがわかる。

胸は特に念入りだ。もう一方の手も、お腹も、おへそも、両足の指一本一本に至るまで、彼は時間をかけて舐めしゃぶっていく。うつぶせにされ、背中やおしりまで。

きっと溢れた液が垂れているだろうから、恥ずかしい。だが彼は、おしりのくぼみに舌を這わせて舐めとった。さらに、おしりの丘に頬ずりされて、ちゅ、とくちづけられる。

あまりの恥ずかしさにルチアが両手で顔を覆っていると、仰向けにされたとたん脚を大きく開かされてぎょっとする。

「ヴァレリ、あ……やだ」

彼は、ルチアのおしりにクッションを入れ、角度を調節すると、間近で秘部を見つめた。

「興奮しているのか？」

「……やだ。恥ずかしい……」

ぐずぐずな秘部に指を感じる。彼は液をすくいとり、いかに濡れているかをルチアに見せつける。「やだ」と、脚を閉じようとすると、やすやすとさえぎられた。

「おまえはなんでもすると言っただろう。おとなしく言うことを聞け。脚を開いていろ」

彼の指にあわいをくちゅ、と開けられて、ルチアはぎゅっ、と目をつむる。

「………問題ない色だ。性病はなさそうだが、身体に不調は？」

そんなところで話されてしまえば、秘部に息が吹きかかる。それが心もとなかった。

「ないよ、ないからもう見ないで。やだよ……こんなところヴァレリに見られたくない」

「動くな。性病にかかっているなら、おまえは早く死んでしまうんだ。徹底的に調べる」

「……え？　性病？　死ぬ？」

ヴァレリは「このままでいろ」と言いつけると、机に行き、分厚い本を取ってきた。

ページをぱらぱらとめくるのは、『性病』とやらの該当箇所を探しているからだろうか。

彼はルチアのお腹に毛布を被せると、また、ルチアの秘部に鼻先を近づける。気難しい顔で、本と秘部を照らしあわせている。

ひだをつままれたり、引っ張られたり、匂いを嗅がれ、また、穴に指を入れられたりして、ルチアはいたたまれない気分になった。挙げ句の果てに、ちゅ、と唇までつけられて、嘘でしょう!? と思った。そこからは、遠慮なく舌でぺろりと舐める。

「ヴァレリ、なにしてるの？ あたい、やだ。そこ汚いよ……」

「おまえは性病じゃなかった。だから、医術師も薬もいらない。いまから男を消す」

さっぱり意味がわからなくて、ルチアは身を起こそうとするが、彼がルチアの脚を抱えこみ、固定するほうが早かった。ねっとりと舌があわいを舐めあげた。

ルチアがびく、と肩を跳ね上げると、ある一点をちゅう、と吸われて鋭い刺激が走る。

「あっ！ ……あ……。駄目、それ、絶対駄目なやつ、だもの……あ。あっ」

「刺激が強いか？ 皮を剝いた」

「皮？ ……なに？ なにも剝かないで。やさしく……やさしく。……あの、外だしで」

浮かされるように呟くと、ヴァレリの動きは、ぴた、と止まった。

「……外だし？ ふざけるな、するわけがないだろう」

彼はそう言って、ルチアの秘部にむしゃぶりついた。

ルチアの視界にあるのは天井だ。古い建物だからか少しひび割れていて、みすぼらしい輪染みが見える。黒ずんでもいて、かつてのヴァレリからは想像できない。

その部屋に、湿度の高い息がひびく。時折甘やかな叫びを伴い、荒い呼吸が充満する。

ルチアが発しているものだ。だが、荒い呼吸だけは彼のものも混ざっている。

ぴちゃ、ぴちゃ、とした水音と、ずるずるとなにかをすする音。

ルチアはめくるめく知らない世界に、息も絶え絶えになっていた。

なぜ自分の脚の間から液が溢れ続けているのかわからなかったし、それをなぜ彼が飲み干すのかもわからなかった。ルチアは食べ物ではないし、おいしいわけがないのだ。

全裸でいるのに、身体は火照って熱かった。汗がひっきりなしに噴き出して、身体を光らせる。こえだめ色——否、栗色の髪も汗で濡れていた。シーツもじめじめしている。

はっ、はっ、とルチアの胸は激しい呼吸に合わせて動くが、その両の尖りに彼の指が置かれている。絶えずくちくちと動く指は、ルチアを大いに悩ませる。快感に、ぐねりと身体がくねっても、胸の手は離れず、彼の口も、ルチアの秘部を放さない。舌使いが巧妙だ。

「……も。もう……あっ。あ、も。もう……やだ……」

ルチアが顔をくしゃくしゃにして泣いていても、彼はやめようとしてくれなかった。

勝手に腰がびくびく跳ねる。また、あれが来る、と思った。

ぐつぐつと腰の奥で渦巻く熱の塊が切なくうねり、背すじをなにかが駆け抜ける。わななくルチアが、身体をくっ、と反らせると、彼は理解したように胸から腰に手を移動させ、腕を回して固定する。ルチアの足が、ぴん、と伸びた。

「あ――。ああっ！」

痙攣するルチアの秘部から溢れるものを、彼はすべて受け止め、ずるずるすする。

この一連の状態は、繰り返し一時間ほど続いていて、ルチアはうまく思考が紡げず、喘いでいることしかできないでいた。

濡れた口もとを拭った彼は、ルチアに覆いかぶさった。

「ルイーザ、二度と働くな。もう働かせない。絶対だ」

ヴァレリはルチアの濡れた頬を舐め、涙を吸い取ると、唇にしっとりと口を重ねた。

ルチアは限界だった。秘部がひくひくとうごめいているのがわかるし、なかが、とにかくうずいて苦しい。腰が勝手に揺れている。あふ、あふ、と変な声が口から漏れていた。

ヴァレリは「苦しいか？」とこちらを見つめながら、ぐずぐずな秘部に手を当てた。

指をにゅる、と入れられたが、こんなものでは足りない。一本でも二本でも駄目なのだ。

「ヴァレリ……」と、悩ましげに見つめれば、彼が目を細めた。

「僕は小さくはないから、痛ければ言え」

その言葉の途中で、ルチアの脚の間に、硬くて熱いものがひたりとついた。

ルチアは前回と同じだと思いながら、その物体を見ようと思った。だが、彼に強く抱きしめられて、くちづけもされ、股間になにが起きているのかうかがえない。

ずぶずぶと、硬いものがルチアのなかに押し入った。すぐに、ぐちゅんとうずく奥まで到達し、ルチアはとろけそうになる。

官能がせり上がり、なかが収縮しているさなかに疑問を覚える。前回はとんでもなく痛かったのに、なぜ今回はとても気持ちがいいのだろうか。その差は、天国と地獄に思えた。

考えをめぐらせていると、苦しげな彼の唇に口を塞がれた。

以降、彼は接吻したままじっとしていて動かなかった。

ぎし、ぎし、と寝台がきしみをあげている。

だが、前回のように彼が腰を振っているわけではなかった。動いているのはルチアだ。

彼は、ルチアに覆いかぶさっているものの、重みを与えないよう、腕を突っ張っている状態だ。ルチアはそんな彼の背中に手をまわし、服をつかんでくっついている。

快感が気を大きくさせるのか、ルチアは、奥のうずきを刺さっている塊で鎮めるべく、腰をくにくにと揺らめかせていた。最初は勝手に腰が動いただけだったが、それがとんでもなく気持ちがよくて、以降は率先して腰を振っている。

（そうだわ……確かわたくしのこれは、お魚のマグロというのではなかったかしら？）

「あ……。あ。ヴァレリ、あたい…………。あ。ん……。ヴァレリ、これ……マグロ？」

その言葉を言ったとたん、彼は「――は？」と、心底気を悪そうにした。

「ばか。僕はおまえに形を教えているだけだ。……とんでもないことを言いやがって」

どうやら、〝マグロ〟という言葉はヴァレリには禁句らしい。

「ごめんよ。……あたい、反省するから、だから」

「だったら、早く僕に馴染め」

ルチアの息は荒かったが彼の息も荒かった。自分の口から漏れる甘い声の合間に、彼のなまめかしい声を聞き、満足感でいっぱいだ。彼の声をもっと聞きたくて腰の角度を様々に変えて動かした。時には変則的な動きも取り入れる。大好きな彼に好かれたい一心だ。

「……ん。……あふ。あ、……気持ち、いいわ……。あ。……ヴァレリ、気持ちいい？」

問えば、額に玉の汗を浮かべて目を閉じていた彼は、薄く開いた。

「おまえは……積極的すぎだ。なんなんだ。……う。——くっ」

ルチアのお腹のなかで、硬いものがぴくぴくと脈動する。熱いものが出てくると思っていると、案の定、奥に噴きかかる。宿屋でたくさん注がれているから、慣れっこだった。

彼は何度か大きく呼吸を重ね、息を整えると、ルチアに言った。

「……ルイーザ。僕は、なかにしか出すつもりはない。覚えておけ」

すぐに、彼はルチアの唇を、荒々しくむさぼった。

ルチアのお腹のなかの硬いものは、ずっとルチアに留まったままでいた。宿屋での激痛とは違い、快楽を得ているいまは、硬いものへの好感度はばつぐんに増していた。

ルチアはヴァレリとキスをすることが多かった。それは、ルチアからだったり、ヴァレ

りからだったりまちまちだ。彼は、ルチアとくちづけしていない時は、ルチアの胸に触れていた。「もっとして?」とねだれば、行為は続く。

ずっと腰を動かさなかった彼だったが、ルチアのお腹のなかのものの嵩が増した時に律動しはじめた。それは、宿屋での彼とは別人とも言える、ゆっくりしたものだった。

思えば、貴族は音を立てることを好まない。そのため、寝台はさほどきしみをあげておらず、それは静かでゆったりとした甘美な時間だ。だが、しっかりと奥は抉られ、ルチアはもだえさせられる。官能は熾火《おきび》のようにくすぶった。

しかし、やがてルチアは気づくことになる。この行為に終わりがないことを。

彼は穏やかな顔つきのまま、長い時間腰を振る。ついに、果てすぎて疲れたルチアは、ぐったりしてしまった。

それでも、彼は行為をやめようとはしなかった。抽送しながら接吻して、胸をまさぐり、吸い上げる。形を教えこむかのように、彼は出し入れし続けた。


いつの間にか眠ってしまったようだった。辺りは静かで、明かりの芯が燃える音がした。時の感覚はなく、けれど、辺りは薄暗いから、時間は相当経っていると思った。

身体の上にあるはずの彼の重みは消えていた。代わりに、秘部がやけにすーすーする。

脚が大きく開いているのに気づき、閉じようとすれば、大きな手にさえぎられた。

「待て、怪我をするから動くな」

ヴァレリの声だ。彼を見るより先に、ルチアは自分の手が動かないことに気がついた。なんと、両手が寝台の棒に括られ、身動きできないようになっていた。

「あと少しで終わる。これが終われば解いてやるからじっとしていろ」

秘部にひたりと冷たいものが当たった。

困惑して「ヴァレリ？」とうかがうと、彼は床にひざをつき、寝台で大きく脚を開くルチアの秘部に小刀をすべらせる。どういうわけか、さりさりと毛を剃《そ》っているのだ。

正直なところ、ルチアはいま剃られているふわふわな毛が、なぜこんな場所に飛び地のように生えているのだろうと気にしていたし、気に入っていた。そのため寂しく思ったが、剃り終えた彼がルチアの股間に顔を埋めるものだから、すぐになにも考えられなくなった。

「あっ」

ぐずぐずのぬかるんだ秘部が、さらにうるむのはすぐだった。しっとりと肌が湿りを帯びたのは、胸の先と秘めた芽を同時に刺激され、果てさせられたからだ。

快感に腰を浮かせていると、彼は服をちぎるように脱ぎながらその場に立って、ひざで寝台にのり上げた。

瞬間、ルチアは驚愕に目を見開いた。彼の股間でそそり立つものを目にしたからだ。大きなそれは血管が浮いていて、優美な彼に似つかわしくないものだった。

さすがのルチアも気がついた。宿で苦しみを味わわされたのも、ここで快楽を与えてくれたのも、この脚の間の奇妙なものだ。かわいくないし、大きいし、夢に出そうだ。

名前はなんだろうと、注視してしまったからか、ヴァレリが片眉を持ち上げた。

「おまえは僕の性器を見すぎだ。気になるか？」

性器——。

「悪いな、僕は小さくないんだ。だが、おまえの身体は問題ない。見ていろ」

息をのんでいる間に、それに手を添えた彼は、ルチアの秘部にみるみるうちに埋めてしまった。その生々しいさまをルチアは捉え、快感にのけぞった。

「あふ……。あ……ヴァレリ」

ルチアの両腰をつかみ、さらに深々と刺した彼は、嬉しそうに笑った。

「僕の形だな。あれだけ長い時間挿入していたんだ。だが、もう少し馴染ませる」

「ヴァレリの、形……？」

彼は腰を動かすことなく、ルチアに重なると、唇を吸ってきた。

「おまえは僕のためにいるみたいだ。締め付けがすごい。……手首、取ってほしいか？」

「あ。気持ちいいよ。……ひも取って？　あたい、あんたをぎゅって抱きしめたいんだ」

彼は寝台に手を伸ばし、ひもの結び目をゆるめてルチアを解放した。すぐにルチアがぎゅっと彼に抱きつくと、彼はくちづけしながら、そのままルチアごと転がった。

栗色の髪が彼に流れる。ルチアは彼を見下ろす形になるが、見上げた彼も見下ろす彼も最高だと思った。

「ヴァレリ……あたい。あんたがすごく好きなの」

「そうやって、いつも僕のことを考えてろ」

背中とおしりに彼の大きな手が回り、ふたりの肌と肌に隙間はなくなった。

「うん、考える」と言いながら、ルチアは彼の口に思いっきり唇をくっつけた。

接吻を重ねると、あまりにヴァレリが好きすぎて、どうしても腰はうずき出す。

「ん。……あのね、あたい、ヴァレリが裸で嬉しい。裸でくっつくの、好き。すごく気持ちいいの。………ん。あの……ヴァレリ。お腹のなか、大きくなった？　……あ」

「やめろ……、いちいち報告するな。これでも我慢しているんだ」

彼に気づかれないように、硬い先に奥をこっそりこすりつければ、気づかれてしまい、「おまえがそうだから終われない。……我慢、できない」と、彼が本格的にはじめた。

今度の彼は静かな動きではなかった。寝台がきしむのも構わずに、ルチアのなかを穿つ速度も速い。体勢はすぐに変えられ、肌と肌が打ちあう音がひびいた。

なによりもルチアが幸せに感じたのは、途中、彼が手をそれぞれ重ねて、十指を絡めてくれたことだ。口と口がくっつき、舌も絡まり、おまけにお腹のなかでも繋がっていた。

行為はそれからも長い時間に及び、何度果てたかわからない。疲れて途中で、べたべたなシーツの上で重なりあって眠った。

先に起きたルチアは、自分のなかから彼の猛りが外れていることに気がつくと、彼と抱き合う時間を終えたくないため、お腹に入れようとした。が、力を失い、やわらかくなった性器は、何度腰をつけても入ってくれない。

(どうしてかしら？　ヴァレリさまは簡単にわたくしに入れていたのに)

悪戦苦闘していると、視界の端に光がちらついた。

窓と布の隙間から陽が差しているのだ。分厚い布をめくれば、外は朝の世界だ。

朝は美しい。しばらく魅入っていたが、ふいにルチアは彼との会話を思い出した。

『あたい、ヴァレリに食事を作ってみたいな。この料理みたいに熱々にするんだ』

(そうよ、起きたヴァレリさまに、わたくしの熱々な料理を食べていただくの。素敵)

それは下心つきだった。おいしい料理でルチアに対するヴァレリの好感度はばつぐんだ。

にこにこなルチアは、彼に着せられていた地味な服を纏った。

寝台で眠るヴァレリをのぞきこめば、胸に切なさがこみあげる。

(ヴァレリさま、キュート。わたくし、あなたを愛しています。いつまでもいつまでも)

と、『イレーネの恋のささやき』の台詞を真似ながら、ルチアは裸のヴァレリに毛布をかけた。これで寒さ対策は万全だ。

彼の部屋は、必要最低限のものしか置かれておらず、殺風景。たくさんの本が山積みになっている。そのため、実際以上に冷え冷えして見えるのだ。例えるならば初冬だ。

ルチアは、扉から出る前にくるりと振り返る。

(そうだわ、お花を買って彩りを追加しよう。華やかなお部屋になるわ。花瓶も必要ね)

旧市街に飛び出したルチアの心は、スキップをしたくなるほど浮き立っていた。

しかし、ほどなく自分に料理を作るのは難しいと思うようになる。たまごが白く丸いものだとは知らなかったし、お魚も想像とは違ってぶさいくだった。極めつきがお肉を買おうとすれば、鶏やぶたを丸ごと渡されそうになってびっくりし、混乱して逃げ出した。

結局、ルチアはりんごとパンしか思いつけないでいた。

無知さ加減に気が滅入ったけれど、屋台に並ぶパンはどれもおいしそうだった。店主に焼きたてのパンを指差し、「あたい、これにする」と声をかけ、金貨を渡そうとしていると、やけに息の荒い男にいきなり、がしっ、と腕をつかまれた。

すくみあがったルチアだったが、ヴァレリと過ごしたルチアは勇気百倍だ。

「くたばれ、チンカス」

振り向けば、そこにいたのは新米庭師のパオロだ。とてつもなく機嫌が悪そうだ。背後には、ルチオの従僕ニコロまでが控えており、彼はルチアの言葉に、腹を抱えて笑った。


ルチアとガスパロとロッコの三人は、パオロに強制的に連れられて、ぎゅうぎゅう詰めの辻馬車のなかでこっぴどく叱られていた。

パオロが言うには、ルチアがいないことに気づいた父とルチオが半狂乱となり、伯爵家はいま騒然となっているらしい。なんと、見つけなければニコロのクビが飛ぶという。なぜニコロなのか不思議だったが、パオロもニコロも夜通しルチアを探していたそうだ。

　ルチアはくどくどと無断外泊を咎められ、ガスパロとロッコはルチアがいないのをいいことに酒を飲み、娼館に入り浸っていたことを責められていた。ふたりはⓂスカルキ商団のつけで、大いに羽目を外したらしい。めずらしくガスパロとロッコはしゅんとしていた。それほどパオロの迫力はすさまじく、思わず主のルチアも泣きべそをかいたほどだった。

「……ごめんなさい。わたくし、ヴァレリさまといられて、とっても楽しかったの」

「楽しかっただあ？　責任感ってもんがまるでない。ルチアさまはガキすぎる。好いた惚れたの次元じゃねえんだ。ヴァレリに合わせて陽気に猿になってもらっちゃ困るんですよ。既成事実が確立したいま、褌《ふんどし》締めてもらわねえと。あんたはいまでは総勢千人以上のごろつきを従えるⓂスカルキ商団の長。ルイーザ・スカルキだってのを忘れちゃいけねえ」

「え？　わたくし、千人以上も部下がいるの？　知らないわ。どうして？」

「どうしてじゃねえよ、当然だろうが。インフラを押さえたあんたは最強も最強。下請けを入れれば、ごろつきは六千人以上に膨れる。あんたが消えればうちは仕舞いよ。まだ伯爵に存在を気づかれていねえからいいものの、気づけば必ず邪魔するに決まってる。なにせ、うちの幹部はあんたとうちのマリア以外は全員男。そんな環境ゆるされねえだろ？　カルミネの銀山を開発しているいま、慎重に行動してもらわねえと。つまり外泊絶対禁止だ」

　ルチアは目をぱちくりさせていた。思ったよりも、Ⓜスカルキ商団の規模は大きかった。

　その後も続くパオロの説教を、ニコロがさえぎる。

「パオロ、困りますねえ。ルチアさまは十七といえども、まだちびっこに片足を突っこんだままのひよっこです。一気に理解はできません。説教よりも、まずは伯爵さまとルチオさまへの対策を考えるべきです。なぜなら理不尽にも俺のクビがかかっていますからねえ。本当に俺に迷惑をかけないでいただきたいところですが、そこで、提案があります」

　皆の目がニコロにしぶしぶ集まった。

「このまま伯爵家ではなく、ルチアさまのお祖母《ばあ》さまのもとへ行きませんか？」

　首をかしげるルチアだったが、問う前に耳打ちされた。

「ルチアさま、ヴァレリさまは独占欲が相当お強いらしく、あなたの身体に所有の証が点在しているのです。ほら首もとや腕。これらの痕は、いまのあなたにとって致命的です」

　ルチアは夢見心地になった。

「ヴァレリさまがわたくしに独占欲……？　本当？　所有の証……」

「話を脱線させようとするのはやめてください。戻しましょう。いいですか、伯爵さまにその痕を気づかれようものなら、あなたは二度と外へ出られなくなります。そしてとばっちりを受ける俺はクビどころではなく頭と胴体が永遠にさようならしかねない。つまりはバッド・エンド。ルチアさま、あなたをお祖母さまのもとへお届けしますので、痕が見えないドレスをお借りしてください。お祖母さまにご同行願い、伯爵さまをうまく言いくるめていただきましょう。そして、忘れてはならないのが草むしりです。ルチアさま、お祖母さまの屋敷でぞんぶんに草むしりをしてください。よい虫さされ、お願いしますよ？」

「草むしり……わたくし、したことがないわ。ねえ、ニコロ。教えてくれる？」

ニコロは、「お任せください」と胸に手を当てた。

「あなたの部下のガスパロは草むしりが大得意です。彼から教わってください」

それにはたまらないとばかりに、ガスパロが目を剝いた。

「この俺が草むしりだと!? ふざけんじゃねえぞコラァ。得意なわけがねえだろ!」

「おやおや。では、ロッコの馬の糞の始末と交替しますかぁ? あなたたちがさぼるものですから異様にこんもりですが。馬丁の方々が怒っていましたよ? 馬もかんかんです」

ガスパロが、「草むしりをする」と納得している間に、今度はロッコが怒り狂った。

「待てよ、俺がひとりで糞の世話? 聞いてねえよ。冗談じゃねえぞコラァ!」

「ところでロッコ、庭師のルッキがこやしに使いたいと言っていました。ですので、きっちり伸ばして日干しでお願いします」

「ふざけんじゃねえぞコラァ! くそだりぃ、やってられっかよ!」

「おい、うるせえよ。小声でしゃべろ」とパオロの喝が飛ぶが、ロッコは黙らない。

「パオロ、てめえ、他人事じゃねえだろ。庭師と言やぁ、てめえだろうが! あぁ!?」

「待って、みんな仲良く……。仲良く……。ね?」

「てめえ無視してんじゃねえよ、新米庭師だろうが! 手伝え、逃がさねえぞコラァ!」

辻馬車の御者は、車内から聞こえる怒声に、ぶるぶると怯えながら馬を駆る。そうして馬車は王都の郊外——ルチアの祖母、先代フィンツィ伯爵夫人の屋敷に向かった。

祖母に会うのは久しぶりだからどきどきした。けれど、あたたかく歓迎されたのだった。

8章

「ああん、あんっ、……あ。――そこ。そこよ、あ。……ああん、あん」

　天蓋付きの豪奢な寝台で、四つ這いの女に男が腰を振っている。女は白金色の髪を振り乱してなまめかしく喘ぎ、男は女の腰をつかんで、ふん、と雄々しく腰を打ちすえる。

　香炉から煙がたなびくなか、男は深々と息をして、汗だくの金色の髪をかきあげた。それは、若きバルシャイ公爵アルナルド・イッツォ＝ソルヴィーノ＝バルシャイであった。

　放蕩者の名をほしいままにしている公爵には、現在十名の愛人がいる。そのうちのひとりが、いま、己の下で惜しげもなく肌を晒しているフィンツィ伯爵夫人のラウレッタだ。

　およそ二年前より、公爵はひと月に二、三度、こうしてラウレッタと交接しているが、今日はいつもと違った。これまで気にしたことはなかったのに、腰を持つ手にわずかに感じる贅肉《ぜいにく》がやけに気になった。そこを気にしてしまえば他も気になってくる。喘ぐ彼女の背中をよくよく見ればたるみがあったし、肌も以前よりもくすんでいるような気がした。

　観察していると、ついつい抽送が止まってしまい、ラウレッタが「なに？」と不満げにこちらを振り返る。なんとその時、彼女の顔に小じわを見つけてしまった。

絶世の美女も形無しだなと思っていると、公爵は次第に萎えてきて性器がしぼんでしまい、それをラウレッタにひどくののしられた。自身の性器を、極小呼ばわりされたのだ。

全人類の男にとって、高貴な部分をけなされるのは、耐えがたいことだろう。

事実、公爵のなかで別れがよぎるが、なにせ彼女は初恋であり、脱童貞の相手だ。当時は一度関係したきりを『てんで駄目ね』と捨てられたが、父の跡を継ぎ、爵位をひけらかして声をかければすぐ落ちた。振られた過去はゆるせなくても、ラウレッタとは身体の相性がすこぶるいいし、伯爵夫人なこともあり結婚を迫られない。理想の遊び相手だった。

翌日、もやもやしたものを抱えつつ、アネージ伯爵の舞踏会に参加した公爵は、めずらしく誰とも踊らず、しゃべりもせずに、壁際でもんもんとラウレッタとの今後を考えた。

喉が渇いて、従僕を呼び止めようとすると、会場がざわめいていることにふと気づく。

彼らの視線を追えば、淡い水色のドレスの娘が目についた。とたん、公爵はその麗しい美貌に釘付けになった。それは、華奢な身体をした白金色の髪の娘だ。

「君、あの令嬢は誰だ？　まるでおとぎの国から迷いこんできた妖精のようじゃないか」

近くの貴族に質問すると、「フィンツィ伯爵家のルチア嬢だ」と教えられた。

公爵は首をひねった。彼が覚えているルチアといえば、二年前に見た、伯爵邸内をうろついていたさえない娘だ。影が薄くてさほど印象に残っていないが金茶色の髪をしていた。

公爵はふたたび白金色の髪の娘に目をやった。

妖艶とは言えないが細い手足は可憐だ。胸は小さくても、それが彼女に不思議な透明感を与えている。まるで繊細な銀細工。かもし出す艶と華に惹きつけられた。

公爵はこれまで結婚を意識したことなどなかったが、いま、鮮烈に意識させられていた。彼女に出会うために独身を死守していたとさえ思える。早速、彼女に近づいた。

「やあこんばんは。私はアルナルド・イッツォ＝ソルヴィーノ＝バルシャイだ。君は？」

「はじめましてバルシャイ公爵閣下。わたくしはルチアですわ。お見知りおきください」

彼女は声もすばらしい。鈴を転がすような声だ。が、眉をひそめずにはいられない。

「……妖精さん、違うよね？　私はルチア嬢を知っているよ。君の本当の名前は？」

だが、そう伝えたとたん、娘の顔は鋭くなった。扇を口もとに添えてこう言う。

「黙れ。おまえに名乗る名前などない。あっちへ行け」

公爵は、その豹変ぶりに呆気にとられたが、すぐにこの者が誰であるかに思い至った。

二年前、ルチアに会った時、彼女の弟にも会い、ひどい態度をとられたのだ。それは、姉の存在を即座にかすませてしまう、白金色の髪をした絶世の美女ならぬ美少年だった。

「──ああ、そうだ思い出したよ。懐かしいやら腹がたつやら。君はルチオくんだ」

娘は皮肉げに唇の端を持ち上げると、「口が臭い、話しかけるな」とすげなく言った。

公爵は、言わずもがな激怒した。が、しかし。相手は男だというのに、胸の高鳴りが抑えられない。どきどきしているし、ルチオがきらきらときらめいて見えるのだ。

しかも、以降も話しかけても、ルチオは自分に媚びることはない。つれない猫のようにすんとしている。その生意気な態度は、在りし日のラウレッタを彷彿とさせるものだった。

あごに人差し指を当てた公爵は、ひとり考える。

聞くところによると、秘めた後ろの穴もなかなかに気持ちがよいという。

公爵は、新たな魅惑の世界の扉を叩いてみるのもいいかもしれないと思った。


「ニコロ、気持ちが悪い男……いや、虫けらがいた。二度と私に近づけるな」

薄水色のドレスをひるがえしていたルチオは、従僕に命じてから馬車に乗りこんだ。

ルチオが完璧に女になりきれるのは、ひげが生えていないことと、まだ成長途中で、子どもと大人の中間であること。そして、声変わりを迎えていないからだった。

「おや？　バルシャイ公爵閣下を虫けら呼ばわりですか？」

「やつは私が男だと気づいても性的な目で見ていた。いたいけな少年に下種の極みだ」

「しかし、いつまで女装なさるのですか？　ルチアさまの悪評は薄まったと思いますが」

ルチオは、絹の長手袋をするすると外し、ニコロを睨んだ。

「声変わりするまでだ。おまえ、以前ルチアがあの女にいじめられていると言っていただろう？　私の美貌であの女をこらしめなければならない。みじめな思いをさせてやる」

「あなたが出かけるのは、母君に仕返ししたいからでしたか」

「あれは母ではない。ただの性交狂いだ。それよりあの虫けらに目にものを見せてこい」

「いやいやいやルチオさま。このニコロ、屈強な拳闘家である前にただの従僕。大貴族のバルシャイ公爵をどうにかはできかねますが」

「いくじなし。……ふん。私は着替えて紳士クラブに行く。むしゃくしゃする時は賭けに限る。——そうだな。今日はありとあらゆる強欲な輩の金を巻き上げるとしよう」

ルチオは勝負の運に恵まれているのか、賭け事ではほぼ負け知らずと言ってもよかった。巧妙に人の心理を読み、気持ちの上でも、実際でも相手を負かす。ルチオはその敗北に歪んだ顔を見るのが趣味だった。性格がよいとは言えず、一筋縄ではいかない少年だ。彼が素直でいるのは姉のルチアの前のみだ。虫の居所が悪ければ、実の父親さえ平気で陥れる。

彼は昔から自分が神童なのは知っていた。さして努力もなしになんでもできた。だが、明晰《めいせき》な頭脳と輝かしい美貌を持っていても、ルチオは驚くほど力が弱かった。女性にも敵わない。そのため、けんかの気配を感じれば、ニコロを盾に隠れていた。

ルチオは、そんなひ弱な自分さえも活用していた。その対象はもっぱらルチアで、ニコロに協力させて、一生懸命彼女の母性本能をくすぐることに注力していた。今後の課題は、ルチアにとって、常になくてはならない存在になることだ。

ルチオは、毎夜ルチアと一緒に寝ている。ただ手を繋いで眠るだけでも幸せだ。けれど相手は好きな女の子。そしてルチオとて男だ、欲情しないわけがなかった。

なので、毎日寝台からこっそり抜け出して、召し使いに性器を舐めてもらっていた。対象は、ルチア付きの召し使いたち以外だ。かわいくおねだりすれば、あっさりと言うことを聞いてくれる。口に含んでもらいながら、ルチオはルチアとの行為を夢見ていた。

ある日のこと、召し使いと部屋にこもって、すっきりしたルチオは、またルチアの寝台に戻って彼女の隣にころんと寝そべった。

寝ぼけたふりをしてルチアに抱きつくと、その化粧着の隙間から肌が見えた。だがそこに、確かな赤い印を発見し、ルチオは雷に打たれたような衝撃を受けた。

虫さされの痕も点在するものの、口でつけられた痕もある。ルチオは騙されたりしない。

こわごわ布を持ち上げてなかをのぞくと、簡単に五つもその痕が確認できた。

「ニコロ――――――!!!」

ニコロの部屋に突然乱入したルチオは、彼の毛布をめくりあげ、遠くへ投げ捨てた。

「ええ……!?　ルチオさま、いま何時だと思っているんですか。真夜中ですよ?」

「ルチアが下種にたぶらかされている!　夢だと思いたいが、おぞましいなめくじ並みの痕があった。最悪だ。害虫を徹底的に調べあげろ!　なんてことだ、なんてことだ!!」

「実際に虫なのでは?　ルチアさまは、虫に刺されたと言っていたではありませんか」

「虫なものか!　あれは人だ。くされ外道がルチアの肌をいやらしく吸ったんだ!」

ニコロはあごをさすり、寝癖の髪を整えながら言う。

「そうですねえ……正直なところ、少々順調すぎて波乱が足りないと思っていたのです。このままでは揺るぎないハッピー・エンド。んー……多少のスパイスを加えてみますか」

「なにをごにょごにょ言っている。減俸されたいのか?　それよりもルチアは――」

ルチオの言葉は、飄々としたニコロにさえぎられた。

「お相手はヴァレリさまですよ？　あなたが一方的にライバルと定めている方です」

すみれ色の瞳を見開くルチオは、しばらく絶句したあと、自身の服をぷるぷるにぎった。

「……ヴァレリだと？　なぜ、旧市街《はきだめ》にいるあいつとルチアが会うんだ！」

ニコロは「さあ？」と肩をすくめた。

「ですが、あの方しか思い当たりません。ルチアさまがお慕いしている方をあなたは誰よりもご存じでしょう。あの方はあなたの姉君。しつこさは、あなたによく似ている」

「黙れ！」と叫んだルチオは、父にヴァレリをこらしめてもらおうと、部屋を出ようとしたが、ニコロに「お待ちください」と呼び止められる。

「いけませんねえ。告げ口……これは、女子に嫌われるナンバー・ワンの行いです。ルチオさまは、ルチアさまに嫌われてもよろしいのでしょうか。好感度は地に落ちますが？」

小さなこぶしを作ってぎりぎりとにぎるルチオは、頬を膨らませた。

「……必ずヴァレリに目にもの見せてやる」

「おや、戦いを挑むのですか？　なかなかに手強い方かもしれませんが」

怒りのなかにいるルチオは、ヴァレリが憎くて仕方がなかったが、その前に、ルチアを家に縛りつけなければならないと考えた。それこそ、絶対に外出できないように……。

やがてルチオは、ニコロに「いますぐにぬるま湯を用意しろ」と命じた。

×　×　×

窓際で頬杖をつくルチアはため息をついた。ヴァレリのもとにいますぐにでも行きたいのに、まったく外に出られないからだ。彼が恋しくて涙が滲む。

あれから二か月が経過していた。父の監視の目がより強固なものになったため、現在、部屋にいるしかない状態だ。この、終わりが見えない時間が苦しい。

(わたくし、いつヴァレリさまにお会いできるのかしら……。おそばにいたい)

ルチアは、旧市街で無断外泊をした際、祖母にうまく父を言いくるめてもらった。

祖母は恋愛小説が好きなせいか、ルチアが『大好きな人がいるの』と打ち明けると協力的になってくれた。最初は肌についた赤い痕に眉をひそめていたが、彼との出会いや、これまでのことを話すと理解を示してくれた。

『ルチア、大切なことよ。あなたとその彼の関係は、同意のもとにあるのかしら?』

『もちろんよ、お祖母さま。一緒にいる時間は泣きたくなるほど幸せなの』

祖母は『本当に幸せそうに言うのね』とため息をつくと、ルチアの栗色の髪を撫でた。

『感心できるかといえば、決してそうではないわ。婚前交渉には反対だし、複雑な心境よ。けれど、わたくしはあなたの味方でいようと思うの。その顔を見れば、心は揺るぎないとわかるのですもの。ルチア、あなた、必ず彼に娶ってもらうのですよ?』

娶ってもらう――。そうなればいいとルチアも思う。

『お祖母さま、わたくし、ヴァレリさま以外と結婚しないわ。好きなのですもの』

ルチアが宣言すると、祖母は相好《そうごう》を崩した。

『神に感謝しなくてはね。あなたのように貴族に生まれて、堂々と好きと言える相手にめぐりあうことはとてもまれで難しいことなの。きっと、彼の思いも同じよ』

『……本当？　ヴァレリさまも、わたくしを好きでいてくれているの？』

『あなたの肌が証拠よ。その赤い痕は、ひとつひとつが愛だわ。殿方は想いのない娘には痕跡を残さないものなの。ご覧なさい、その数。彼の愛は大きいわ。困ったほどにね』

鏡嫌いのルチアは、自分の身体を確認したわけではなかったが、目に見える範囲でも赤い痕はたくさんあった。祖母が言うには背中やお尻にも点在しているらしい。

ルチアは、それが愛だと聞いた時から、自分の裸を見下ろすのが好きになっていた。虫さされも合わさり、きれいとはいえない痛々しい姿に見えるが、それでも愛がいっぱいで、はじめて自分を美しいと思えた。

しかし、時とともに身体の赤い痕は消えてゆく。彼が剃った毛も徐々に生え揃い、二か月経ったいまでは、ヴァレリとのことはなかったかのようにもとどおりになっていた。同時に彼の愛も消えてしまったような気がして気が沈む。

うつむきながらヴァレリを想っていると、ひかえめに扉が叩かれた。弟のルチオだ。

ルチオは扉を小さく開けて、片目だけこちらにのぞかせる。手招きをすれば嬉しそうにはにかんで、とことこ歩いてきた。

「ルチオ、ご本を読んであげるわ。だから元気を出して？」

こくんと頷くルチオに、「これにするわ」と『淑女大全』を見せれば、一瞬その顔がひどく歪んだ気がしたが、気のせいだったようだ。

「夜、一緒にイレーネに対する騎士オネストの行動を考察しましょうね」

「………………う、うん」

ルチアは、いまでも毎晩ルチオと一緒に寝ている。小さなころから続いているので習慣になっていた。だが、ヴァレリと過ごした無断外泊の日から、ルチオは情緒不安定になっているのか、さらにべったりとルチアに甘えるようになっていた。よほどルチアがいなくて寂しかったようで、ルチオは毎晩おねしょをしてしまう。本人はそれを気に病み、めそめそしていた。

ルチオの従僕ニコロが言うには、これは精神的な問題とのことだった。いま対処法を探しているがまだ見つかっていないという。それは父の知るところとなり、「こんなことでは恥ずかしくて婚約者を決めるどころではない！」と、ルチオは責められてばかりなものだから、代わりにルチアが頭を撫でてなぐさめるのが日課になっていた。

「ねえルチオ、物事とは、ままならないものね」

ルチオはルチアに、ぎゅっ、と抱きつき、「うん、ぼくたちままならないね」と甘えた。

最近、ルチアは出口がない迷路で迷い続けているような気分でいる。

ルチアはルチオが心配だったが、正直なところ、自分のことでいっぱいいっぱいだ。なにせ、二か月だ。あまりにもヴァレリに会いたくて幻覚を見るようにまでなっていた。

（ヴァレリさま……。わたくし、今日も変わらずあなたを愛しています）

　それから数日後の、天気の良い日のことだった。たとえ青空でもルチアの心はくもり空で、しんみりと、部屋でハンカチに刺繍をしていると、召し使いのボーナが言った。

「ルチアさま、庭園の花がきれいに咲いていていました。ご覧になってはいかがでしょうか」

　それは、新米庭師のパオロがルチアを呼ぶ合図だ。

「早速行くわ」と部屋を出たルチアは、パオロにヴァレリとのことを相談しようと考えた。内容を頭に描いていると、ふいに聞こえてきた声に立ち止まる。男性の声だった。

（ヴァレリさま！）

　屋敷のなかに彼がいるはずがないのに、ルチアはヴァレリだと思いこんで駆け出した。それが幻覚や幻聴だったとしても、確かめずにはいられない。ヴァレリ不足で限界だった。だが、角を曲がったところで、声の主が見えてきた。

　金色の髪、背の高いすらりとした影。いま流行の赤色の上衣を羽織っている。どうやら、従僕と話しこんでいるようだった。ルチアは、ヴァレリではないことに落胆した。

「……あれ、君は誰だい？　私と同じく伯爵邸に滞在している客人かな？」

　声の主がこちらを見ている。男性と話すのは億劫だったが、顔には出さずに取り繕った。

「はじめまして。わたくしはこの家の娘ですわ。どうぞごゆっくり、ご滞在ください」

　男性は、「ああ」と言いながら近づいてきた。あでやかな香水の匂いが鼻をつく。

「君は伯爵の娘か。ルチアだろう？」

「そうです」と認めると、男性は顔に笑みを浮かべた。

「私たちは初対面ではないよ。バルシャイ公爵だ、覚えていないかな。ほら、二年前にこの屋敷で君に会った。あの時は父が危篤でね。伯爵には葬儀の際に助けていただいた」

公爵に手を差し出され、ルチアは重ねながら改めて名乗った。

「君は当時、金茶色の髪をしていたが、いまでは栗色なんだね。ずいぶん変わった」

ルチアは鼻先を持ち上げる。いま、公爵は〝栗色〟と言った。こえだめ色ではなく、栗色と。それだけで彼の株は爆上げだ。

「私たちは縁戚だよ？　ほら、君の叔母のロザリンダは私の父と再婚したからね。ロザリンダはしばらく田舎の領地に行こうとしているから、挨拶にうかがわせてもらった」

いくら貴族は社交辞令が仕事といっても、公爵は輪をかけておしゃべり好きのようだった。以降も話は続き、ルチアが彼に慣れてきたころ、次第に話題はルチオに移った。

質問に答えながら、ルチアは公爵に相談してみようと思った。本当はパオロに意見を聞くつもりだったが、公爵の方がこの屋敷から出る良い案を持っていそうな気がしたからだ。

そこでルチアは、自分の立場を〝友だち〟に置き換え、公爵に質問した。

「へえ、その友人は、厳しい家から抜け出し、恋人のもとへ行きたいというわけか」

恋人と聞いて、ルチアの頬がぽっと赤く色づいた。

「そうなの。どうすればルイーザはお屋敷から出られるのかしら」

「彼女の気持ちがわかるなあ。恋愛とは、禁じられれば禁じられるほど燃えるものなんだ。

それが禁忌であればなおさらね。燃えあがり、誰にも止められなくなる。自分でもね」

「禁忌？」

「ああ、その言葉は聞き流して。本題だが、彼女は父親に『行儀見習いに出たい』と言えばいいんじゃないかな。婦人は行儀見習いに出るものだから、不自然ではなくよい口実になる。しかし、協力者がいないと難しいな。彼女によい協力者がいるといいのだが」

ルチアは、いるわ！　と叫びたくなっていた。それは祖母だ。

祖母に手紙を書こうと思った。彼女から行儀見習いについて父に話してもらうのだ。

「バルシャイ公爵、とてもよい案をありがとう。早速ルイーザに伝えるわ」

「ルチア、君には爵位ではなく、『アルナルド』と気さくに呼んでほしいな」

しかし、意気揚々と歩き出したルチアにはその言葉は聞こえなかった。


「ニコロ、今夜のぬるま湯は午前一時に用意だ。忘れるな」

書物机に向かうルチオが、ペンを動かしながら言う。視線は紙に向けたままだ。

ニコロは、主人の目がこちらにないとわかった上で、それはそれはいやな顔をした。

「ルチオさま、いつまで続けるのです？　正直、ほかほかすぎずひんやりすぎないセンシティブな湯を用意するのは大変苦労を伴うのですが。かれこれ六十日以上毎日です」

「うるさい、つべこべ言うな。……ルチアのもとへ行く」

ルチオは従僕を一瞥した後、部屋を出た。

この二か月間、ルチオは毎日おねしょを仕込んでいた。かつておねしょをした際、ルチアが親身になってくれたため、今回もそれに賭けてみたのだが、思いのほか効果はばつぐんで、しかも、おねしょにショックを受けたふりをして、泣きながら「ぎゅっとして?」とせがめば、ルチアは抱きしめてくれる。それがとても心地よくて大好きだ。

しかも、おねしょは恥ずかしいことなのに、ルチアはさして気にする様子を見せず、引いたりしなかった。それればかりか気遣ってくれている。ルチアは世界で一番やさしい女の子だ。ルチオはいまよりもっと、ルチアの頭のなかを自分でいっぱいにしたいと思った。

今宵はルチアに頼んで、ルチオの寝台でふたりで眠る予定だ。部屋にルチアの匂いをたくさんつけたいからだった。

わくわくと夜を待ちわび、食事を終えて、ルチオはルチアを部屋に連れてきた。

「ルチオ、ご本を読む? 一応持ってきたのだけれど」

ルチアが抱えている本をちらりとうかがえば、『淑女大全2』と書かれていた。

「ううん、読まなくていい。ぼく、たくさん勉強したの。だから眠い。ルチア、寝よ?」

いざ、ふたりで毛布に包まると、すぐにルチアの寝息が聞こえた。ルチアは昔から寝つきがすこぶるいいほうだ。しかも、眠りは深いから、ルチオにとって好都合。しばらく手を繋いだり、さりげなく抱きついたり、化粧着の隙間から胸をのぞいたりした。

(あ……、やった! 今日は、下着をつけ忘れてる。かわいい……ルチア)

ルチオは薄桃色のきれいな乳首をじっくり見つめたあとに、部屋をこっそり抜け出した。

こんな日は、召し使いの口のなかに一度ではなく、二度吐精する。

自室に戻るその足で、ルチオはニコロからぬるま湯を受け取った。

直ちに作戦開始だ。ルチアの隣に座ったルチオは、それを自分とルチアにこぼして、シーツにそれらしく地図を作った。その時——。

「……なにをしているんだ？」

ルチオは鋭く息を吸い込んだ。仄暗い部屋のなか、聞こえるはずのない声がした。

ぎこちなく振り向けば、あごをさすりながらこちらに身を乗り出している男がいる。ガウン姿のバルシャイ公爵だ。

「ん？　それはおねしょか？　……なんのために？」

ルチオは、慌てて公爵の手を引っつかみ、彼をテラスに連れ出した。不用意に騒がれ、ルチアにばれてしまえばお仕舞いだ。

テラスはすーすーしていて寒かった。無理もない、ルチオは服がびしょびしょなのだ。

「ふざけるなきさま。なぜぼくの部屋にいるんだっ」

「なぜって、私はいまこのフィンツィ伯爵家に客人として滞在しているからね。伯爵からは、ルチア嬢に会わない、部屋に行かないと誓約書を書かされたが、君のはなかった」

夜風に吹かれながら、公爵はななめの角度でルチオを見つめる。

ルチオはすぐにその狙いがわかった。この傾け加減は、間違いなく公爵がもっとも自分が格好良く見えると思っている角度だ。つまり、ルチオを口説こうというのだ。

「じつは、かわいい君に夜這いしようと寝台の下に隠れていたのだが、予想外にもルチアが来てね。出るに出られず、困ったものだと思っているうちに寝てしまった」

ルチオは、人に弱みをにぎられたことなどないし、逆ににぎってきた立場だ。しかし、いま、弱みをにぎられてしまったとわかっていた。背中にどろりと嫌な汗が伝っていった。

「……おまえ、どこまで把握している」

「そうだね、君がルチアの胸をのぞいていたところからかな。あの召し使いの子、君には遠く及ばないが、美しいね。あの子、君のことが好きなようだったけれど抱かないの？」

白金色の頭を抱えたルチオは、へなへなとしゃがんだ。この男は一部始終を知っている。

「とりあえず、明後日に舞踏会があるんだ。迎えに来るから、私のためにとびきりのおしゃれをして一緒に来てくれないか？　君としてではなく、ルチアとして。ね？」

ルチオは鼻にしわを寄せ、「おまえうざい。きもい。殺したい」と呟いた。

「はは、物騒だなあ。そうそう、私のことは『アルナルド』と呼んでいいからね？　では、客間に戻るよ。おやすみルチオくん。私の口を貝でいさせるには、君の行動次第だ」

ルチオが顔を歪めるなか、公爵は不敵に投げキスをしてから去って行った。

「ルチア、本当に行っちゃうの？　……ぼくも行きたい」

玄関ホールには、眉を寄せたルチオと執事が見送りに来ていた。遅れて父もやってきた。父も、「心配だな。ついていこうか？」と過保護な発言をしていたが、ルチアはただ、祖母の家に日帰りで行くだけだ。――そう、バルシャイ公爵の案のおかげで、堂々と外へ行けることになったのだ。

先日、ルチアが祖母宛てに手紙を書くと、祖母はすぐに動いてくれた。建前では、見本となるべき母親が不在のルチアに、祖母が行儀見習いをさせるために呼び寄せたことにしてくれた。毎日では父に怪しまれてしまうので、週三回。つまり、ヴァレリに会えるのはその時のみということだ。それでも、ルチアは充分嬉しい。

祖母の屋敷に着いたルチアは、祖母に抱きつきお礼を言うと、一路目指したのはもちろん旧市街。ごろつきのガスパロとロッコも一緒だ。

辻馬車を降りたとたん、走りかねない勢いだった。落ち着いてなどいられない。とにかく早くヴァレリに会いたいのだ。

彼が通る時間に合わせ、以前待ち構えていた場所に向かっていると、いきなりルチアの腕は大きな手につかまれた。それは目当ての人、ヴァレリだった。

ここは、着替えを終えたばかりの市場付近だ。所定の位置にはたどり着ていないし、時間も早い。ルチアが驚きに瞠目していると、彼は余裕のない顔つきで言った。

「やっと見つけた。どこにいたんだ？」

その言葉は、さもずっとルチアを探していたように聞こえた。

ヴァレリはガスパロとロッコを気にしているようで、ルチアの手を引き、自身の背中に隠した。すると、ごろつきふたりは両手をあげて、敵意がないことを表した。

「じゃあな、ルイーザ。俺たちゃ、穴熊亭だ」

ルチアがヴァレリの後ろから顔を出して頷くと、ヴァレリがこちらを振り返る。

「ずっと気になっていた。やつらは誰だ？」

どう答えるのが正解なのだろうか。部下や友だちと言ってはいけないような気がした。

「あの……あたいのいとこと、そのお友だちなんだ。旧市街は治安が悪いだろ？　だから守ってくれてるの。それよりもヴァレリ、あたいあんたに会いたかった。好きだよ？」

伝えたとたん、ルチアは彼に抱きしめられていた。人前では至ってクールで、こんなことをする人ではなかったのに。しかも、口を熱く塞がれた。舌まで絡まる。

周りから、ぴゅう、と口笛を吹かれたり、冷やかされたが、ヴァレリはお構いなしだった。ひとしきりむさぼられたあと、彼に強く手を引かれ、やってきたのは彼の家だ。

扉が閉まるなり、また、彼の唇が重なった。

「ルイーザ、月の障りは？」

「え？　月の障り？　あの……その……二週間前にあったけれど」

「そうか……。仕事は？　したのか？」

至近距離で問いかけられる。すぐに、「言え」と急かされた。ルチアは相変わらず投資はしていたけれど、これは、したとは言ってはいけないやつだと思った。

「し、してないよ？　あんたが、二度とするなって言ったから、あたい……」

彼の青い瞳が細まった。

「確かめる。おまえが嘘をついていないと、感じさせてくれ」

言葉と同時に、ヴァレリの手で服を脱がされた。抱き上げられて、寝台に連れられる。

「本当はおまえに見せたいところや行きたいところがたくさんある。話もしたい。食事もさせたいし公衆浴場にも連れて行きたい。手順を踏んでゆっくり事を進めたい。でも、もう無理だ。……僕が、身体目当てなのだと思わないでくれないか？　放蕩者ではない」

ルチアの胸が切なくうずく。はちきれそうになりながら、ヴァレリの頬に手を当てた。

「あたい、ヴァレリとずっとくっつきたかった。性器、入れてほしい。いっぱいしたい」

「おまえ……僕以外に絶対言うなよ？　頭がおかしくなりそうだ。頼むからやめてくれ」

「言わないよ？」と話す間に、ルチアは寝台に下ろされた。

部屋はすぐに熱い吐息が充満した。ルチアが彼の愛撫に果てたあと、彼は服を脱ぎ捨て、脚の間に突き入れる。激しくて、寝台がいまにも壊れそうな音を立てていた。

行為は一度では終わらなかった。二度、三度と回を重ねる。重ねるごとに熱さは増して、ふたりはぬらぬら濡れてゆく。

ルチアも率先して腰を振る。彼が好きで好きで仕方がなくて、二か月も会えていなかったものだから、もう離れたくないと思えば思うほど、止まらなかった。

「ルイーザ、僕が好きか？」

「うん、好き。大好きだし、愛してるんだ。……すごく好き」

「それなのにおまえ、どこにいたんだ？　この二か月、僕はおまえを探し続けていた」

その質問は、繋がりあったまま、座って抱き合い、キスをしているさなかに行われた。

「答えてくれ。答えないのなら、おまえをここから出さない」

ルチアの心臓はばくばく音を立てている。こんな彼ははじめてだ。

「あ、あたいね、プブリオ村に戻っていたんだ。大きな祭りがあって……それで……」

これはボーナが考えてくれた言い訳だったが、彼をうまく納得させられたようだった。

「収穫祈願祭だな？　いますぐ……いや、近いうちに僕を村に連れて行け」

ルチアはプブリオ村の位置すら知らない。思いもよらない言葉にうろたえた。

「おまえの親に会う。会って、挨拶をする。おまえをもらう許可をとる」

ヴァレリに後頭部を押さえられ、唇同士が強くついたあと、熱い息が吹きかかった。

「結婚しよう」

それは、八年間、待ち望んできた言葉だ。

「…………本当？　結婚？」

ルチアは実感が湧かず、放心した。けれど、身体が震えるのは歓喜しているからだった。

（ヴァレリさまと結婚……）

だが、次の言葉で、現実を突きつけられる。

「ルイーザ。僕はおまえが好きだ。結婚したい。妻になってくれ」

9章

あの日、ヴァレリは求婚しようと決めていた。だから彼女を抱いたのだ。

はじめての交接は緊張したが、悠長に緊張などしていられる場合ではなかった。相手は性を仕事にしている娘だ、やぶれかぶれに、背伸びをするしかなかった。

質屋で見つけ、買い戻していた侯爵家の家宝のブローチを、すぐに渡せるように机の上に置いていた。それを結婚の証にしたかった。

ヴァレリはもう爵位はどうでもよくなっていた。そもそも、貴族のまま娼婦を娶ることは国の法律上できない。そのため、逆に身分を捨てる計画を立てていた。

その覚悟のもとで、彼女を身重にしようと行為に及んだし、抱き潰すべく、自分の限界まで抱いていた。もう、他の男になど絶対に渡したくなかったし、満足させようと、本の知識に頼って経験豊富なふりをした。とった行動のひとつひとつが手探りで、必死だった。

彼女を家から出すつもりはなかったし、このままふたりで暮らすつもりでいた。

そこまで思いつめて抱いたのに、目を覚ませば娼婦は消えていた。

しかも、まだ、求婚していなかった。

シーツはすっかり冷えていた。娼婦が部屋を出てからずいぶん経っているのだろう。

慌てて服を着ていると、扉が叩かれた。入室を許可すれば、入ってきたのは専属で雇っている探偵だった。

ヴァレリは、以前娼婦が気になり出してから、彼女の素性を調べるように依頼していた。

しかし、探偵が言うには、娼婦は相当なプロなのだという。

『彼女、注意したほうがいいかもしれませんよ。普通の娘ではないと断言できます』

その言葉に、自分のことのように腹が立った。『どういうわけだ』と問う声が低くなる。

『ヴァレリさま、私はこれまで彼女を五度尾行しました。彼女はごろつきふたりと必ず市場に入って行くのですが、尾行させないようにするためか、何店舗もなかを素通りし、途中で着替えています。あまりにも用意周到で普通の娘の行動ではありません。そして旧市街から辻馬車でペトリス地区に入っています。ペトリスでは必ず撒かれてしまい、見失ってしまいます。いまだに彼女の家には至っていませんし、とにかく素人とは思えません』

はじめて聞く事実に絶句していると、さらに探偵の言葉は続いた。

『それだけではなく、彼女はごろつきの頭領、マダム・スカルキと接点があると見ていいかと。彼女と懇意にしているごろつきが――あなたと酒を飲んだごろつきですが、マダムの館に入り浸っていますし、彼女を見失うペトリス地区の北東部は、マダムの肝いりの土地なのです。その私有地を、彼女は自由自在に使っています。彼女は何者なのでしょう』

ヴァレリは、ますます謎めいてくる娼婦に疑念を抱いた。けれど確かなことがひとつある。娼婦との結婚の意志だけは揺るがないということだ。

『次は僕も同行する。この目で見なければ、信じられない』

彼女の訪れを待っていたのは、尾行に同行する目的もあったが、それよりも純粋に会いたかったからだった。会って求婚したかった。

ルイーザが娼婦である以上、特に身体目当てだとは思われたくなかった。だから次は旧市街を出て馬を駆り、高台に連れて行ってやろうと思った。夕陽がきれいな場所がある。じっくり話をし、おいしい食事を出す店へ行き、また、公衆浴場にも連れて行きたい。彼女がとても喜んでいたからだ。はじけるような笑顔が見たかった。

しかし、来る日も来る日も娼婦は来なかった。

ヴァレリは旧市街のなかを、毎日彼女を探してさまよった。これほどまでに、自分が彼女に執着しているなどとは思わなかった。

諦めきれずに二か月間探し、とうとう彼女を見つけた。

ふた月後に会った彼女は、昨日会ったかのような態度でむかついた。必死に探していた自分がむなしくなったのだ。

だが、自分に好意を持っていることは、そのわかりやすい態度から知ることができたし、行為がはじまれば、やはり彼女は積極的だった。

彼女に腰を振られるのはまだ慣れない。貴族の教育で、女は動かず、じっと男にされるがままが正解だと習ってきた先入観に邪魔される。だが慣れないといっても、彼女にされるのは嫌ではなかった。自分を好いてくれているとはっきりわかるからだ。

行為を重ね、以前、朝に伝えられなかった言葉——結婚しようと伝えれば、彼女はぱあっと嬉しそうな顔をしたものの、それは束の間のことで、表情はすぐにくもった。

わけがわからなかった。飛び跳ねて喜ぶだろうと思いこんでいたからだ。

(おまえは、僕が好きじゃないのか？)

ヴァレリは放心している娼婦にむさぼるような接吻をして、行為を再開したが、彼女に先ほどまでの積極性はなく、うわの空だった。荒く抱いても、やさしくしても変わらない。

『そろそろ帰るわ』と言った彼女を帰さず、結婚の返事をするまで縛りつけたいとも思ったが、考えを改めた。ヴァレリは彼女に対する責任を免罪符に、どうしても彼女のすべてを暴きたくなっていた。その日はそのまま彼女を帰して、見つからないように尾行した。

娼婦が現れるのは週三回。以前は毎日自分に会いに来ていたのに、数を減らされたのはさすがにこたえた。しかも、月水金とふざけたことに、曜日が決められていた。

(まさか……ほかに男が？)

ヴァレリは、娼婦に会うたび脚を開かせ、自分のものだと他の男に知らしめるために毛を剃った。彼女の股間を吸いまくり、所有の証だらけにした。おかげで、彼女の秘部は悪い病気にでもかかったようになっていたが、そうしなければ安心できない自分がいた。

彼女の想いを取り戻そうと行為にふけった。娼婦をひっきりなしに果てさせ、喘がせる。誰よりも丁寧に抱き、満足させて、行為が好きな彼女と一生こうしていてもいい。人は恋に落ちると負けなのだ。ヴァレリは彼女を繋ぎとめることに必死な自分にそれを痛感した。

（頼む、早く結婚の返事をくれ。このままでは狂いそうだ）

日が過ぎて、逢瀬《おうせ》も、尾行も、回数が増えてゆく。

ヴァレリは尾行していて気づいたことがある。彼女は毎回ふたりのごろつきを連れているが、そのごろつきは、旧市街のごろつきたちの尊敬を集めているようだった。皆、見れば挨拶をしていて、彼らは街じゅうに知り合いがいた。また、娼婦がマダム・スカルキと知り合いだという決定的な証拠も見た。彼女がふらりとマダムの屋敷に我が物顔で入ったからだ。そこで一時間ほど滞在した彼女は、ごろつきふたりを連れて市場へ行った。

市場で毎回行われているのは、探偵の報告通り着替えだ。はじめて見た時は驚いた。彼女が、娼婦の派手な格好から素朴な町娘の地味な姿に変わったからだ。まるでキャラが違うのだ。ごろつきたちも、ただのガタイのいい木こりにしか見えない格好になっていた。

辻馬車に乗りこむ彼らを追うと、毎回、探偵の言葉のとおりにペトリス地区へ入ってゆく。そこからは、どれほど追おうとも駄目だった。三人の行方はわからなかった。

住まいも、真の姿もわからない。尾行するたび、謎がひとつ、ひとつとまた増える。

ヴァレリは、数多くの疑問を抱えて、その日も娼婦を迎える。そして熱く接吻をして、身体をつなげる。それでも彼女が好きで好きで、しつこいくらいに精を吐いた。

（おまえは、一体何者なんだ？　……でも、僕は放さない）

ルチアは、胸もとの生地をぐいと引っ張り、乳首を見た。

今日はヴァレリが激しすぎて、真っ赤に腫れてひりひりしている。赤い痕もたくさんだ。

いまだに結婚の返事をしていない。求婚から二週間経つが、どうしていいのかわからなかった。

× × ×

求婚は天に昇るほど嬉しいけれど、自分の正体を明かすのがとても怖かった。彼の貴族嫌いは筋金入りだ。いままでの関係を壊したくないのだ。

やっと、苦労を重ねて、彼に話しかけられ、そばにいることができるようになったのに。夢にまで見た接吻も、たくさんしている。手も繋ぐ。夢のような現実から、なにもない空虚な貴族のルチアに戻りたくない。しかも、彼が求婚したのはルイーザだ。

(わたくし娼婦になりたいわ。本物のルイーザになってヴァレリさまと結婚したい)

めそめそしているルチアは途方にくれていた。ガスパロとロッコも、新米庭師パオロも、その妻マリアも、祖母もみんな口を揃えて潮時だと言う。もう、明かすしかないと。

(どうしたらいいの？　わたくし、嫌われたくない。ヴァレリさま……)

ルチアはぼたぼたと涙をこぼした。

ちょうど月の障りを迎えたために、三日部屋に閉じこもり、今後のことを考えた。

そして出した答えは——。

まず、まだ貴族の身分を秘密にしておくのは決定だ。ルイーザ・スカルキとしての正体をばらし、彼に屋敷と収集した家宝や家財をすべて贈る。彼が旧市街の住人ではなく、本来の貴族の身分に戻ってくれれば、その時こそルチアは、ルチアとして会いにゆける。髪色は違うけれど、当時の『ニア』として受け入れてもらえれば最高だ。そう、思った。


その日、ルチアはずさんな行動をしていたと言っていい。

もんもんと今後のことを悩んでいたため、寝坊をしたというのもあるが、父がルチアのために仕立てた薄紫色のドレスを見たがった。なので、そのドレスを着ていたら時間が押してしまったのだ。

いつもは町娘の格好でペトリス地区に入るというのに、ルチアは彼と会う時間を少しでも長くしたいがために、新米庭師パオロとの約束を破ってドレスのままで来てしまった。おかげでペトリス地区で目立つしかない状態だ。五日もヴァレリと会っていないから、早く会いたい気持ちが勝り、過程をすっとばしてしまった。

ごろつきのガスパロとロッコとは、ペトリス地区で待ち合わせをしていた。そこまで一緒に行動しているのは、召し使いのボーナだ。

ルチアが歩くと皆振り返る。あまりに世間知らずのルチアは、なぜ注目を浴びているのかわかっていなかった。びくびくしながら、マダム・スカルキの隠れ家に入ろうとしていた。すると、レースの手袋ごと腕をぐっとつかまれる。

そこに、いるはずのない人がいた。

ヴァレリがルチアの腕をつかんでいるのだ。彼の青い瞳は氷のように冷ややかだった。

ルチアは息が止まりそうになる。

「ルイーザ、どういうわけだ？　……おまえは」

彼は背後のボーナも見ている。あきらかに令嬢に付き従う召し使いだ。ルチアは震える。

「あ……あの……。……あたい」

猛烈に不機嫌そうな顔をして、彼は「来い」とルチアの手を引いた。

それは異様な光景だった。極上仕立ての最高のドレスを纏った令嬢が、みすぼらしい町人姿の男に連れられ、宿屋に入る。そのあとを、おろおろと令嬢の召し使いが追いかける。

途中、事件だと思ったのだろう、街の警備らしき者が話しかけてきたが、ルチアはヴァレリに迷惑をかけたくない一心で、「問題ありません」と毅然として見えるように言った。

ヴァレリはすみやかに部屋を取り、そこにルチアを押しこんだ。ボーナは、ルチアを守るように前に立つ。

「ミスター、落ち着いてください。お願いいたします」

「黙れ。おまえに話すことも聞くこともない。いますぐ部屋を出て行け」

「後生《ごしょう》ですから、どうか……」

ルチアは、暴れまわる鼓動を抑えきれないでいたが、ボーナの肩に手を置いた。

「ボーナ、わたくしは……平気よ。少し外していて？　大丈夫だから」

ボーナは心配そうな顔をしてから、「外で待機しています」と言い残して出て行った。

ふたりきりの部屋に静寂が流れる。いつもの彼であれば、唇に接吻してくれたし、抱きしめてくれていた。なのに、いまはこんなにも冷たい。

先に沈黙を破ったのは、寝台に腰掛けたヴァレリだ。黒髪の隙間から鋭い目がのぞく。

「そのドレスは、オーダーメイドの立体裁断《ドレーピング》だ。あしらわれている宝石はすべて本物。レースは糸の宝石と名高いデザインレース。それを仕立てられる者は限られる。つまり、おまえは貴族だ。しかもただの貴族ではない。どういうことだ？」

立ちすくんだルチアは、胸で手を組み、ぷるぷるとわななないた。

こんな時でも、必死に保身を考える。彼が、ルチアの正体に気づいていないいま、改めて自分の名前を告げることができないでいた。彼に嫌われては生きていけないからだ。それほど、小さなころから彼が生きがいだったのだ。

どうか、ルチア・アキッリ＝フィンツィだけは、嫌わないでいてほしい。

ぼたぼたと頬に涙がこぼれる。

「……明日……改めて説明させてほしい。あたい、ちゃんと……ヴァレリに言うから」

「場所は？　明日、僕はどこへ行けばいい」

その声は、怒りを押し殺しているような声だった。悲しくなってルチアが目を閉じれば、さらにしずくが頬を伝った。

（ヴァレリさま……）

ルチアは、はっ、はっ、ととぎれとぎれに、浅い息を繰り返した。

「ふ……。……この坂の先に、青い屋根の館があるから……そこで、待ってる」

「わかった。ルイーザ、いますぐ部屋を出ろ」

その言葉には従うしかなかった。ルチアはひざを折り、挨拶をして出て行った。

眠れぬ夜を過ごしたルチアは、翌朝、うさぎのような真っ赤な目をしていた。

ルチオは心配してくれたけれど、いまだけは邪魔だった。ニコロに頼んで引き剝がしてもらい、苦労してひとりになった。

ルチアは、新米庭師のパオロと妻のマリア、それから召し使いのボーナを伴って、いつもの町娘の装いでやってきた。ガスパロとロッコは、マリア曰く、大暴れしてヴァレリを脅しかねないのでお留守番だ。彼らは謝る場にはいてはいけないふたりなのだという。

場所は、坂の上にそびえ立つ、〝青の城〟こと、マダム・スカルキの隠れ家だ。

ルチアたちは早く来たつもりだったのに、すでに黄金の門の前にはヴァレリが立っていた。その目つきは、ごみでも見るような冷えたもので、背すじが凍える思いがした。

ルチアは、やはり勇気が出なくて、自ら名乗れなかった。そのため、ルイーザ・スカルキとしてこれまで行っていたことを、たどたどしくだけれど説明した。Ⓜスカルキ商団や、マダム・スカルキについてはまったくわかっていないので、足りない部分はパオロとマリア夫妻に補足してもらった。そして、〝マダム・スカルキ〟ことマリアは言った。

「つまりは、ルイーザ・スカルキを主《あるじ》として、Ⓜスカルキ商団およびマダム・スカルキは成り立っています。もとを正せば、アルビノーニ侯爵邸を手に入れるために結成されたもの。ですから我々は、侯爵邸とその家宝を集めることに注力していました」

話の間、ヴァレリはひと言も発することはなかった。感情が見えないような表情だ。貴族特有の仮面の顔だ。

「ヴァレリ・ランツァ＝ロッテラ＝アルビノーニさま。知らなかったとはいえ、あたしどもが大変失礼を。まさかあなた本人が競売に参加なさっているなど思いもしませんでした。先に言っておきます。競売はルイーザさまは関わっておりません。すべてこのあたしが」

ルチアは、ぶんぶんと首を振る。

「違うわ……。マリアは悪くない。わたくしが、アルビノーニ侯爵邸と散らばった家宝を集めてほしいと言ったの。だから、悪いのはわたくし。責任はわたくしにある。ふたりは、わたくしに忠実でいてくれただけ。卑怯にもわたくしは、別のわたくしを演じたの」

ようやく、ヴァレリの唇が動いたが、それは、ルチアの胸を凍りつかせるものだった。

「これで茶番は仕舞いか。くだらない、帰る」

「待ってください、ヴァレリさま……」

ルチアは、震える手でポケットからハンカチを取り出して、それをわたわたと開き、銀細工が施された鍵を見せた。

「これを……。アルビノーニ侯爵邸の鍵を、どうか受け取ってください。わたくしは」

続けてルチアは自身の名前を名乗ろうとしたけれど、差し出していた手をヴァレリにすげなくはたかれた。銀の鍵は一度軽く跳ね、もふっと毛足の長い絨毯《じゅうたん》に転がった。

「ふざけるな！」

絶望に染まったルチアが目を見開くなか、ヴァレリはきびすを返して立ち去った。

呼び止めても止まってくれず、必死に追いかけ、彼の腕に触れた瞬間、その手は振り払われる。ルチアは、彼に嫌われたことを悟った。


三か月が経ち、ルチアは十八歳を迎えそうになっていた。

十八歳が近づいても、嬉しいなどとは思わなかった。彼に嫌われてしまっては、生きていても仕方がない。ルチアは気力を失くし、しょんぼりしながら過ごしている。

あれから十回、彼の家を訪ねたが、言葉は返らなかったし、扉も開かれることはなかった。彼に会いたくていつもの場所で待ち続けたが、見かけることはなかった。

それは、二か月続けていた日課だったが、これ以上待つのは彼の迷惑になると思い、諦めた。ただでさえ嫌われているのに、さらに嫌われるのは悲しすぎたのだ。

それからは、ぼうっとしながら、たまにハンカチに刺繍をしていた。

勉強ははかどらなくて、教師に悪いからお休みしていた。

弟とは毎日一緒に眠っているが、人肌が恋しいので、隣で手を繋いでいてくれるのがありがたかった。気を抜けば泣いてしまうからだ。

家にも変化が訪れた。ルチオはいままでずっとルチアと同じように髪を伸ばしていたが、しゃっきり肩まで短く切ったのだ。「ルチアどう？　似合う？　凛々しい？」と聞かれても、ルチアは空返事しかできなかった。

父が、ルチアの誕生会を開いてくれるという。ルチアは開いてほしくなかったが、自分を元気づけたいという父の思いに水を差したくなかった。

また、このところバルシャイ公爵が頻繁にルチアに会いに来るようになっていた。

ひと月前、ルチアを元気づけたい祖母に誘われ、一緒にバルシャイ公爵領にいる叔母のロザリンダを訪ねたのだが、その時公爵もいて、挨拶をした。それから奇妙な訪問がはじまった。

心ここに在らずなルチアがぼんやりしているなかで、一方的に公爵がしゃべりたおして帰って行くのだが、決まって花束を土産に置いてゆくため、伯爵家に花が溢れるようになっていた。しかしその花は、花粉症だという父の命令で、いちいち焼却処分されていた。

正直なところ、ルチアは公爵との会話を覚えていなかった。

ある日のこと、公爵が気分転換に自慢の無蓋馬車に乗せてくれるという。ルチアは断ったものの、最新型で最高のスプリングだからと、わけのわからない説明を受けながら、

「いいから、いいから」と、彼に無理やり乗せられた。

だが意外にも、街を駆けめぐると、頬に風が当たって気持ちがよかった。

例えるならば、真っ暗闇の夜に星がぽつんと一粒だけあるようだった。それでも、闇は広く、深く、薄まる気配は一切ない。ヴァレリがいない世界は暗黒だ。

公爵は、新しくできた教会や橋の建築様式を説明してくれたが、その言葉は右から左へ抜けてゆくだけだった。建築にちっとも興味がないのもあるが、ルチアの頭のなかはいつだってヴァレリでいっぱいだった。幸せな過去の記憶に縋りついていた。

公爵のエスコートで馬車から降りると、彼はまた来ると言い残して去ってゆく。

ルチアは、相手がヴァレリだったらよかったのにと、またしょんぼりうつむいた。

この三か月は、ルチアが彼を思って泣かずにはいられない、つらい期間となっていた。


良くも悪くも、ルチアとルチオに変化があったが、バルシャイ公爵にも変化があった。

公爵は、ルチオに狙いを定めてから、初恋相手のラウレッタをばばあ呼ばわりして捨てた。理由はほかでもない、性交中にまた、萎えたところを極小呼ばわりされたからだ。

一度目はゆるしても、二度目はゆるさない。それが公爵のポリシーだ。

彼は、若さ溢れるルチオとルチアを引き合いに出し、ラウレッタの欠点をあげ連ねた。男性は性器をののしられることを嫌うが、女性は歳をののしられることを嫌うという。実際、ラウレッタは血管が切れるのではないかというほど激怒して、公爵に往復ビンタを食らわせた。それだけではなく、猫のように、き――、と顔を引っかかれて散々だった。

（まあ、ラウレッタをなくしても、私にはかわいいルチオくんがいるからね）

公爵は愛人のひとりを抱きながら、男を抱いた時、どのような扉が開き、効果をもたらすのかと想像していた。未知との遭遇は楽しみで、振る腰にも力が入るというものだ。

やがて、機会は意外に早く訪れた。

とある舞踏会にて。公爵は、手っ取り早く未知を探るため、ルチアに扮するルチオに薬を盛って眠らせ、横抱きに抱えて、お姫さまのように客間に運んだ。

可憐な唇をついばめば、そのやわらかさにうっとりした。「うん、男でも大丈夫だな」と頷きながら、ドレスの胸もとをゆるめて開く。胸のない上半身も、公爵的にはＯＫだ。むしろ、中性的な妖精のようで興奮した。

そして、意気揚々とスカートをめくり、未知との遭遇を果たそうとした時だ。

公爵は、ルチオの立派すぎる性器を見たとたん、みるみるうちに萎えてしまった。

男は駄目だ、絶対に女がいいと決定的に確信した瞬間だった。

だが、その時「失礼します」と、ルチオの従僕が入室した。あろうことか彼の視線は、ルチオの股間、それから公爵の股間に流れる。そして、ふん、と鼻で笑った。

「無礼だぞきさま！」

「おや、おや、おや。俺はなにも言っていませんが？」

「その目が雄弁に語っているだろう！　比べたはずだ！」

ばかにされたと憤慨した公爵は、従僕をぶちのめそうと得意の拳闘で挑んだところ、

「おっと」とおどける相手に、いきなり強烈なこぶしを腹にお見舞いされてうずくまる。

相手の顔をよく見れば、毎年拳闘会で優勝している、最強の拳闘家ニコロだと気がついた。

ニコロはてきぱきとルチオのドレスの乱れを整え、主人を荷物のように小脇に抱えた。

「バルシャイ公爵さま。ここはひとつ、痛み分けということで手打ちにしませんか？　俺の不敬をゆるしていただく代わりに、いまのこの件は誓って口外いたしません。はい」

お腹を抱えて震える公爵は、憎たらしい従僕に、「いいだろう」と声をしぼりだした。

（くそ……。おぞましいことに、男に接吻してしまうとは……）

ラウレッタとルチオ、そしてニコロ。彼らは、人の高貴な部分にけちをつけるろくでなしどもだ。公爵のなかで、フィンツィ伯爵家への苦手意識が、ふつふつと湧きあがる。

しかし、このところ公爵はルチオ扮するルチアを脅して連れ回していたため、王都内ではふたりの噂が蔓延《まんえん》していた。いまやそれは、この上なく迷惑なことだった。

（誰が男などと……。私は男色などではない）

嫌気がさした公爵は、参加する予定ではなかった義母主催の晩餐会に出席するため、田舎のバルシャイ公爵領に行くことにした。恋人たちを大勢連れて行くのは、性交にふけってうっぷんを晴らす心算だったからだ。実際、馬車のなかでも交接しながら赴いた。

だが、領地にたどり着けば思いもよらぬ客がいた。先代フィンツィ伯爵夫人と、その孫、

ルチアだ。またもやフィンツィだ。厄介なことに、義母はフィンツィ伯爵の妹なのだ。

公爵は、当初は嫌な目でルチアを見ていた。しかし、よくよく見れば、きれいに着付けられたルチアはかわいい。いつも垢抜けない姿しか見ていなかったから新鮮だった。

身体つきはラウレッタに大きく劣るが、みずみずしくていかにもおいしそうだし、物憂げな横顔は美しい。これまで絶世の美しさを持つ母親と弟ばかりに目がいって、彼らに比べて地味な姉に目がいかなかったのだ。

しかも、彼女に話しかけてもうわの空。公爵である自分に媚びないし、色目を使わない。

公爵は、どきどきと胸の高鳴りを抑えられないでいた。この新発見に、これこそ運命なのだと考えた。おまけに、ルチオとは違いルチアは女だ。嫡男を産めるのだ。

その後、公爵は大量の花を持参し、頻繁にルチアに会いに行くようになっていた。ルチオに出くわせば威嚇されるが、相手が非力なのは知っているし、あしらうのは簡単だ。

ルチアと無蓋馬車で街を駆けたのは正解だった。貴族の間では、自分とルチアの話題で持ちきりになっていた。狙い通り、噂を何段階も前に進めることができたのだ。

それでも、ルチアとの関係は、円滑に進んでいたとは言いがたかった。ルチアは夜会や舞踏会のたぐいを徹底的に避けるし、友だちもいないためか、茶会にも出席しないのだ。

また、ここまで王都で噂になっているからと、満を持してフィンツィ伯爵にルチアとの婚約を申し出たものの、「放蕩者に用はない」と失礼にも門前払いの憂き目にあった。

「フィンツィめ……。これは、強行するしかないな」

こめかみに青すじを立てる公爵は、ひとりひそかに呟いた。


（わたくしが全部、全部悪いの……）

日々、思いつめているルチアは、薄暗い部屋でじめじめと過ごしていた。

ヴァレリに嫌われてからというもの、目的を見失ってしまったため、ぼんやりし、投資や事業の諸々は、新米庭師のパオロに任せきりになっていた。

ボーナとニコロがしきりに「庭園の花がきれいに咲いています」と秘密の合い言葉を伝えに来たが、ルチアは庭園に出向けなかった。なにもやる気になれないのだ。大好きな『イレーネの恋のささやき』も読めないほどなのだから重症だ。

自分がひどく無価値に思えて、次から次へと涙がじわりとこみあげる。

ふう、とため息をついていると、扉が叩かれる音とともに声が聞こえた。

「やあルチア、私だよ？　アルナルドだ。少し会えないかな？」

ルチアは、アルナルドとは誰だろうと動揺した。その気さくな振る舞いはまるで友だちのようだ。そんな友だちなどいないし、絶対に会いたくないと思った。

鼻をつまんだルチアは、「ルチアお嬢さまはご不在です」と、召し使いのふりをした。

「そうか、顔を見たかったのだけれど残念だ。ならば君、ロザリンダからの手紙を置いていくから、ルチアに渡しておいてほしい」

叔母の名前が出たことで、ルチアはアルナルドとはバルシャイ公爵なのだと理解した。

扉の下に、すっと封筒が差しこまれ、ルチアはそれを見下ろした。バルシャイ公爵家の封蝋がされている。手に取ったのは、去ってゆく公爵の足音が完全に消えてからだった。

来週、ロザリンダが田舎から王都に来るという。手紙は、その時に内々で開かれる夜会への招待状だ。それはルチアの気持ちをどんよりと重苦しくさせるものだった。なぜなら叔母は強引で、これは絶対参加の勧告同然だからだ。

行きたくなくても、夜会の日は着々と近づいた。

叔母は、以前はルチオだけの参加でもゆるしてくれていたが、頼みのルチオは、おとといニコロを連れてなぜか外国に行ってしまった。よって、ルチアには逃げ場がない。

父が「これにしよう」とルチアに見せたのは檸檬色のドレスだ。真珠とレースがふんだんについている。父は、ルチアが引きこもっている間も、以前と変わらずたくさんのドレスや小物、宝石類を仕立てているのだ。

世の年ごろの娘は、新たなドレスに歓喜するものだが、ルチアはそうではなかった。なぜなら幼少期から物がどっさり溢れているため、そこにあるのが普通だからだ。無感動のまま与えられたドレスに袖を通して、靴をはいていた。

「……ありがとう、お父さま」

「いいんだよ。私の自慢のかわいい娘はなんでも似合うから仕立てがいがある。最高さ」

ルチアはヴァレリを思い出していた。彼が見せた憎悪のにじむ表情、吐き出した言葉を。

〝ふざけるな！〟

ルチアは、彼がなぜあれほどまでに怒っていたのか、理解していなかった。けれど、三か月の間悩んで、少しずつわかってきたような気がしている。自分の問題点を。

ルチアは物の価値を知らない。手に入れる苦労や、それによる喜びも、悲しみも。

（こういうところがわたくしはいけなかったのかもしれないわ。わたくしは侯爵邸や、侯爵家の家宝や家財を取り戻しさえすればそれでいいのだと思いこんでいたけれど……それは、不正解。わたくしは人の心を考えられていなかった。きっとそう……。そうなのよ）

でも、それをどう解決すればいいのかは、ルチアにはわからなかった。知らないものを知ることはとても難しい。けれど、知ることをやめてはいけない気がした。

もんもんとしながらも、着飾ったルチアは父と祖母とともに馬車に乗った。

フィンツィ伯爵家を出た馬車がバルシャイ公爵邸の敷地に入り、ゆっくりと停止したころには、夜の帳《とばり》が下りていた。

馬車の窓に鏡のように映りこむルチアは、しょんぼりしている。

「なに、顔を出す程度で義理は果たせる。本来ならば、あの放蕩者がいる公爵家の夜会などにおまえを連れて行きたくないのだが……。挨拶だけして、すぐに退散するとしよう」

と父は言っていたが、叔母のロザリンダへの挨拶を終えると、社会的地位のある父や、社交家の祖母を放っておく貴族はおらず、すぐに取り囲まれていた。

夜会にまったく慣れていないルチアは縮こまってばかりいた。男の人に声をかけられ、びくびくしたし、うまく受け答えができずに、相手にほとほと呆れられること六人。ルチアは、皆に姿を見られないように、ひとり、とぼとぼと壁の隅に歩いて行った。

祖母が言っていたことだが、夜会とは、女性にとってドレスや宝石を見せびらかし、競う場なのだという。けれど、なにをもって勝利とするのか、勝ったらどうなるのか、ルチアには理解ができないでいた。元々、ヴァレリに関して以外は闘争心を抱かないのだ。

ルチアは公爵家の大ホールを眺めた。大きなシャンデリアに、彫刻が施された柱、著名な画家の描いた絵画、調度品。貴族は口々に褒めているが、確かにまばゆくすばらしいけれど、ルチアの心は動かなかった。それよりも、ヴァレリの侯爵邸の部屋や旧市街での部屋のほうが、彼の性格の一部を垣間見られたような気がして嬉しかったし、わくわくした。

それを思い出すと駄目だった。視界がぼやけてくる。

(ヴァレリさま……)

あの寒々しかったお部屋に、きれいなお花を飾りたかった。

レースの手袋を纏った指で涙を押さえていると、ふいに芳しい薔薇の香りがした。

「あらルチア、お久しぶりね。立派なこえだめ色の髪になっちゃって。ふふふ、汚いわ」

緑色のドレスを纏った母ラウレッタだ。口の端を鋭くつり上げて笑っている。嘲笑だ。

ルチアは、かたかたと震える手をぎゅっとにぎった。

「お母さま。これは……これはこえだめ色ではありません。……栗色、だもの」

「栗色？　なにを言っているの。あなたの目はふしあなね。どこからどう見てもこえだめ色じゃないの。わたくしと同じ白金色の髪に産んであげたのに、つくづく親不孝な子ね」

その言葉はルチアの心を切り刻んだ。この髪が白金色のままであったら、ヴァレリにニアだと認識されて、嫌われたりなどしなかったのにと、どうしても思ってしまうのだ。

頬に涙が伝った。いけない、と思っていると、ルチアの前に大きな影が現れた。

「娘いじめもそのへんにしてはどうかな、ラウレッタ」

それは、金色の髪を無駄に輝かせているバルシャイ公爵だ。

「あらアルナルド。あなた、わたくしと別れたくせに、別れたのはなしだって、縋ってきて。先ほどまであんなにわたくしをむさぼっていたのに、娘の味方をする気?」

「なんのことかな、フィンツィ伯爵夫人。ルチアに話があるから、私たちは失礼するよ」

ルチアはバルシャイ公爵に軽く背中を押されて歩き出した。

助かったと思った。ルチアは母が大嫌いなのだ。無言で歩いていると、公爵に話しかけられた。

「私は君を探していたんだよ。こんな隅にいるとは思わなかった。――ラウレッタのことだが、彼女はとんだ妄言を吐いていたけれど、くれぐれも誤解しないでほしい。私たちの間にはなにも起きたことがないんだ。なにもね。誓って私の身は潔白さ」

途中、公爵は給仕を呼び止め、シャンパングラスをふたつ受け取った。

「ラウレッタが君につらく当たるのは自分に似ている上に若いからだろう。ようは未来がある君に嫉妬しているんだ。彼女はこの上ない栄華を経験しているからね。それ以上にはなれないと自分でもわかってもがいているのさ。君をけなすことで、いまでも自分の位置が高いのだと己に言い聞かせるしかない哀れな女だ。……はは、そうそう。先日の舞踏会で君の弟のルチオにひどくやりこめられていたよ。あのラウレッタが泣いていたんだ」

公爵が話しながらルチアを誘導したのはテラスだ。星はない。雲が隠しているのだろう。ルチアはシャンパンを手渡されそうになったが、お酒は飲めないと伝えようとしたところで、公爵はわざとらしく手を滑らせ、ルチアの胸もとにそれがかかってしまった。

突然のことに唖然としていると、公爵が、「ああ、私としたことがすまない。拭いてあげよう」と言いつつ、手早くドレスのリボンを解かれて、胸もとをくつろげられた。

しかし、それだけでは終わらなかった。なんと、そこへタイミングよく叔母のロザリンダが現れたのだ。

「まあ、なにをしているのアルナルド！　レディにそんな。これは責任問題ですわよ？」

「ええ、義母上。わかっています」

騒ぎ立てる叔母を見ながら、ルチアは自分の身になにが起きているのかわからなかった。

いつの間にか人だかりができていた。その中心には、胸もとがはだけているルチアと、自分の上着をかけ、ルチアを隠そうとする公爵がいる。この騒動に気づいた祖母は青ざめており、父はカッカと怒っている。いわゆる貴族的にとてもふしだらな状況ができていた。

そして、バルシャイ公爵は皆に向けて宣言した。この責任は近日中に必ずとると。

三日後のことだった。ルチアは新聞を見て慄いた。なんと、バルシャイ公爵と並び、ルチア・アキッリ＝フィンツィと、自分の名前がでかでかとのせられていたからだ。しかも、婚約の文字が躍っており、結婚は二か月後だと明記されている。

「ふざけるなあああああ!!!」

屋敷にとどろいたのは、父の叫び声だ。起きがけのガウン姿だった父は、すぐに着替えて慌ただしく屋敷を出て行った。残されたルチアは、この事態はなんなのかとおろおろすることしかできないでいた。

「わたくし……結婚しちゃうの？　ヴァレリさまではない人と？　…………いやよ」

のちに執事に聞いたことだが、激怒した父はバルシャイ公爵家に抗議に行ったらしい。しかし、きれいごとを並べてわけを説明する公爵を押しのけて進み出た叔母のロザリンダが、「だってわたくし、ルチアとルチオが大好きだもの。どちらかひとり子どもに欲しかったのよ。お兄さま、ルチアはもらうわ」とあっさり言ってのけたとのことだった。そもそもあの夜会は、はじめからルチアを狙って、公爵と叔母で仕組んだものだというのだ。

また、父は新聞社に記事を取り消すよう脅しをかけたが、公爵と伯爵令嬢の結婚は、一見とてつもなく良縁なので、この上なくめでたいことではないですかと首をひねられただけだったという。

翌日、外国に行っていたルチオが、従僕のニコロとともに見知らぬ小さな馬車を走らせ、伯爵家に飛び込んできた。小さな手に握りしめているのは新聞だ。

「ルチア……どういうこと？　結婚？　どういうこと？」

ルチアは問われても、自分でもわかっていないのでなにも言えないでいた。するとルチオは新聞をびりびりに裂いて紙吹雪にし、「いやだあああああ!!!」と床に転がり、わめきはじめた。だが、世間は結婚の噂で持ちきりになっていた。祖母が言うには、新聞に情報を売られてしまえばもう引っ込みがつかないのだという。

ルチアは深く落ち込んではいたものの、どこか他人事でいた。自分のことではないような気がしてしまうのだ。そして、貴族に生まれた以上、結婚しなければいけないことは理解している。

（わたくしは、ヴァレリさまに嫌われているわ。だったら……誰でも同じ）

結婚を望んでいないのは確かなことだ。けれど、受け入れつつある自分もいた。ヴァレリと結婚できなければ、相手は関係ない。他の誰でも全員等しく地獄だからだ。

その夜、ルチアは「一緒に寝る！」と駄々をこねるルチオをはじめて断った。ひとりで悩みたかったからだ。ルチオは激しく泣いたが、それでもルチアは断った。

静寂が、音を立てて包んでいるようだった。なぜかうるさく感じる。

肌寒かったが、ルチアはテラスにとぼとぼと歩いた。

ぼんやり星空を眺めていると、ヴァレリの顔が浮かんで、涙がこぼれた。

奇《く》しくも、ルチアはこの日、十八歳になっていた。

10章

「ルイーザ、いますぐ部屋を出ろ」

　そう言って、ヴァレリは宿屋の部屋から彼女を追い出した。彼女は、ひざを折り、それはそれはきれいに礼をした。まぎれもない、貴族の作法だ。

　彼女が部屋から遠ざかってゆく気配がした。

　寝台に座るヴァレリは、ぐしゃりと自身の黒髪をつかむ。

（なにが、起きているんだ？）

　ペトリス地区で、娼婦の足跡《そくせき》を探偵とともに追っていたヴァレリは、ドレス姿の彼女を見た時、息が止まりそうだった。貴族の令嬢にしか見えなかったからだ。ヴァレリがよく知る、いまいましい世界の女だ。

（嘘だろう？　おまえは、貴族なのか？）

　思い返せば、思い当たる節がないわけではなかった。

　娼婦の爪は非常に整っていたし、肌も絹のようになめらかで、手入れが行き届いていた。ヴァレリはそれを、男のために磨いていると思いこみ、自分以外の男に嫉妬していた。

潮が引くようにして心が冷えてゆくのを感じる。貴族は嘘をつく生き物だ。嘘もつき通せば誠になると本気で思っている輩ばかりだ。ヴァレリは、なにより、彼女に嘘をつかれたことがショックだったが、同時に、貴族であればさもありなんと思った。騙されたのが悪い――貴族とは、一見優美に振る舞いながらも、相手を平気で蹴落とす人種だ。

しかし、部屋で問い詰めた彼女は、ひどく心細い顔をしていた。

娼婦は明日説明すると言った。なぜ先送りにするのかさっぱりだった。問い詰めたくてたまらなかったが、それでも好きな女だ。頼む、納得できる説明をしてくれと願っていた。

だが、翌日彼女が語ったのは、考えうるなかで最悪な事実だった。彼女自身が、Ⓜスカルキ商団の長だという。しかも、あのマダム・スカルキまで従えていると言ったのだ。

これまで、アルビノーニ侯爵家の家宝を、家財を、そして屋敷を、ことごとく目の前でかっさらわれてきた。そのⓂスカルキ商団を率いているのがルイーザだというのだ。ルイーザは、どれほど大金を積もうとも、ヴァレリが負け続けた憎たらしい相手だった。

できれば、ただの貴族の道楽で侯爵家のものを集めたのだと言ってほしかった。腸が煮えくり返ることには変わりはないが、それならばまだゆるせた。

しかし、彼女はあなたのために集めていたから、すべて返すと屋敷の鍵をよこしてきた。

これほどの屈辱はなかった。没落した貴族に対する施しか。

ヴァレリは幼少期より、楽《らく》を封じて学びに費やしてきた。自身のことよりも嫡男としての責任を優先してきた過去がある。

どこまでも自分をばかにしていると思った。ヴァレリは、すべてを取り戻すために必死に生きてきたのだ。没落前から策を練り、寝る間を惜しんで学び、考えて生きてきた。

いままでの努力を、人生を、取るに足らないものだと全否定されたような気がした。男としての矜持はずたずただった。

ヴァレリは、相当稼いできたと自負している。そのための労力は惜しまなかった。それをあざ笑うかのように、平気で値をつり上げて、目当てのものを、すべて手を伸ばしても届かないようにされてきた。屋敷を買われた時には、マダム・スカルキを訪ねて懇願までした。すげなく断ってきたのは、向こうのほうだ。

（顔も見たくない！）

どのように帰り着いたのかわからない。気づけば旧市街に立っていた。

〝あたい、今日もヴァレリが好きだよ？〟

（なぜ、好きなどと言った！　だから、僕は……）

「くそっ！」

彼は、部屋に堆《うずたか》く積まれた本を薙《な》ぎはらう。見事に崩れて地に落ちた。

並んだすべての本をことごとく崩して回った。ほどなく、床は本だらけになっていた。

一冊引っつかみ、左右に裂きかけた。けれど、やめた。

それは小さなころに、家の助けになりたいとはじめて手にした投資の本だった。実際の本は、金に困った父にすべて売られてしまったけれど、古いそれを市場で見かけた時に、当時の決意を思い出したくて買ったのだ。

そっと、隣に本を置く。ヴァレリは荒く息を吐き、髪をぐしゃぐしゃとかきまぜた。

自分を取り戻したいと思った。身体にこびりつく娼婦をとにかく消したいと思った。なにせ、はじめての相手だ。感触を、ぬくもりを、すべて記憶から消し去りたかった。酒を浴びるほど飲んだ。だが、彼女は消えてくれない。いっそ、娼館に行こうとも思った。しかし無理だった。他の女を思えば吐き気がした。それほど彼女は、ヴァレリのなかに入りこんでいて、消しきれない女になっていた。

早く、平静を取り戻したかったが、ルイーザはそうはさせてくれなかった。悪魔だ。

『……ヴァレリさま、お願いします。わたくしの話を聞いてください。どうか』

彼女は、毎日家の扉を叩くのだ。応えなくても、毎日毎日訪ねてきた。

ヴァレリの怒りは治まらなかった。それは、彼女が貴族のくせに、このみすぼらしい家を訪ねてくるからだ。火に油を注がれているようだった。

(没落を笑いに来たか。高みの見物のつもりか！)

同時に、声を聞かされるたび、鮮烈に記憶がよみがえり、忘れられなくさせられる。いまだに夢には彼女が出てくるし、抱きしめて、ばかみたいに接吻する自分がいる。

ヴァレリは、彼女の息のかかったこの旧市街を去ろうと決意した。このままでは一生忘れられないからだ。

しかし、十回目を数えたあとに、彼女は、ぱた、と家を訪ねてこなくなった。

胸を不安がよぎった。自分は怒っているはずなのに、いざ、訪ねてこなくなると不安になる。扉が叩かれないのを寂しく思う。それはなぜなのか、わからない。

だが、以前彼女がヴァレリをじっと見ていた場所で佇んでいるのを認めると、安堵を覚えた。お馴染みのごろつきふたりも後ろに控えているから安全だ。あの時のように荒くれ者に襲われたりはしないだろう。ヴァレリは、こっそり彼女を確認していた。

毎日、彼女はあの場所で、一時間ほど立っているようだった。

けれども、彼女に会いに行く気分にはなれないでいた。いまだに腹が立っているし、なぜ自分を負かしてまで、侯爵家のものをかすめとるような真似をしたのかがわからない。

その後、二か月が経過した。同時に、彼女はふつりと姿を消した。

ヴァレリはふらふらと、ルイーザが毎日決まった時間に立ち続けていた場所へ行く。

彼女がいないか目を走らせるが、どこにもいなかった。

近くでパンの屋台を開いている男に近づき、問いかける。

「おい、ここで毎日立っている娘がいるだろう」

「あ、いるよ。かわいい子だ。かわいそうに、毎日泣きじゃくっててさ。あんなにかわいいんだ、たまにごろつきに声をかけられてさあ。すると、あの子を守って立つごろつきが相手をボコるんだ。ていうか、あの子を守るために百人ほどのごろつきが、ここら一帯、遠巻きにして睨みをきかせていたんだぜ？　何者だ、あの泣きべそな嬢ちゃんは」

（……泣いていたのか）

ヴァレリは一瞬顔をくしゃりと歪ませる。

「今日は？　あの娘を見たか？」

めえパンをひとつやったんだ。そういや昨日は半日ほど突っ立っていた。泣きながらよ。俺のこのうめえパンをひとつやったんだ。そうしたら、ありがとうって笑った。ありゃいいこだ」

ヴァレリは片手で両目を押さえた。いいこなのは知っている。だから好きになったのだ。

「そうしたらあの子はよ、俺のパンを全部買い占めた。で、後ろの怖えごろつきが、『てめえら集まれ』って仲間を呼んだんだ。すると出るわ出るわ、ごろつきが百人ほど。みんなして俺のパンを食べてたぜ。すげえ光景だった。でも、なんで泣いてたんだろうな？」

「僕が、泣かした」

ヴァレリは、「え、なんだって？」という言葉を背中に浴びながら歩き出す。

雑踏を縫いながら進んだ。彼は、周りの人が途切れるとすぐに駆け出した。

後悔はつきない。意地を張り、頑なに聞く耳を持たずにいた。ひどいことをした。

冷静に彼女に会い、迎え入れ、話を聞くべきだったのだ。なぜ娼婦じみた格好をしていたのか聞きたいし、本当の名前を知りたい。ルイーザ・スカルキではないはずなのだ。ドレスや身につけているものは一級品。絶対と言えるほど、どこかの名家の令嬢だ。

息を切らしながら旧市街の入り口にある宿屋に入り、その厩に預けていた馬を引き取った。すぐさま跨《また》がり、かかとで腹を突っついた。向かったのは探偵の家だった。

「ヴァレリさま、どうなさいました？」

髪が乱れ、肩で息をするヴァレリを異様に思ったのだろう。探偵は瞠目している。

「……頼む。至急ルイーザ・スカルキという名の娘を探してくれ。貴族だ。だが、ルイーザという名の貴族は存在しない。いても、彼女よりもずいぶん年嵩のはずだ。歳は十七。十七歳の令嬢すべてを調べてくれないか？　髪の色は栗色で、目の色はすみれ色だ」

「それは骨が折れますね……。なぜなら、いま東で戦争が勃発中じゃないですか。この国は戦火が遠いですから、亡命貴族がそこそこいるんです」

「それでも頼む。できる限り、早く頼む」

探偵に依頼を終えたヴァレリは、すぐさま旧市街に引き返した。彼はルイーザや、いつも彼女といるごろつきを探すため、毎日街を歩いた。ペトリス地区も何度も探して歩いた。マダム・スカルキの豪邸も訪ねた。だが、門は固く閉ざされていた。

しばらく屋敷の前で待ち構え、近づいてきたごろつきに問うた。

「マダム・スカルキは？　この屋敷に入り浸っているというパオロでもいい。いるか？」

「あぁ？　何者だてめえはよぉ。帰んな！」

「僕は、ヴァレリという。ヴァレリ・ランツァ＝ロッテラ＝アルビノーニだ。マダム・スカルキは、僕の屋敷を落札し家宝を集めている。それについて問いたい。どこにいる？」

ごろつきは、「てめぇがヴァレリ……？」と、しばらく考えこんだあとに言った。

「マダムもパオロもここにはいねえ。王都だ。ルイーザ・スカルキさまの屋敷にいる」

ヴァレリが口を開こうとすると、ごろつきは被せるように言った。

「詳しい場所は聞くな。俺たちも聞いちゃいねえ。トップ・シークレットよ。マダムもパオロもルイーザさまの説得に行ってんだ。いいか、他言すんな。すれば殺す」

「ルイーザになにを説得している？」

「商団を辞めるかもしんねえんだ。冗談じゃねえ、あの方が辞めちゃあお仕舞ぇよ。うちはあの方の知恵で成り立ってんだ。Ⓜスカルキ商団のピンチもピンチ。兄ちゃん力貸せよ」

ヴァレリは額に手を当ててから息を整える。

「王都は四つの地区に分かれている。……爵位はわからないか？　公園の話を聞いたことは？　もしくは川、丘陵地。王宮……。いずれかの話を聞いたことはないか？」

「あァ？」と、ごろつきは腕を組み、呻いたあとで、「そういや、橋が工事中だかで、迂《う》回《かい》するって言ってたなァ」と呟いた。

「わかった」と告げたあと、ヴァレリは駆け出した。

補修をしている橋は歴史的建造物。大掛かりな工事で、すでに五年は通行止めだ。その一帯は、アルビノーニ侯爵邸がある地区も含まれる。

該当する地区はふたつある。探し出すのは、時間がかかると覚悟した。

ヴァレリは馬を駆り、王都を目指す。王都までは一時間。

王都に着けば帽子を買った。さすがに知り合いに没落後の姿を見せられるほど肝は据わっていないのだ。噂話の種を提供するのはまっぴらだった。

軽く食事を済ませて、地図を買う。ひとつひとつ当たるつもりだった。馬を常歩で歩かせ、辺りを見回す。すると、ちょうど走ってくる無蓋馬車が目についた。

ヴァレリは下馬し、隅に寄る。馬は繊細だ。その視界に入らないように調整した。

街中で無蓋馬車を高速で走らせる貴族は、大抵女に格好良い姿を見せたいばかだと相場が決まっている。落としたい女を隣に乗せて、心を舞い上がらせるのだ。そのため、考えなしな速度で走る。

迷惑行為を蔑んでいた時だった。馬車に乗っている男が見え、バルシャイ公爵だとわかった。やはりと思った。彼は放蕩者で有名で、母親と同類の男として軽蔑していた。

ヴァレリは公爵に興味はなかったが、なんとはなしに、隣に乗せている女を見た。

とたん、目を瞠る。栗色の髪をなびかせているのは、娼婦――ルイーザだった。

ヴァレリは駆け出しそうになったが、その前に、近くで噂話に花を咲かせる男と女を捕まえた。あれは誰だと聞いた時、耳を疑う言葉を聞いた。

「バルシャイ公爵とフィンツィ伯爵家のルチアさ。噂があったが、これは確定だな」

心臓が、どくんと脈打つ。気が動転した。

「――は。待ってくれ、なんと言った？　…………ルチア？」

答えた男は、ヴァレリを不審に思ったのか、目を細める。

「ああ。ルチア・アキッリ＝フィンツィ、深窓の令嬢だ。よく伯爵が馬車を許可したな」

ヴァレリは両手で顔を覆った。フィンツィ伯爵家のルチア。

それは、ヴァレリの初恋の相手の名前であり、過去、強く結婚を願っていた人だ。

彼はやっとの思いで馬のところまでたどり着いた。しかし、ひざからくずおれる。地面に、ぽた、ぽた、と染みができていた。ヴァレリは両手をついて泣いていた。犬に立ち向かった小さな女の子の記憶が、いま鮮やかによみがえったのだ。

ヴァレリは、一も二もなくフィンツィ伯爵家に駆けた。

当然のことながら、いかめしい錬鉄の門は固く閉ざされている。わかっているのだ。確かな身分がない、いまの自分が取り次いでもらえるはずがないことを。

それでも、彼女に会いたくてここで待たずにはいられなかった。計画性などなかった。こぶしを握りしめていると、ちょうど伯爵家の馬車がやってきた。

緊張で汗が滲んだ。ぎぎぎと重々しい音を立てて開く門を見て、続いて馬車を眺めれば、車内の者と目があった。白金色の髪をした少年で、不気味に感じられるほど美しい。

ヴァレリは、以前茶会で見たルチアは、この少年なのだと思った。

馬車は通り過ぎると思っていたのに、なぜかヴァレリの前で停車した。ばたん、と音を立てて扉が開く。

少年は、降りようとはしなかったが、ルチアと同じすみれ色の瞳でこちらを睨みつけていた。懐から小瓶を取り出し、次の瞬間、「帰れ！　二度と来るなっ」と、ぱしゃっ、と水を浴びせてきた。そして馬車は発車した。

さすがに腹が立ったヴァレリだったが、反応するのも癪なので、黙って立っていた。なによりも、ルチアに会うことのほうが重要だった。

しばらく立ち尽くしていたところ、伯爵家の裏口から、ガタイのいい男が歩いてきた。

「これはこれはヴァレリさま。先ほどは我が主人、ルチオさまが大変失礼いたしました」

「おまえは」

「はい、ねずみごっこのニコロです。覚えていらっしゃるでしょうか」

「覚えている。ルチアに取り次いでくれないか？　いつまでも待つから。……頼む」

ニコロはその言葉には答えず、ヴァレリが乗ってきていた馬を見た。

「おや？　ずいぶん待たれたご様子で。あなたもそうですが、かわいそうに、馬が大変待ちくたびれた顔をしています。――で、ルチアさまでしたら、ルチオさまがいらっしゃるので取り次ぐことはできません。ですが、代わりにこちらをお渡ししておきます」

言いながら、ニコロはポケットに手を入れ、ヴァレリに銀色のものをにぎらせた。

「こちら、わかりますか？　あなたはあなたで戦ってこられたのでしょうが、ルチアさまも戦ってこられました。その成果を見てさしあげてください。あれは、ルチアさまの戦いと成長の記録と言えます。山あり谷あり、スパイス&ロマンチック。ね？」

ヴァレリは、にぎっていた手をゆっくり開く。そこには、銀細工が施された鍵があった。

手が震えた。自分はひどい言葉を投げつけ、これを振り払ったのだ。

「……ニコロと言ったな。伝言を頼めるか？」

「いやです。あなたはまだ半人前ですからね。いまのあなたは猫を前に、虚勢をはったねずみです。せめて、同じ猫になっていただかないとお話になりません」

憮然とするヴァレリに、ニコロは「では、失礼いたします」と、きびすを返した。


ヴァレリはニコロが去ってからもその場に立ち尽くしていたが、ふたたび手のなかにある鍵を見て動き出した。馬に乗り、アルビノーニ侯爵邸へ走らせる。

久しぶりの侯爵邸は、いままでとは見え方が違い、どこか他人行儀に見えていた。

最初に気がついたのは、補修がされていることだ。庭も丁寧に整えられており、花まで咲いているようだ。

門の外には、うろうろとごろつきがたむろしていた。Ⓜスカルキ商団の者たちなのだろう。そうは見えなくても、警備をしているのだと思った。

最初は「見てんじゃねえぞコラァ！」と、ガンを飛ばされていたヴァレリだったが、名乗ったとたん、手のひらを返して、「どうぞどうぞ」と道を譲られた。

複雑な思いを抱えながら屋敷の鍵を開ければ、まず、玄関ホールで驚いた。

シャンデリアは売られて外されていたはずだが、いまは見事なものがついていた。絵画もそうだった。金目のものは父に売られて、見るからにがらんどうになっていたのに、以前とよく似た仕上がりだ。

屋敷に誰かが入ってきたことに気がついたのだろう。階段を下りてきた人物がいた。ヴァレリもよく知る老齢の家令だ。彼はすぐに、「坊っちゃま」とヴァレリを出迎えた。

「トーニオ。なにがあったか説明してくれないか。おまえは解雇されたのだろう?」

そもそもヴァレリが侯爵邸を出たのは、資産家の女と無理やり結婚させられそうになったのもあるが、これまで長年家に尽くしてくれた優秀なトーニオを父が突然解雇したことも大きな理由となっていた。

トーニオが言うには、解雇をきっかけに田舎に帰っていたが、そこへⓂスカルキ商団がやってきたらしい。彼らに雇われたトーニオは、Ⓜスカルキ商団の特別顧問として、侯爵家の品の選別を担当していたのだという。ほぼ落札されると、家令に返り咲いたのだ。

「おまえが選りすぐっていたのか。なぜやつらが的確なのか、ずっと不思議だったんだ」

「坊っちゃま、私だけではありません。執事のマルチェッロも、召し使いのメダルドもドメニカも。我々は手分けして、侯爵家の品を探しました。すべてではありませんが、偉大なるご先祖の方々にもご満足いただけるほどには揃っているかと思います」

ヴァレリは絨毯にひざをついた。この家令がいる時点でルチアの狙いがわかったからだ。そこにあるのは、純粋な思いだけで打算などは存在しない。本気で再建したかったのだ。

(侯爵家も僕も、ここまでしてもらえるほどの価値などないというのに)

「我々は坊っちゃまが戻られた時点で、Ⓜスカルキ商団からアルビノーニ侯爵家に移るようにと言われています。ふたたび、あなたのもとで働かせていただけるでしょうか」

「……もちろんだ。働いてくれ」

一息ついてから、ヴァレリは屋敷内を歩いて回った。これ以上、否定することなどできないと思ったからだ。彼女の願いに応えたかった。

侯爵邸内の失われた家具や絵画や宝石は、家令の話のとおりすべては揃っていないが、大概は並べられていた。しかも、足りない場所には新しい家具が配置されていた。買い戻せなかったのであろうシャンデリアも、新たなものがぶら下がっていた。けれど、新しくても、違和感を抱かせることはなく、古いものとの調和がとれていた。

元々ヴァレリの部屋だった場所は、他とは少し違っていた。なぜなら、没落当時ではない小さなころの配置で、家具やたくさんの新品の本が諸々置かれていたからだ。なぜだと後ろに控える家令に問えば、この部屋ばかりは、ルチアが手ずから整えたのだと教えてくれた。だから、彼女が知る昔の部屋の配置だったのだ。

ヴァレリは目を閉じた。しばらく開けられないでいた。

どれほど、彼女が自分を想ってくれているのか、わかるからだ。

いますぐ攫ってしまいたいほど、会いたいと思った。だが、自分には資格がないとわかっている。

ヴァレリは、自身の目に袖を当てた。じわりと生地の色が変わっていく。

「トーニオ、僕は父を探しに行く。父に王宮に出向かせ、爵位の手続きをさせなければならない。そうでないと、僕はこの屋敷にはふさわしくない。彼女に合わせる顔がない」

家令は嬉しそうに目を細めた。

「ルチアさまに求婚されるために、そうおっしゃっているのですね？」

「そうだ。おまえたちには悪いが、僕が貴族として生きてゆくのはそのためだけだ」

胸に手を当てた家令は深々と礼をした。

「坊っちゃま。侯爵さま共々、ご無事で戻られますよう、お待ち申し上げております」

ヴァレリは家令にしっかりと頷いた。


隣国ジャルディノの小道にて。

空いっぱいに割れるような音がとどろき、驚いた鳥たちが羽音を立てて飛んでゆく。

ヴァレリは何事かと辺りを見回すが、道の両側から木々が迫る道を進んでいるため、見通しが悪く、確認できない。どうせけものを撃った猟師あたりだろうと思った。

けれど、休憩がてらに寄った村の宿屋で何気なく確認すれば、乗っていた馬車に不自然な穴を見つけた。ほじくり返せば紛れもない銃弾の跡だとわかった。

（銃だと!?）

どうやら自分は命を狙われているらしい。

心当たりがないわけではない。ヴァレリが消えて得をする者は確かにいる。父の弟のミケリーノだ。借金まみれだと聞いているから、爵位は喉から手が出るほど欲しいだろう。

彼が直ちに取った行動は、宿屋の主人に傭兵を雇えるかどうかの確認だ。

ヴァレリは、ラ・トルレ校で銃の扱いを学んでいたため、ひと通りは戦えるものの、自ら泥臭く挑むのは好まない。人を動かす参謀タイプだ。本人は貴族を嫌うが、自身の手を汚さず仕留める、貴族的な思考をしていた。——ルチアを探して旧市街やペトリス地区を駆け回ったり、所構わず涙したのは、彼のなかで異例中の異例で、はじめてのことだった。

少し回り道になったが、大きな街に寄り、傭兵を雇った。彼らは戦争屋たちなので、護衛の仕事は『しょぼい』と相手にしなかったが、金を見せれば目の色が変わった。

しかし、三日が経つと、敵は叔父ではないことに気がついた。

小高い丘で望遠鏡をのぞいていたヴァレリは、猛烈にしかめ面をした。敵の頭領を目撃したからだ。

（……どういうわけだ？）

見えたのは、白金色の髪をきらきらときらめかせる、フィンツィ伯爵家の嫡男ルチオであった。わけがわからなかったが、傭兵たちに「殺すな」と伝えて捕縛してもらった。

ほどなく、ぐるぐると縄が巻きつけられ、ふてくされたルチオが引っ立てられてきた。彼が持っていたであろう銃もヴァレリに差し出される。最新型の高価な拳銃だ。

ヴァレリがルチオを睨むと、不敵にもルチオも睨み返してきた。そもそも、この小僧には水をかけられているのだ。ヴァレリは一度されたことは絶対に忘れはしない。

「ルチオ、なぜ僕を殺そうとしていた。わけを言え」

しかし、問うてもルチオはぱんぱんに頬を膨らませ、ぷいっ、とそっぽを向くだけだ。

傭兵たちが、ジャルディノ国の判事に渡しちまえと話していると、「お待ちくださいい、誤解なのです」と、ガタイのいい男が現れた。それは、ルチオの従僕ニコロだ。

そのニコロを見るなり、ルチオは足をばたばたさせて暴れ出した。

「このばかニコロ！　おまえがいいところでくしゃみをするから、私の手もとが狂った」

それはまぎれもなく、先日の銃弾のことだろう。

しかしニコロは、主人には応えず、ヴァレリの前で礼をした。

「ヴァレリさま、お騒がせして申し訳ございません。このニコロ、謹んでおわびいたします。少々ご拝聴たまわりたく。なにもルチオさまはあなたの命を狙ったわけではないのです。ちょうど狩りをいたしておりまして。ええ、貴族のたしなみと申しますか。それが俺のくしゃみで軌道がずれてしまい、あなたの馬車に当たってしまったのです」

「しらじらしい。なぜわざわざ隣のジャルディノ国で狩りをする必要がある」

「この国には、大変めずらしい猪《いのしし》がいるのです。それはルチアさまも大好物のお肉でして。姉君想いのルチオさまは、ルチアさまのためにはるばる来たというわけです」

ヴァレリは呆れながら息をつく。

「なにが猪だ。嘘をつくなら、もう少しまともな嘘をつけ」

しかし、このニコロがルチアの名前を出したのは正解だ。なぜなら判事に突き出す気でいたが、ルチアを思うと、彼女の弟を犯罪者にするのはまずいと心変わりをしたからだ。

「ニコロ、おまえはこのばかを連れ帰れ。いいか、この国では縄を解くな。荷物扱いで担いで行け。縄を解けばわかっているな？　罪を公にする。僕に従えば、罪は不問だ」

「賢く選べ」と言いながら、傭兵にあごをしゃくってルチオの身柄をニコロに渡した。

「いますぐ帰れ。僕の視界から出て行け」

「ヴァレリさま、申し上げにくいことなのですが、それが、できないのです」

ヴァレリは、「なに？」と片眉を持ち上げた。

「あなたが雇った傭兵の方々がこちらに突入する際、我々が乗っている馬車を見事に粉砕してしまいまして。あまりの迫力に、かわいそうな馬はびっくりしてしまい、逃走。おまけにルチオさまは金貨の入った袋をうっかり川に落としてしまいました」

黒い髪を雑にかきあげ、ヴァレリは深々と息をつく。

「つまり、おまえたちは移動手段もなく、金もなく、本物の荷物になったというわけか」

頷くニコロは、「ストレートに申しますと、そのとおりです」と言った。

「ですから、どうか俺とルチオさまをヴァレリさまの馬車に乗せていただけませんか？　ちなみに、ずっと傭兵の方々と戦っていましたので、俺もルチオさまも腹ぺこです」

「なぜ僕が自分を殺そうとしたやつを助けなければならない」

「ですが、あなたに助けていただかないと、我々は野垂れ死んでしまいます」

「野垂れ死ねばいいだろう」

ヴァレリは、ニコロと押し問答をくり広げたが、またルチアの名を出されて、しぶしぶ折れる羽目になる。結局、ふたりの面倒を見るしかなくなった。

「……最悪だ」

「大丈夫ですよ、ヴァレリさま。このニコロを助けたことは後悔させません」

彼は陽気なニコロを、ぎっ、と睨み、「すでに後悔している」と吐き捨てた。

ヴァレリが用意した馬車は、自身と父親がゆったり乗れるほどの大きさしかない。大勢で乗ることなど想定していないのだ。そのため、車内はぎちぎちで不快な状況だ。

しかも、ヴァレリとルチオは水と油だと言っていい。ことごとく意見は対立した。

「だいたいおまえはずるいんだ。なんでプロを雇ったんだっ。私を殺す気だったんだろ」

「そういうおまえは僕を殺そうとしていただろう。殺しには殺しのプロを雇って当然だ」

「ふん。おまえ、ルチアに求婚すると言っていたな？　無駄だ。ルチアは私と結婚する」

「は？　無理だろう。おまえとルチアは姉弟だ。それに、彼女は僕のものだ」

「黙れ！　ルチアは私のものだ。気に食わない……。ニコロ、こいつをつまみ出せ！」

「ルチオさま、さすがの俺も不可能です。この馬車、ヴァレリさまの馬車ですから」

ヴァレリは気が滅入って吐きそうだった。ぎっしり状態でいらいらしているにもかかわらず、この調子で車内は終始うるさく、会話が止まらないのだ。どちらかといえば物静かなヴァレリにとっては、大変きつい状況だ。心なしか空気も薄く感じる。

肝心な父の行方はといえば、簡単だった。かつて父はこのジャルディノ国に遊学していた経験があり、友のもとに行くだろうとはじめから予測していた。案の定だった。

父の友人の屋敷に到着すると、ヴァレリを見るなり父は逃亡を図ったが、ルチオとニコロにはさみ打ちをさせ、すぐに捕まえた。うっぷんがたまりきり、機嫌が悪いヴァレリは、視線だけで父をすくみあがらせた。

ヴァレリは父に、国に戻って責任を果たせと詰め寄ったが、絶対にいやだとごねられた。長きに渡る借金生活で気弱になり、ほとほと疲れ果てたという。

だが、ヴァレリが「借金は僕が完済する」と告げれば、父は現金にも、意気揚々と帰り仕度をしはじめた。

(どいつもこいつも……)

その後、小型の馬車に男が四人、ぎゅうぎゅう詰めで帰路についたのだった。

ヴァレリは信じられない思いで愕然とした。昨夜は国境入りが遅れたために、国境にほど近い宿に泊まった。そしてあくる日の朝、談話室で何気なく新聞を読んだのだ。

(嘘だろう?　なにがどうなっている?)

心臓が押しつぶされそうだった。そこに、バルシャイ公爵とルチアの婚約がでかでかと載っていたからだ。思わず二度見したほどだ。しかし、目の錯覚などではなかった。

気が動転し、息苦しさに喘いでいると、視界の片隅では、ルチオとニコロがのんきに日向ぼっこをしていた。それが妙にむかついた。

「ルチオ、ニコロ！　こっちへ来い。早く！」

と、ヴァレリはふたりを呼び寄せた。「なんだよ、いばりやがって」と悪態をつかれたが、ルチオに新聞を見せたとたん、彼は奇声を上げて、ニコロを連れて駆け出した。

とてつもなく嫌な予感がしたが、ふたりを追ってみれば予感は的中した。あのちびとニコロは、恩をすっかり忘れてヴァレリの馬車を盗んでいった。

ヴァレリは宿に掛け合って、馬車を一台用意した。コーヒーを片手に優雅にくつろぐ憎たらしい父を急かし、王都を目指した。

途中までフィンツィ伯爵家に進路を取っていたものの、門前払いの二の舞だろう。そのため、弱腰になりつつある父を逃げられないようにして、爵位諸々の手続きをはじめた。

そして、真夜中になってようやく、目当ての伯爵家に行けたのだった。新聞を見てしまった以上、どれほど非常識のそしりを受けようと、絶対にルチアに会うと決めていた。伯爵家の錬鉄の門は閉ざされたまま開くはずもなく、ヴァレリは両手をこすりあわせたあと、壁をよじ登った。

実は、ヴァレリは高所があまり得意ではなかったため、必要以上に汗が出た。吐き気もしたけれど、覚悟を決めて登っているのだ。ようやく上までたどり着き、次はどう下りようかと思っていたところ、同じ目線の高さに窓があるのに気がついた。そこには見知った顔がある。眺めていると、女といちゃいちゃする従僕ニコロと目があった。

またたきを繰り返すニコロに、ヴァレリは人差し指を曲げ、『来い』と合図を送った。

すると、ほどなくして、長い梯子《はしご》を手にしたニコロが現れた。

「ヴァレリさま、なにをなさっているのです。猫ごっこなどとは言いませんよね？　度肝を抜かれました。まさかボーナとの逢瀬を目撃されるなど、夢にも思いませんでした」

ニコロが口を開いたのは、ヴァレリが梯子を使って壁を下りきった時だった。彼はすかさずニコロの首もとをわしづかみにし、鼻先を近づける。

「度肝を抜かれるとは僕の台詞だ。よくも馬車を盗んでくれたな。落とし前はどうつける気だ。おまえは『このニコロを助けたことは後悔させません』とぬかしていたが？」

「落とし前とは、ヴァレリさま、旧市街に染まってしまわれました？　ええ、このニコロ、受けた恩は忘れません。……どうでしょう、この梯子でルチアさまのもとへご案内するというのは。このニコロを助けたこと、後悔どころか、感謝に変わるのではないですか？」

「つべこべ言わずに連れて行け」

先ほどまでは風はなかったが、少し出てきたようだった。この日は新月なこともあり、空には星がまたたいて、くっきりきれいに映えていた。しかし、ヴァレリはロマンチストではなかった。時々空を仰ぎ見るロマンチストのニコロを「早く歩け」とせっついた。

辺りを静寂が包んでいた。小枝を踏む音がぱちりとひびく。

「そうそうヴァレリさま、ご存じですか？　今日、ルチアさまは十八歳になられました。せっかくの誕生日ですのに、大変落ち込んでいらっしゃいます。ですから、どうぞ元気づけてさしあげてください。――あ、見てください。ルチアさまがテラスにいますねえ」

ニコロが指差すほうに目を向ければ、確かにテラスに出ている者がいた。

ヴァレリは大股で歩き出したが、ついには駆けた。近づけば徐々にはっきりと確認できる。室内の明かりに照らされ、逆光に浮かび上がるのは化粧着姿のルチアだった。

足を止め、しばらく彼女を眺めた。ひどいことをした以上どう声をかけていいのかわからなかった。ヴァレリは謝ったことがないのだ。嫡男は謝るなと教えられてもいた。

胸がうずいてこみあげてくるものがある。

犬を撃退した小さな女の子。彼女は大きくなっても、ヴァレリの境遇に、果敢にこぶしをふるったも同然だ。侯爵邸は、何事もなかったかのように、そのまま再現されていた。

当時から、彼女の好意は伝わってきていたし知っていた。大きくなっても、いま思えば、娼婦からの好意やまなざしは、あのころからなんら変わっていなかった。

そして、自分も。心変わりが起きていないとは言えないが、彼女に二度恋をした。

(僕は、ずっとあの子が好きだったんだな。しょうがないよな)

ヴァレリは足もとの小さな木の実を拾って、彼女に気づいてほしくて投げた。

しかし、ルチアは鈍感だ。テラスに、こつん、こつん、と当たっていても気づかない。さすがに十個目の時には、鈍すぎるだろうと思った。

赤い木の実をつまみ、また投げた。すると、今度はルチアの頭にこつんとぶつかり、彼女は「痛」と呟いた。

頭を押さえながらきょろきょろしていた彼女は、階下を見下ろした。そこで、ヴァレリの姿を捉えたとたん、ごしごしと目をこすり、身を乗り出して、またこちらをのぞきこむ。

ヴァレリは、ルチアが大きな声を出しかねないと、自身の唇に人差し指をあてがった。

すると、ヴァレリを見つめるルチアは頷き、真似して自分の口に人差し指を当てた。

そこへニコロが到着し、手際よくルチアのテラスに届くように梯子を立てかける。

「ヴァレリさま、俺はここであなたを待つ羽目になりますので、あまりルチアさまの部屋に長居しないでくださいね？　頭の片隅に、常にこのニコロをお忘れなきよう……」

「わかっている」

ヴァレリは、梯子を握りしめ、ステップをぎしりと踏みしめた。


はじめに伝える言葉は決めていた。けれど、梯子を登りきり、間近で彼女の姿を捉えた瞬間、言葉は消し飛んだ。ルチアが、ぐずぐずに泣きながら震えていたからだ。

「なぜ、泣いているんだ？」

「……ごめんなさい、ヴァレリさま……」

「謝る必要はない。謝らなければならないのは僕のほうだ。おまえにひどいことをした」

ルチアは、ぶんぶんと首を横に振る。「ヴァレリさまは悪くない」と言いながら。

「わたくしは、ヴァレリさまの気持ちを考えられなかったの……。それが、わかるから」

「僕の気持ち？　わかるはずがない。おまえは僕じゃないんだ。そんなことで責めるな」

「でも……」

「うちの屋敷を見たんだ。おまえの気持ちがわかった。あんな気持ちでいてくれたおまえを無下に拒んだ。ゆるしてくれとは言わないし、言う資格もない。もうしてしまったことだから。だが、挽回させてほしい。僕は、この先の行動でおまえに示していきたい」

ヴァレリが、深く息を吸って吐く間、ルチアは涙を止めようとしているのか、しきりに目をこすっていた。その手首をつかんでやめさせた。

「僕は、おまえをなんと呼べばいい？　おまえは、なんて呼んでほしい？　おまえがルイーザを選んだ場合と、ルチアを選んだ場合で、僕は身の振り方を変える」

ルチアはどう答えていいのか考えあぐねているのだろう。唇をぱくぱくさせている。

そんな彼女に、ヴァレリははじめに伝えると決めていた言葉を言った。

「僕は、十一のガキのころからおまえが好きなんだ。だから、どんなおまえでもいい」

すみれ色の瞳をめいっぱい見開くルチアに、ヴァレリはもう一度口にした。

「好きだ」

「…………あ。……、わたくしを、嫌いじゃない？」

「なんだそれ、好きだって言っただろ？」

顔をくしゃくしゃに歪めたルチアは、「わたくしも……大好き」と言いながら、抱きついてきた。そんな彼女を抱きしめれば、シャボンの匂いがした。

彼女の肩に頬をのせたヴァレリは、目を閉じる。ずっと、感じたかったぬくもりだ。

「わたくし……、ルチア・アキッリ＝フィンツィ。……黙っていて、ごめんなさい」

　ルチアがそう告げたのは、貴族のルチアとして見てほしいからだろう。

「なぜ、貴族だと言わなかった？　正直、気が動転した」

「……ヴァレリさまが、貴族嫌いだって……。わたくし、あなたに嫌われたくなかった」

　悪いことをしたと思った。結局は自分のせいで彼女は気を使う羽目になっていたのだ。

「僕は確かに貴族嫌いだが、おまえを嫌ったことはない。前からずっと会いたかったんだ。

なんとなくだが僕たちは思い違いをしていると思う。いままでのこと、話してみないか」

「お話ししたいわ。……ヴァレリさまのお話も、聞きたい」

　ルチアの髪を撫でつけると、撫でやすいように彼女は首の角度を変えた。

「髪の色、あのころからずいぶん変わったな。僕の部屋で、こうして撫でた」

「……栗色に、変わったの。前の……色のほうが、いい？　好き？」

「僕は何色でもいい。そんなのどうでもいいんだ」

　彼女はうるうると、「でも……ニアが……」と涙をためて、それが頬に伝った。

「ニア？　ああ、猫の。おまえはおまえだろ？　僕はおまえが好きなんだ」

　ルチアは、胸にぐりぐりと顔を埋めてきた。走り回って汚れた服だから少し恥ずかしい。

　栗色の頭頂部に唇をのせると、ルチアはそろそろとこちらを仰いで、口に欲しいとばかりに背伸びをした。なので、そのぷくりとした唇に口を押し当てた。

　くちづけをしたまま抱き上げる。薄着の彼女を部屋のなかに入れたくて移動した。その間も、ルチアは積極的に、ちゅっ、ちゅっ、と口を吸ってくる。

ヴァレリは嬉しいけれど複雑だ。ルチアは貴族令嬢にもかかわらず、なぜこんなにも積極的で、行為の際も腰を振るのかわからない。見た目とかけ離れているのだ。

（……まあ、かわいいからいいか）

彼女の部屋に入れば、甘ったるさに怯んでしまう。レースやリボンがふんだんにあしらわれた、いわゆる女の子の夢の部屋だったからだ。桃色と白色が基調で、男はもれなく居心地が悪くなる。寝台を彩る天蓋も、カーテンも、フリルやフリンジがいっぱいだった。

ヴァレリは、なぜあれほどまでに門前払いや無視を食らわされてきたのか理解した。なぜなら、家具や小物類ひとつとっても特注品で、ルチアに合わせて作らせたとわかるのだ。伯爵の愛は大きく重すぎる。

長椅子に座った彼は、ルチアを隣に座らせようとしたけれど、ルチアは抱きつき、離れようとしなかった。そのため、ひざにのせたまま九年間のことを彼女に語る。

やはり、その話は想像だにしなかったことのようで、ルチアはずっと猫のように目をまるくしていた。そして、彼女の語る話もヴァレリが思ってもみないことだった。

「僕たちは遠回りしたんだな。けれど、想いは変わらなかった。大したものだと思わないか？　人の心は本来移ろいやすいんだ。僕たちはある意味しつこいのかもしれない」

どちらからともなく唇同士をつけあって、彼女の額に額を当てた。

「結婚、してくれるだろう？　断られても無理やりすると決めているんだ」

「わたくし、ヴァレリさまとしか結婚しないって決めているの。昔から」

「昔から？　……そうか。だったら、新聞のあの話は壊していいよな」

ルチアのまつげがふさふさと動いたのがわかった。

「壊したい。わたくし、いまでもなぜ婚約になっているのかわからないの」

「僕に任せておけばいい。最悪攫って逃げてやる」

彼女のやわらかな唇をついばみ、何度も重ねながら、彼はポケットを探って家宝のブローチを取り出した。そして、彼女の手ににぎらせる。その間もキスは続いていた。

顔を離せば、銀糸でふたりが繋がった。ぷつんと切れて、彼女の唇が濡れるさまにたまらなくなり、行為を進めたいと思ったが、なんとか我慢した。

ルチアは手のなかにあるブローチをいかにも嬉しそうに見下ろした。

「ルチア、もう行く。いま僕が見つかり、噂になれば、おまえはとんでもない放蕩淫乱娘として悪名をとどろかせることになる。そうならないように、しばらく会わない」

頷くルチアに合わせて、ヴァレリも彼女の瞳を見つめて頷いた。

彼女のもとから離れるのは、とても名残惜しくて、つい何度も振り返ってしまった。

だが、求婚し、応えてくれているから不安はない。晴れ晴れしい気持ちがしていた。

梯子を伝って地面に下りれば、ニコロが寒さに震えながら「遅いですよ」と待っていた。

ヴァレリが、「婚約を壊すために力を貸せ」とニコロに伝えると、ニコロは黙って手を差し出すので、ヴァレリはそこに金貨が入った袋をのせた。

11章

（ヴァレリさま…………好き）

　突然の、思わぬヴァレリの来訪があってからというもの、ルチアは幸せいっぱいだ。

『イレーネの恋のささやき』にわざわざひたらなくても、常に心は弾んでいる。

　ルチアは胸もとを見下ろした。そこにあるのは、アルビノーニ侯爵家の家宝〝白雪の初恋〟——真珠のブローチだ。それを毎日身につけている。ヴァレリを感じられるからだ。

　まさか、両想いになれる日が来るだなんて夢にも思っていなかった。物語だけの世界なのだと諦めていた。

　最近、父とルチオは、以前に比べて食が細くなっているが、ルチアはもりもり食べていた。しかし、それが続いたのは一週間ほどのこと。ルチアも次第に食欲がなくなった。

　というのも、ルチアは日が経つにつれ、不安が押し寄せてくるようになっていた。ヴァレリに会えないこともあり、ついには不安で満たされた。公爵との結婚が確かなものになってゆくのがわかるからだ。

　それというのも、バルシャイ公爵は毎日ルチアに会いにくる。三日前、洋品店の店主まで屋敷に連れてきた。ルチアはヴァレリになんでもないふりをして過ごせと言われているので、我慢をしているが、公爵から花を受け取ったり、一緒に宝石やドレスの形を選ばされるにつれ、限界になっていた。指に公爵手ずから指輪をはめられた時には、泣きそうになってしまった。一生抜けない枷のように思えたからだ。

それればかりではなかった。ある時は見たくもない歌劇《オペラ》に誘われ、またある時は出たくもない茶会に誘われた。三度に二度は断っているけれど、断りきれるものではなかった。そもそもルチアは完全に引きこもりぐせがついているのだ。社交は貴族にあるまじき不得意ぶりを発揮しているから、華やかな場所は大の苦手だ。

きらびやかな歌劇の会場で、女優が高らかに美しい声を張り上げて歌っているけれど、ルチアには、その迫力が逆に圧迫感となっていた。出口を塞がれ、逃げ場がないと痛感し、腕にびっしりと鳥肌が立つ始末だ。美声を前に、早く終わってほしいとしか思えなかった。

そんな日が続いたある日のこと、たまらず、ルチアは父に訴えた。

「お父さま、わたくし、公爵と結婚したくないわ。わがままだとしてもいやなの……」

ぼたぼたと涙を流すルチアに、また、父も涙を流した。

「私もかわいいおまえを嫁になどやりたくないさ。――くそ、あの放蕩者め。あいつはくずだ。おまえが私のような目にあうと思うと、胸が張り裂けそうになる。ルチア、結婚はなんとか阻止するよう私が動いてみせる。だから、おまえは安心していなさい」

父はそう言ってくれたが、安心することはできないでいた。ルチアは、ひと月後のバルシャイ公爵家主催の夜会に、婚約者として参加することになっているからだ。

（ヴァレリさま……）

ひと月は、無情にもまたたく間に過ぎてゆく。

だがその間、ルチアはただ黙ってぶるぶる震えていたわけではない。恋をしている女の子は強いのだ。

ルチアはひそかに、新米庭師パオロやその妻マリアとともに、バルシャイ公爵が暗い気持ちになるように暗躍した。そうすれば公爵は不気味に感じて、結婚する気がなくなるだろうと踏んだのだ。貴族とは、意外にも不確かなジンクスを重視する生き物だ。

よって、Ⓜスカルキ商団は嫌がらせに励んでいた。公爵に損をさせるべく動いたほか、彼が入札しようという土地に、わざとぎりぎりの値で競り勝ち、くやしい思いをさせたり、落札寸前の欲しくもない馬を横から高額で奪った。おかげで、フィンツィ伯爵家の厩舎にこつぜんと二頭の名馬が現れたから、最近肩を落としていた父は「最高だ！」と歓喜した。

また、ガスパロとロッコも立ち上がった。部下をぞろぞろ引き連れて、公爵家の馬車の周りに水をまき、地面をぐずぐずなぬかるみに変えたこと二十数回。ごろつきたちに尾行され、さすがに恐怖を感じたようで、公爵家の馬車に護衛がつくようになっていた。

そんなこんなで、ルチアに会いに来るバルシャイ公爵の目が、次第にうろんなものへと変わり、血走ってゆくのだが、ルチアはヴァレリ以外に興味がないので、その変化には気づけないでいた。

実は、ふたりの結婚を壊すために画策していたのはルチアだけではなかった。

公爵にとって、もっとも恐れるべきはルチアの父親、フィンツィ伯爵だろう。

伯爵は、秘密裏に公爵家を破産させ、結婚を壊そうと目論んでいた。そのせいで、公爵の資産はすさまじい速さで目減りしていった。

たとえバルシャイ公爵が、その損失を賭け事で補填《ほてん》しようとしても、そこに控えているのは、姉を絶対に結婚させたくないルチオだ。天才的な運を持つルチオは人を雇い、会場じゅうを操って、公爵に損をさせていた。図らずも、公爵はⓂスカルキ商団とフィンツィ伯爵、そしてルチオと、三方向からいたぶられていたのだ。

「ルチア、いよいよ夜会は明日だね。楽しみにしているよ……とてもね」

公爵に手を取られ、その甲にくちづけされている間、ルチアは震えがとまらなかった。嫌な予感がして、胸につけたヴァレリのブローチをにぎる。

そうして、ついに当日がやってきた。

公爵たっての願いで、ルチアが身につけたドレスは、白に近すぎる淡いクリーム色のドレスだった。さながら花嫁衣装のようで落ち着かない。小物まで指定されていたので、真珠のブローチはつけられなかった。

夜会に参加したルチアは、早く終わってほしいと願っていた。

踊りもつまらなければ、社交する気も一切ない。また、楽師の生演奏も心にひびかない。音が大きく、やたらにうるさく感じるだけだった。

出された豪華な食事も、ヴァレリと一緒に食べたあの熱々なおいしい料理には敵わなかったし、公爵に勧められ、お酒もはじめて飲んだけれど、とても苦いだけだった。

また、婦人たちに人気のある公爵が婚約者を披露したため、ルチアは色眼鏡で見られたり、やっかみやそしりを受けていた。しかし、結婚したくないルチアは、ぶすと言われても、美貌のルチオと比べられても、傷ついたりなどしなかった。

救いなのは、忙しそうに動き回る公爵がほとんどルチアの隣にいないことだった。来たとしても、すぐに「ちょっと席を外すよ」と慌ただしくいなくなる。もしも、ずっと隣に彼がいたらもっと落ち込んでいただろう。公爵が纏っている衣装とルチアのドレスが揃いの生地だから、結婚していないのに夫婦みたいで、並んでいたくなかったのだ。

大広間には、父とルチオの姿はなかった。ふたりは婚約に反対だから参加しないと言い張った。叔母のロザリンダはにこにことご満悦だった。そして祖母は、叔母のこともあり、複雑な顔で出席していた。

だが、一番ルチアの胸が傷んだのは、そこにヴァレリの姿を見つけたからだった。会えて嬉しかったけれど、他の人の婚約者という立場が悲しかった。これでは彼のそばに行けないし、彼もこちらを見てくれない。そして、ヴァレリのそばにはルチアが会いたくない人がいた。

赤いドレスを着た、彼の元婚約者のエミリアーナだ。

（どうしてエミリアーナが……いやよ、ヴァレリさま……）

ぎゅっと手をにぎっていると、音楽がちょうどはじまって、嫌な予感がした。

大抵ルチアの嫌な予感は的中してしまうのだ。ルチアは、ほら、と思った。ヴァレリと
エミリアーナは中央に移動して踊りはじめる。しかも、手を触れあわせるダンスだ。

かたかたと震える先で見たものは、エミリアーナになにかを耳打ちするヴァレリだった。

うつむいたルチアは、ずっと顔を上げられないでいた。動悸がして、息ができない。

過去の、錬鉄の柵ごしの記憶がよみがえったからだった。

なにかに縋ろうと、テーブルの杯に手を伸ばし、しきりにそれを飲んでいた。味など一切考えられなくて手当たり次第に口に運んだ。

すると、突然ぐらりと視界が傾いた。

どくどくと、血が駆けめぐるのを感じる。胸が苦しい。頭が揺れて、カッカと火照る。

「ルチア、酒を飲んでしまったんだね。顔が赤いよ？」

こちらをのぞきこむのはバルシャイ公爵だ。いつの間に戻ってきていたのだろうか――。

「……そうか、苦しい？　これは水だよ、飲んで。いまよりも楽になる」

言われるがまま、ルチアは差し出された杯をとる。

飲めば、甘い味がした。ルチアが覚えているのはここまでだった。


（なにかがおかしい……。なんだ？）

バルシャイ公爵は困惑していた。このところ、投資も競りも賭け事も全敗だ。起死回生を狙っても、それすら負ける。完全に運に見放されているようで、あろうことか資産はあっという間に三分の一まで目減りしていた。

三分の一は残っているといっても、すぐに現金化できない資産も多い。なにせ、王族に連なる歴史ある公爵家だ。自由にできる金は少なく、前代未聞の大問題に陥った。

（くそ、Ⓜスカルキ商団とはなんなんだ？）

いつ目をつけられたのかはわからないが、目下、敵はⓂスカルキ商団だ。いかにも馬に乗れなそうな、でぶな女が目当ての馬をかすめとってゆくばかりではなく、転売で金になりそうな土地も、女――マダム・スカルキに競り負けた。敵を調べてみれば、旧市街のごろつきを統べる女帝だという。なぜ、はきだめの地に這う者どもに、自分が敵対心を抱かれるのかがわからなかった。これまで接点があったことがないのだ。

一度、マダム・スカルキに抗議の使者を送った。だが、それ以降、ごろつきどもにつきまとわれるようになってしまった。やつらは尾行、のぞきとなんでもありだ。しかもいちいち馬車の地面をぬかるみに変え、こちらを立ち往生させるといった迷惑行為に精を出している。敵に回してはならないたぐいの者たちだった。

（くそ……厄介なごろつきどもめ……）

書物机の椅子に座る公爵は、いらいらと金の髪をかきあげる。

資料に目を通しながら、近くの男に命じた。

「おい、ロザリンダのドレスと宝石が高すぎる。注意しておけ。また仕立てやがって。しかし、この警備の金は削れないな。いつ、ならず者が私を襲うかわからない」

公爵は、資産が三分の一になるまでは、金にうるさかったことはなかった。

「アルナルドさま、婚約者さまにお贈りする宝石を、模造品《イミテーション》に替えられてはいかがでしょうか。精緻に仕上げられる職人がいて、本物同然です」

「たわけ、なにをおいてもルチアのものだけは削るな。伯爵が見抜けないわけがないだろう。だが、愛人に送るものはすべて模造品に替えておけ。ルビーもどきでけっこうだ」

バルシャイ公爵にとっては、ルチアは切り札中の切り札だ。

いまや国で一番の金持ちと言われるフィンツィ伯爵家。その娘、ルチアの背後にある莫大な持参金は、燦然《さんぜん》と輝きを放っている。絶対に逃さない。

（のんびりとあとひと月近くも待っていられるか。一刻も早くルチアと結婚しなければ）

公爵は、ルチアに関しては計画通りに進んでいると疑わなかった。はっきり言って、ルチアは世間知らずで純粋培養だ。いわゆる、ちょろい娘なのだ。

そして、待ちに待った夜会の日。現れたルチアは、全盛期のラウレッタには遠く及ばないものの、充分に美しかった。肌も白いし、胸も思ったよりあるようだ。

「誰よりもきれいだよ、ルチア」

ルチアは目を泳がせながら、「……ありがとう」と言う。それが初々しく見えた。

公爵は、夜会の時間すべてを使い、ルチアを口説くつもりだ。話術には自信があるのだ。

　そして、寝台をともにする。

「おいで」と、ルチアの背中をやさしく押しながら、彼は何気なく窓の外に目をやった。

（……あ？　なんだ!?）

あろうことか、屋敷の周りに、数多くのごろつきたちがたむろしているではないか。

よくよく見れば、憎きマダム・スカルキの姿まで見つけた。女はなんのつもりか、ふぁさりとした駝鳥《だちょう》の羽根がついた帽子をかぶり、貴婦人のごとく着飾っている。

（冗談じゃないぞ！　くそ……Ⓜスカルキ商団め……。私の屋敷になんの用だ!!）

ごろつきたちは、どうやら公爵邸に侵入を試みようとしているらしい。ならず者の分際で、庭の片隅で正装姿に着替えている輩もいる。ひとりではなく、何人もだ。

（さては貴族のふりをして入りこむつもりだな？　この大事な日に……させるものか！）

　窓に寄り、近くのごろつきに「きさまはなにをしている、帰れ！」と叱り飛ばせば、

「見てんじゃねえよ。やんのかコラァ！」と凄まれた。

「――くっ」

　相手は常識など通用しないし、爵位にも怯まない。だからこそごろつきだ。しかも、声が大きい。とんだ招かれざる客に屋敷が包囲されている。ルチアとの結婚を確実なものにするためにも、夜会をつつがなく終えねばならないというのに、万事休すだ。

　もし、このごろつきどもが招待客に迷惑をかけようものなら、理不尽にも、こちらの醜《しゅう》聞《ぶん》となってしまう。しかも、屋敷に侵入されて、ごろつきと懇意にしていると見なされて

しまえば、信用を回復するにはとんでもない時間を要する。

「ルチア、ここに座っていてくれ。ほら、飲み物だよ？　リモンチェッロがいいかな？」

ルチアをエスコートすると、おとなしく椅子に座った。いいこで待っていてくれそうだ。

公爵は「すぐに戻ってくるからね」と告げ、扉から出るやいなや、全速力で駆けた。そして、家令をはじめとする召し使いたちのもとにたどり着く。はあ、はあ、と息が切れた。

「おい、おまえたち。ごみ虫どもを一匹たりとも屋敷内に侵入させるな！　……気をつけろ、やつらは貴族に擬態している。それから至急判事に知らせて来い。善良な我らに由々しき事態だ。あとは、楽師にもっと最大限まで演奏を大きくしろと伝えるんだ。客になにが起きているか悟らせてはならない。さあ、散れ！　夜会を皆で守りきれ。いまこそ一致団結だ！」

それからの公爵はてんてこまいになっていた。招待客の顔を把握しているのは公爵だけだ。すみずみまで見て、ごろつきがいないか確認し、いれば、すみやかにつまみ出させる。召し使いとごろつきのいさかいが起きれば、客をそちらに行かないように誘導する。楽師にとにかく演奏させて、常に客が踊れるようにした。カード室もワイン室も開放だ。

どーん、どーん、と、夜空にきれいな華が咲く。庭師に命じ、花火を打ち上げさせた。それは客を大いに喜ばせるものだったが、当然ごろつきたちの大声を打ち消すためだった。

また、婚約者のルチアを放っておきすぎてもよくない。レディ・ファーストの観点から、悪しき噂の種になってしまう。公爵は、定期的にルチアのもとに舞い戻り、「今日は晴れてよかったね」とか、「見てご覧、花火だよ?」と、ひと言ふた言会話をして席を立ち、すぐにまたごろつき探しに出かけた。

「まあ、慌ただしいのね、アルナルド。ルチアを放っておくなんてかわいそうよ」と、人の気も知らないで、のんきに夜会を楽しみ、話しかけてくる義母ロザリンダに腹が立った。

「少しだけ想定外の事態がありましてね。なあに義母上、そろそろ解決です。ルチアには説明してありますよ。あとで、たっぷり甘やかします」

公爵は、平静を装いつつ答えたが、解決どころか、むしろ悪化していた。先ほど着飾るごろつきを、五人同時に目撃したのだ。しかも、マダム・スカルキもゲストの椅子に座っていたから、砦が破られていることは確実だ。

大慌てで家令に戦況を報告させようと向かっていると、男の声に呼び止められた。

「バルシャイ公爵、お招きありがとうございます。そしてご婚約おめでとうございます」

声の主は、没落し、見事に返り咲いたアルビノーニ侯爵家の嫡男、ヴァレリだった。彼はまだ若年だというのに、家の借金を一括で纏めて返済し、おまけに資産をプラスに変えた敏腕として現在評価がうなぎのぼりだ。話題性があり、招待客にふさわしい人だった。

その彼の腕に手をのせているのは、以前、愛人だったエミリアーナだ。気が強すぎるため、二回ほどの逢瀬で振ったのだ。その後縋ってきたため、疎遠にしていた。

「やあ。ヴァレリくん、エミリアーナ、来てくれてありがとう。ルチアにも伝えておくよ。そういえば、君たちは以前婚約していたね。これは関係が復活したと見ていいのかな？」

「そう見えて？　うふ、ご想像におまかせしますわ。ね？　ヴァレリ」

エミリアーナは赤い唇を曲げて妖艶に笑い、ヴァレリは黒い髪を耳にかけている。

だが、ふたたび話を続けようとしたところで、公爵は目を瞠った。ヴァレリとエミリアーナの後ろに、見知った男が見えたからだ。

飄々と立ち、赤い葡萄酒を飲む男は、以前、腹にとんでもないこぶしを打ちこんできた男、ニコロだ。ルチオの従僕でありながら、堂々と正装姿で場に溶けこんでいる。生意気にも給仕を呼び止め、酒のおかわりをしていた。

この時、公爵は敵の正体を悟った。

以前、腹に受けた猛烈な痛みを忘れられず、ニコロをぎゃふんと言わせようと素性を調べたことがあるのだ。やつは元々旧市街出身のごろつきだった。

旧市街とくれば、おのずと導き出されることがある。ごろつきの女帝マダム・スカルキをはじめとするⓂスカルキ商団だ。おそらくニコロはⓂスカルキ商団と太いパイプを持っていて、それを利用しているのがニコロの主人であるフィンツィ伯爵ということだろう。

つまり、伯爵が黒幕なのだ。彼は愛娘のルチアを取り戻すため、嫌がらせのためにごろつきたちをここに送りこんでいるに違いない。花嫁の父でありながら駄々をこね、今宵の夜会に出席していないのがなによりの証拠だ。しかしながら、敵はあまりにも大きい。

(伯爵め……。誰がルチアを手放すものか！)

公爵は、大股でルチアを目指した。こうなればやぶれかぶれ、一刻も早く既成事実を作るつもりだった。

×　×　×

それは、星がまたたく夜だった。ヴァレリは空に感慨を抱いたことはないが、この日ばかりは特別で、夜空がきれいだと思った。

『おや、ルチアさまは幸せそうですね。あなたに出会ってから一番幸せそうな顔をしておられるのでは？　八年を経て正解正解、大正解。ちなみに、なにがあったのです？』

貴族としてルチア・アキッリ＝フィンツィに求婚した夜のこと。このニコロの言葉のとおり、テラスにいるルチアは首を傾け、幸せそうにこちらに手を振っていた。投げキスまでしているが、貴族にあるまじき行為だ。あれは、どこで学んだのだろうか。

けれど、生き生きしていて、本当に自分のことを想ってくれているとわかった。

『ぺらぺらと話すつもりはない。……八年を経て正解？　なんのことだ』

『さあ、なんのことでしょうね。ヒントは、スパイス&ロマンチックです』

『意味不明だ』

歩き出すと、ニコロは梯子を担いでついてきたが、ヴァレリはすぐに足を止めた。

（……最悪だ。おめでとうと言うのを忘れた）

この日はルチアの十八歳の誕生日だったという。しかし、求婚のことを考えすぎて、緊張のためか、頭のなかから飛んでいた。いま思い出すなど、どうかしている。

きびすを返しかけたヴァレリだったが、思いとどまった。

彼女にふたたび会うのは、問題を解決してからだ。その時に伝えようと思った。


ヴァレリは完璧主義で真面目だ。立てた作戦は彼の性格がよく表れた緻密《ちみつ》なものだった。

用意周到が当たり前のヴァレリは、突然の精神的重圧には慣れていない。たとえ過去、両親の仕打ちにやさぐれていたとしても、基本は健全、堅実で危険な賭けはしたことはなかった。しかし、今回ばかりはルチアがかかっているため、賭けの部分が多々あった。

『……嘘だろう、おまえの知り合いはごろつきか？　答えろ、ニコロ』

『ええ、俺自体がごろつきですからね。知りませんでしたぁ？』

目の前にある光景に、ヴァレリは眩暈を覚えた。旧市街の深部を見ているようだった。

従僕ニコロに協力を仰ぎ、人を用意できるかと聞いたところ、集まったのは、総勢百名以上のいかにもがらが悪そうな荒くれ者たちだった。拳闘家がくるとばかり思っていたヴァレリは、度肝を抜かれた。なぜなら、拳闘家は貴族が後ろ盾になっていたりと、なにかと貴族と縁があり、その筋を利用しようと思っていたからだ。つまり、思惑は外れた。

『おまえ、フィンツィ伯爵家に雇われているよな？』

『ええ、雇われていますよ？　ですが生粋のごろつきです。はい』

（時間がないというのに、最初から構築し直しか……。しかもごろつき）

頭を悩ませていると、ニコロが言う。

『けれどご安心ください。ここにいるのは見た目はならず者でも、ルチアさまの部下、ガスパロ配下の聞く耳を持っているごろつきたちです。また、ガスパロとロッコほか、パオロも熊のマダム・スカルキも協力してくれるとか。まあ、Ⓜスカルキ商団は率先して独自に動くでしょう。なにせ長のピンチですから。それから、彼らの財力は侮れませんよ？』

片手で両目を押さえるヴァレリは、必死に頭を働かせた。

『では、おまえたちは手分けして毎日公爵の視界に入るようにしてくれ。だが、あまりひどいことはするなよ？　罪に問われない程度だ。嫌がらせのさじ加減は得意だろう』

『おや、さすがは旧市街にお住まいなだけあって、ごろつきの得意分野をご存じですね』

こうして、ヴァレリとごろつきたちとの共闘がはじまったのだが、ヴァレリがごろつきたちにさせた約束ごとはふたつある。

ひとつ、極力暴力沙汰を起こさないこと。ひとつ、極力どなり散らさないこと。

できれば〝絶対〟としたいところだったが、〝極力〟としたのは、ごろつきは、時に決まりごとを破りたくなる習性があるからだ。抑えつけてはならないのだ。

なかでも、どならないことが今回重要だった。秘密裏に事を進めようというのに、怒声で目立ってしまうのはまずい。しかし、ごろつきたちは大声を出し慣れているため、たびたび約束ごとは破られた。そのつど、軌道修正をはかるのは、骨が折れる作業だった。

つまり、公爵の馬車がたびたびぬかるみにはまり、轍《わだち》から抜け出せずに立ち往生していたのはヴァレリの案だった。来《きた》る日のための下準備だったのだ。

ルチアと公爵の結婚を覆すには、取れる方法は限られていた。

期間はたったの二か月しかなく、その上、失敗できない。相手に警戒されるからである。

そう、ヴァレリははじめからバルシャイ公爵家主催の夜会に目をつけていた。

もっとも苦労したのは、この夜会に招待されることだった。協力者がごろつきしかいない以上、自分が招待されるしかなかった。だが、世間は没落貴族には冷たく、きっかけがない限り社交界に返り咲くことはできない。そのため、ヴァレリはラ・トルレ校の人脈を駆使し、毎日と言っていいほど貴族の催しに参加した。気乗りはしなくても、仕方がなかった。公爵が認めるほどに、己の評価を上げるしかないのだ。

それと並行して行ったのは、バルシャイ公爵と会話を交わすほどの知り合いになることだ。そうならなければ招待されないし、話にならない。偶然を装い、会い続けるしかなかったが、これがヴァレリには苦痛でたまらず、一番精神的にきつい作業となっていた。

なぜなら、公爵は頻繁にルチアを誘い、ともに行動していたからだ。歌劇に洋品店、公園と、ルチアが公爵にエスコートされる姿に、時々狂いそうになっていた。

その苦労の集大成が今宵だ。

バルシャイ公爵の夜会に見事招待され、会場入りしたヴァレリは、ごろつきたちを早速内部に引き入れた。自身のアルビノーニ侯爵邸を使い、彼らに動き方は教えてあった。

さりげなくニコロに合図を送り、彼らを指揮させ、公爵を大いに翻弄した。

よほど焦って混乱していたのだろう、公爵はワイン室まで開放させていた。

ワイン室には、貴族に混じってごろつきたちが殺到し、希少な酒はたちまちすっからかんとなる。どんどん飲めとばかりに、音楽は大音量で軽快に奏でられ、窓の外では、ごきげんに花火が、どーんと盛大に打ち上がる。ヴァレリは胸のすく思いがした。

(つくづく愉快なことをしでかす男だな)

ヴァレリは、公爵の狙いに気がついていた。探偵により、バルシャイ公爵家は現在火の車だと情報を得ていたからだった。十中八九、ルチアが危なくなるだろうと踏んでいた。

ヴァレリは、公爵邸に出入り禁止になっているという元婚約者のエミリアーナを同伴した。したたかな野望を持つ彼女の存在があるから、今回の計画は成り立っているも同然だ。

公爵に警戒されないためにも、エミリアーナと仲良く振る舞う演技は、骨が折れる作業だったが、ヴァレリは彼女と立て続けに踊ることでごまかした。

「相変わらず踊りがじょうずなのね。見て？　皆、あなたを見ているわ。気持ちいい」

「そうは思わない。ラ・トルレ校でやったこと以外はできないからな」

「ヴァレリ、わたくしね、あなたに謝らなければならないと思っていたの。あなたが没落したとたん、婚約破棄を持ちかけたじゃない？　あなたは傷ついたのではないかしら」

エミリアーナは曲に合わせて、情熱的に腰をくねくねひねりながら言う。まるでこれからの夜を示唆しているかのようだった。

「傷つく？　まさか。あのころのおまえは夜を誘ってばかりで、毎日が苦痛だった」

「あら、ひどいわ。わたくしはあなたが好きだったのよ？　だから抱かれたかったの。できれば恋愛したかった。あのまま別れていなければ、いまごろ侯爵夫人だったのかしら」

「惜しいことをしたわ」と足した彼女に、ヴァレリは彼女が回りやすいように手を添えた。

「それはない。僕は没落時、貴族に戻ろうなどとは微塵も思っていなかった」

ヴァレリを変えたのはルチアだ。彼女が貴族である以上、つり合うために戻っただけだ。

「あなた、もう童貞臭がしないわね。完璧な男だわ。青くさくない余裕が見えるもの」

「黙れ。おまえは変わらないな。下品だ」

「相手はあの小さな娘？　あなたといい、公爵といい、どうなっているの。幼女趣味？」

「黙れと言っている」

「ふふふ。でも、きっとあの子、大人になったら乳くささが消えて美人になるわよ？」

もう十八だが、と思いながら、ヴァレリはエミリアーナとともにルチアがいる場所に目を向けた。が、誰も座っていなかった。先ほどまではいたはずだが、もぬけの殻だった。

曲に合わせていたヴァレリの足が止まる。そこへ、従僕のニコロがやってきた。

「ヴァレリさま、お耳に入れたいことがあるのですが。緊急事態です」

ニコロに鼻先を近づけたヴァレリは、「なにがあった」と問いかける。

「ルチアさまは、どうやら公爵に眠らされてしまったようで。――ええ、以前ルチオさまも眠らされたことがあるのですが……。ロッコが言うには、公爵はルチアさまを連れ、現在逃走中。いま、ごろつきたちが皆で力を合わせ、手分けして追っているとのことです」

ヴァレリは鋭く息を吸う。

ルチアに危険が及ばないよう、ごろつきを引き入れ、騒ぎを起こさせていたというのに。

「案内しろ、早く！」

ヴァレリはエミリアーナの腕をにぎると、彼女を連れてニコロの後を追いかけた。


「ふざけんなコラァ！　チンカスが、とっとと扉を開けろ！」

「立てこもってんじゃねえよ、逃がさねえぞコラァ！　ルイーザさまを返しやがれ！」

けたたましく客間の扉を蹴飛ばす音がした。

ヴァレリがその場にたどり着いた時には、廊下からしてぎゅうぎゅう詰めだった。

ごろつきたちがルチアを助けようと殺到しているのだ。「どけ！」と言っても、かき分けようとしても、ルチアどころか客間すら遠かった。ごろつきは、五十、いや、百はいる。

ヴァレリが懸命にごろつきの隙間をすり抜けようとしていると、バキィィ！　と木が折れる音がした。扉が叩き割られたのだ。「おるぁぁああ！」という唸り声とともに列が動いた。しかし、ヴァレリにはひどくゆっくりな進行に見えた。

（くそっ、邪魔だ！）

ヴァレリは必死だ。しかし、ごろつきたちも必死だった。それぞれ中へ入りたがっていて、押し合いになっていた。皆、ルチアを慕っているのだ。

「てめぇぇ、俺たちのルイーザさまになにしてやがる!!　ぶっ殺すぞコラァ！」

「触ってんじゃねえぞコラァ！　どけよ、死にさらせ、くそがぁぁ！」

まったく状況が見えない。

ヴァレリがようやくルチアの姿を捉えた時には、わけがわからない惨状になっていた。客間の絨毯はめくれあがり、高価そうな花瓶はぱりんと割られていた。カーテンはびりびりに裂かれていて、部屋の片隅では公爵がごろつきに羽交い締めにされていた。腹を殴られたのか、気絶しているようだった。そして、ルチアは――。

「ルチア！」

ヴァレリは、ぐったりしているルチアに駆け寄った。

唇の紅は滲んでいて、ドレスの胸もとはゆるめられ、生地はずりさげられていた。なめらかな白い肌には赤い所有の証がふたつあり、それを捉えた瞬間、発狂しそうになった。

彼は歯がみしながら、ルチアのドレスの乱れをきっちり直し、彼女に自身の上衣を被せて抱き上げた。

「おい、おまえ。ここでなにがあった？　詳しく言え」

近くにいるごろつきに問えば、男は言った。

「おれたちのおかげでルイーザさまは無事だぜ？　やられてねえよ。……まあ、チュウされながら、おっぱいを揉まれてたけどよ。些細なことで済んで万万歳《ばんばんざい》ってやつよ」

話を聞きながら、ゆるせず、血管が切れそうになった。

（些細なものか！）

ヴァレリは怒りを押し殺し、エミリアーナにあごをしゃくった。

すると、彼女はなにを思ったか、あっさりとその場でドレスを脱いで、一糸纏わぬ姿になった。それには、ヴァレリどころかごろつきたちが目を見開いた。

「エミリアーナ、おまえは人がいるのになにをしている？」

「なにってヴァレリ、おかしなことを言うのね。以前言ったでしょう？　わたくしは絶対に侯爵夫人か、公爵夫人になりたいの。いまが絶好の機会じゃない」

寝台になまめかしく寝そべったエミリアーナは、ごろつきたちに言った。

「あなたたち、ぼんやりせずに、早く公爵を全裸にして？　寝台に寝かせてちょうだい」

公爵が服を脱がされるなか、ヴァレリが絶句していると、エミリアーナは片目をつむる。

「当然、愛が欲しいけれど、わたくしは貴族らしく結婚後に外に愛を求めるわ。あなたがもしその娘に飽きたら、わたくしに声をかけてね？　いつか、愛しあいたいわ」

「黙れ」と、呆れたヴァレリは、ルチアを抱く腕に力を込めた。

付き合いきれないとばかりに、きびすを返して部屋を出る。背後では、「ねえちゃん、こいつをやっちまえ！」などと、ごろつきたちが囃《はや》し立て、大盛りあがりを見せていた。

屋敷内では、いまだ音楽が鳴りひびき、庭では花火が上がっている。

閃光に照らされているルチアを見ていると、先ほどのごろつきの言葉がよみがえった。

『まあ、チュウされながら、おっぱいを揉まれていたけどよ』

かっ、と身体が火照ったヴァレリは、次の瞬間、ルチアの唇を激しくむさぼった。一刻も早く、彼女から公爵を消したかった。

舌を差し入れ、くちゅくちゅとなかをかきまぜていると、小さく呻き声が聞こえた。

すぐに顔を離したヴァレリは、ルチアの顔をのぞきこむ。栗色のまつげが動いたので、ヴァレリは彼女の額に頬を擦り寄せた。

「ルチア、迎えにきた」

みるみるうちに、すみれ色の瞳が現れ、それがうるんだ。

「ヴァレリさま……、……お会いしたかった。でも……エミリアーナは？」

「あいつはバルシャイ公爵狙いだ。おまえを手に入れるために協力してもらった」

「協力……？　でも、よかった。ヴァレリさまが取られてしまったらどうしようって」

目を伏せるルチアを安心させようと、彼はその額に唇をのせた。すると、ルチアはあごを持ち上げ、唇にキスをせがんだ。なので、しっとり重ねる。

「僕は一生おまえのものだ。はじめての相手はおまえだし、当然、最後もおまえだ」

「わたくしも……はじめての相手はヴァレリさまで、最後の相手もヴァレリさまなの」

ルチアはうっとりしながら言ってくれたが、ヴァレリの脳裏を不安がよぎる。

はじめてルチアを抱いた時、彼女の秘部は抵抗なく男の性器を受け入れた。だが、『本当に僕がはじめてか？』などとは口が裂けても聞けない。もう二度と悲しませたり、泣か

せたくないのだ。必死に当たりさわりのない言葉を探した。

「ルチア、聞きにくいが……おまえのはじめてはいつだ？」

彼女は唇をすぼめて、迷いを見せたが、しばらくしてから言った。

「ヴァレリさまは覚えていなかったの。あの……穴熊亭で、したわ」

「穴熊亭!? あの、酒を飲んだ日？」

ルチアが、うん、と頷くと、ちょうど客間から、「うおおお！」と大きな歓声が上がった。見ずともわかる。悪趣味なことに、エミリアーナがごろつきたちに公開しているのだろう。公爵を逃がさないために。

「なんの声かしら……？」

「そんなことよりもルチア、僕は覚えていない。……痛かったんじゃないのか？」

ルチアは一瞬顔を歪めたあとに、「痛くなかったわ」と言う。絶対に痛かったのだろうと確信した。

「ルチア、もう一度やりなおしたい。近いうちにやりなおさせてくれないか？」

ルチアは、はにかみながらも頷いた。

「わたくしも、したいわ。やりなおすのではなくて……。ヴァレリさまと離れたくない。前も、離れたくなかったの。ずっと一緒にいたい。大好きだから」

ヴァレリは、「僕も、もうおまえと離れたくない」と、ルチアの口に吸いついた。

「だったらあなた方もこれから既成事実、作っちゃいません？」

いきなり聞こえた声に顔を跳ね上げれば、ニコロが酒の杯を片手にそばに立っていた。

「なんだおまえは。いつから見ていた」

「俺、梯子を用意しちゃいますよ？　いまからルチアさまの部屋に行っちゃいましょう。あなた方は猛烈なハリケーンを見事乗り越え、山あり谷ありでもへこたれず、手を取り合いました。まさにスパイス&ロマンチック。それでこそ最高なハッピー・エンドを迎える資格があるというもの。このニコロ、ぜひ締めのお手伝いをさせていただきたく。はい」

ヴァレリは眉をひそめてルチアをぎゅっと抱きしめた。

「なにを言っている？　僕は正攻法でルチアを妻にする。後ろめたい思いなどさせない」

「正攻法？　もしや、真っ向から伯爵さまにゆるしを願おうとでも？」

「そのつもりだ。今度は絶対に認めさせてみせる。自信があるんだ」

ニコロは人差し指をぴんと立て、ちっ、ちっ、ちっ、と、振り子のように動かした。

「あなた、フィンツィ伯爵家の恐ろしさをちっともご存じない。学習していませんね。あなたはルチアさまへの求婚をにぎりつぶされてきました。あの屋敷はルチアさまを中心に回っています。ルチアさまあっての伯爵家。つまり、このたび伯爵さまは固く決意されているはずです。もう二度とルチアさまを屋敷から出さないと。ルチオさまも決意していますよ？　我が主なので、そこは保証し断言いたします。いま、ばか正直にルチアさまのみを伯爵家に返してしまえば、下手をすればあなた、二度とルチアさまに会えなくなるかもしれません。駆け落ちすらする隙もない。いままでの門前払いを思い出してください」

思い出したヴァレリが苦い顔をしていると、ニコロは、今度はルチアに言った。

「ルチアさまはさすがに気づいておられますよね？　いかに屋敷から出るのが難しいかを。あなた、ひそかに監禁歴が長いですから。ルチアさまは引きこもりではありません。あなた、いつも外を夢見ていましたからね。俺はハッピー・エンドのためにアドバイスさせていただきます。あなた方、伯爵さまに交尾を見せつけておやりなさい。態度で結婚宣言です。そしてルチアさまが言葉でも結婚を宣言すればさらによし。伯爵さまもルチオさまも、唯一の弱点があなたなのですから。この千載一遇の大チャンスを逃してしまえば、バッド・エンド。次のあなた方の逢瀬は早くとも三十路越えになること請けあいです」

ぱちぱちと目をまたたかせていたルチアだったが、ゆっくりとこちらを向いた。

「ヴァレリさま。わたくし、ニコロに賛成よ？　……もう離れたくないのですもの」

ヴァレリの手に、ルチアの小さな手がぴとりとのった。もう、断る理由はなかった。ヴァレリだって一刻も早くルチアと結婚したいのだ。

「わかった。おまえの部屋に行こう」

×　×　×

梯子を持つニコロの背を追いながら、芝を踏みしめ、彼女と手を繋いで歩いた。風が吹き、息を吸えば、少し冬まじりの匂いがした。

ルチアを見下ろすと、こちらを仰いでいたのだろう、すぐに目があった。

彼女は一旦逸らしてから、またこちらを見つめて笑った。

「ヴァレリさま。……わたくし、いまだに信じられないの」

「そのうち実感するようになる」

正直、ヴァレリとて、いまこうしているのが信じられなかった。

フィンツィ伯爵家のルチアの部屋へは、ニコロの梯子を使って上る。真正面から入ってしまえば、つまみだされてしまうからだ。また、ニコロ曰く、ルチアも今回ばかりはルチオが彼女から離れなくなるからバッド・エンドで危険らしい。ルチアは首をかしげていたが、ヴァレリは思い当たるふしがある。そのため、ふたりとも梯子を使うことにした。

ヴァレリはこのとき確信したことがある。ルチアは、見た目はぽわんとしていて、いかにも鈍そうだが、運動神経がすこぶるいい。以前、驚くほど足が速かったのを目の当たりにしたが、いまも、ひょいひょいと壁を越え、風が吹こうが梯子もなんのその。ヴァレリは高所が苦手なので、彼女にへっぴり腰を見られないようにするため、内心苦労していた。

先にテラスにたどり着いていたルチアが、続いて上りきったヴァレリを待ち構える。手すりに手をつき、前のめりになると、彼女が、唇にちゅ、とキスをした。

「ヴァレリさま、大好きよ。わたくし、必ずヴァレリさまを幸せにするわ」

思わず、ぷ、と吹きだしてしまった。

「待ってくれルチア。それは僕の台詞だ」

「でも、言いたかったの。実はわたくし、すでにヴァレリさまの『既成事実』を奪ったの」

(既成事実を奪った？　なんだそれは)

奇妙だと思ったが、かわいいからいいかと聞き流していると、ルチアに手を引かれて彼女の部屋に連れられた。また、振り返った彼女に、先に口をむさぼられた。

彼女は酒のにおいがする。いつもよりも陽気なのは、酔っているからかもしれない。

「ヴァレリさま、わたくしの夫になってください」

「だから、僕の台詞を先回りして取らないでくれないか？」

彼女と見つめあいながら笑いあう。その口に口をつけながら、ルチアのドレスの複雑なボタンを外してゆく。やたらと数が多いため、指先が疲れた。

脱がし終えれば、ヴァレリは自分の服に取り掛かったが、彼女も手伝おうというのか、手を伸ばしてきた。全裸になれば、ルチアが腕を広げて抱きついた。

「好き……。好きなの、ヴァレリさま。……どうしよう、どきどきして抑えられない」

そんな言葉を真っ向から見つめながら言われてしまえば、ヴァレリもどきどきしてくる。

「抑えなくていい。間違いなく、僕のほうがルチアが好きなんだ」

「そんなことはないわ。パオロもマリアもガスパロもロッコも、みんな知っているもの」

彼女のひざに腕を差し入れ、抱き上げると、ルチアはおとなしく首に手をまわした。すぐに唇同士がくっついた。

ルチアの寝台は、フリルが満載だ。そこに華奢な身体を下ろせば、全裸だというのに、ルチアは大きく脚を開いた。それは、彼女を娼婦だと勘違いしていたヴァレリが、他の男に自分の女だと知らせるために、毎回毛を剃り、管理していたからだ。どうやら、ルチアは剃られるのが当たり前だと思っているのだ。

ヴァレリは剃らずに、そのまま秘部にくちづけた。以前はいまいましく感じていた毛が、自分以外の男を知らないとわかると、どうしてこんなにかわいらしく見えるのだろう。

唇で毛を食み、あわいに沿って舌を這わせると、すでにルチアは濡れていた。

小さな秘めた芽の両側を指で押さえてやると、ぷく、となかが露出した。それを舌でやさしく舐める。ルチアはこれが好きなのだ。

「ん。ん……、……あ……。ヴァレリさま……。剃らないの?」

「じきに冬になるだろう?　かわいそうだから剃らない」

ぴちゃぴちゃと、彼女の秘部を舐めていると、ルチアがヴァレリの髪に触れた。

「かわいそう?　……だったら、ヴァレリさま……も。もう、繋がりたい」

「まだ果てていないのに?」

ルチアは首を横に振る。

「抱き合いたいの。今日は、ずっとくっついていたい。わたくし、嬉しいの」

ヴァレリは、ごく、と息を呑んだ。いつもかわいいと思っているけれど、今日のルチアは、酒で火照っているせいか、甘さが増していて、一挙手一投足がそのまま腰の奥にくる。

すでに、性器ははちきれそうで、先からしずくがにじんでしまっているほどだ。

身を乗り出して彼女に覆いかぶさろうとすれば、公爵がつけた赤い痕が目に入り、その上からそこにむしゃぶりついた。鋭く吸いつき、より濃い痕に書き換える。

「嬉しい……。ヴァレリさまの痕。たくさん、つけてほしい」

そんなことを言われてしまえばつけずにはいられない。胸のふくらみに三つ残していると、ルチアは自身の胸を下からすくいあげ、どうぞとばかりに、つんと胸を突き出した。

ぷる、といかにもおいしそうな薄桃色の尖りに、たまらなくなりヴァレリは吸いついた。舌で弾いたり、甘噛みすれば、ルチアは「気持ちいい……」と身悶える。その隙に、彼女の脚の間に、性器の先をこすりつけた。

「あ……。ヴァレリさま……。――は。……きて?」

ヴァレリは、熱い息をもらすルチアの唇をむさぼった。両胸を包んで揉みしだき、指でそれぞれの先をぴんとつま弾けば、ルチアは脚をもぞもぞ動かし、まだ入れていないのに腰を悩ましげにゆらめかせた。そのさまがかわいらしくて、くちづけと愛撫を続ければ、ルチアは勝手にヴァレリの性器に秘部をあてがい、埋めようと、身体をくねらせた。

先が、ぷつ、と彼女に入る。

「まて、ルチア。…………あ」

「ヴァレリ、さま……。んっ。……ん」

猛った性器が彼女のなかに沈められてゆく。ぐねぐねとうねり、搾り取ろうとする彼女のなかは飢えていて、まるで自分を待ち構えていたかのようだった。腰から頭の先まで貫く刺激に、思わず声が出てしまう。すると、ルチアに、ちゅ、ちゅ、と短くキスされる。

「ん……。好き、好き……ヴァレリさま……。好き。一生……。あ。好き」

ヴァレリはたまらなくなり、思いっきり猛りを穿ちたくなったが、彼女が求めてくるのが嬉しくて、しばらくルチアに任せていた。ぎゅ、と抱き合い、ルチアがくにくにと腰を振る。小さな胸の先をつまめば、ルチアはそれが好きなようで、「もっと……強く」とねだってきた。ヴァレリはそれを口にふくんで吸いついた。

ふいに、ルチアとの出会いが脳裏をかすめて、結婚を願っていた十四歳のころがよみがえる。婚約が成立しかけるも破談になって、想いを無理に吹っ切ろうとしたことや、好きでもない女に嫌々くちづけたときのこと。また、娼婦としての彼女との出会いや、小さなルチアを想っていたくて、心が流れないように抗ったこと。けれどどうしても無理で、過去の彼女と決別し、娼婦の彼女への愛を認めたときのこと。爵位を完全に捨て、平民となり、娼婦を娶ろうと決めたときのこと。自分は冷めた性格だったはずなのに信じられなかった。いずれにせよ、自分を激しく突き動かしたのは、すべてこのルチアだ。

ヴァレリは、侯爵家の現状を思った。屋敷は手入れが行き届き、いつでも住めるようになっていた。あの小さかった女の子がヴァレリを救うべく奮闘し、帰る場所を残してくれた。たとえ言葉にしなくても、彼女の好きという気持ちはいつでも伝わっていた。意地を張っていた自分は、世界一の大ばかだろう。それでも、こんなにふがいない自分を出会ったときから忘れることなく、ルチアは想い続けてくれていた。自分の好きな相手が、自分を好きでいてくれる。奇跡だと思った。

その瞬間、抑えていたものが弾け飛んだ。好きが身体のなかでぐつぐつ渦巻き、とんでもないことになっていた。いまにも爆発寸前だ。

けんめいに腰を振っていたルチアは、少し驚いたような顔をして、振るのをやめた。

彼女は、ヴァレリの変化に気づいたのかもしれない。

「……は。ルチア……もう、無理だ。手加減できない。……ゆるして、くれるか？」

ルチアがこくんと頷くやいなや、ヴァレリは襲うように押し倒した。激しく口をむさぼれば、ルチアの手が背中に回り、ぎゅっと力をこめられる。それは、ヴァレリの箍《たが》を外す行為にほかならない。好きだ、愛している以外に、なにも考えられなくなった。

部屋には、ひたすら甘い嬌声と、荒い息がひびいた。そして、寝台が容赦なくきしむ音。

一度果てただけでは終わるはずがなかった。死ぬほど愛しているのだ。二回、三回、四回と、立て続けにルチアを求め続けた。

何度も何度も抱いていると、果て疲れたルチアが、気を失うように眠りについた。その彼女の顔に、明かり取りから光が差しこんだ。知らぬ間に、夜の闇は色褪せ、朝を迎えていたのだ。

ヴァレリはそれでも彼女と繋がったまま、小さな唇に唇を重ねていた。好きすぎてやめられなかった。

ほどなくして、扉が二度叩かれて、ニコロがひょっこり顔を出した。

「おや、おや、おや。お熱いですねえ。まだ続けていたんですか。朝が来ましたので伯爵さまにお伝えしようと思いますが、よろしいですか？　ちなみにですが、ルチアさまのお祖母さま、先代フィンツィ伯爵夫人もいらしているので、結婚は確定かと」

汗だくのヴァレリは、髪をざっくりかきあげた。

「伝えてくれ。覚悟はできている」

「では、二十分後に。その間にルチアさまを起こしておいてくださいね？　彼女が眠ったままですと、あなた、強姦男に認定され、犯罪者呼ばわりされるだけです」

ヴァレリは、すやすやと眠るルチアの頬をつっつき、そのやわらかさを確かめた。そして、ニコロに『もう行け』とばかりにあごをしゃくった。

ニコロはにんまりと、「ナイス、ハッピー・エンド」と親指をぴんと立て、出て行った。

（なんだあいつは……）

ヴァレリはしばらく、ルチアの唇を口で塞いでいたが、つん、つん、とやさしく抽送し、奥をつっつくことで、ルチアを揺り起こした。

「ん………ヴァレリさま……」

寝ぼけまなこのルチアは、ヴァレリを見るなり背中に手をまわし、「好き」と言った。

「知っている。ルチア、僕こそ好きだ」

「わたくしのほうがもっと、好き」

それからは互いに何度も「好き」と言い合った。それが次第に「愛している」に変わり、ともに腰を振りはじめ、一度それぞれ絶頂を迎えた。またくちづけをして、見つめあっていたところで、フィンツィ伯爵が、鬼のような形相で、ばん、と扉を開け放つ。

誰かにハッピー・エンドがあるのなら、そこに、誰かにとってのバッド・エンドがあるものだ。誰かが勝者となるのなら、敗者も必ず存在する。

「な……、な、な、な……」

青ざめながら、唇をわななかせる伯爵に、ヴァレリと裸で抱き合うルチアは、恥ずかしそうに口にした。

「お父さま、わたくし、ヴァレリさまを死ぬほど愛しているの。だから、いますぐに妻になります。既成事実だから、いいでしょう?」

それは、かわいいかわいい子どものルチアが、大人に孵化《ふか》した瞬間だ。屋敷中に、取り乱した伯爵の「いやだああああああ!」という絶叫がひびき渡る。すぐに、弟ルチオの絶叫も重なった。

そのなかで、無情にも、幸せそうなルチアの唇が、ヴァレリの口に、ふに、とくっついた。ふてぶてしい伯爵の娘のルチアもまた、物怖《ものお》じせずに、しっかりとふてぶてしいのだ。

彼は、そんな彼女も好きだと思った。

一生分と思えるほどの罵声《ばせい》を浴びせられるなか、ヴァレリは彼女の耳もとにささやいた。

「十八歳、おめでとう。これからは、毎年誕生日をそばで祝わせてくれ」

うるうると、うるむすみれ色の瞳を見ながら、ヴァレリはぎゅっとルチアを抱きしめた。

あとがき

本書をお手に取ってくださいましてありがとうございます。こんにちは、外堀鳩子《そとぼりはとこ》と申します。本書のテーマは、山あり谷ありの、〝スパイス&ロマンチック〟です。

少々補足したいことがありまして、失礼ながらあとがきにて書かせていただこうと思います。公爵邸での夜会の、ごろつきたちの大騒動ですが、おや？　新米庭師のパオロがいないぞ？　と思われた方がいらっしゃるかもしれません。ですがご安心ください。マダム・スカルキの隣にちゃんと控えている設定です。公爵がパオロを知らないために名称が出てこなかっただけなのです。って、おや？　くそほどどうでもいい情報でしたか。笑。

昨今、暗いニュースが多いですが、今年は明るく吹き飛ばせるような年になるといいな、という願いをこめまして、ふざけたお話を書かせていただきました。その手綱をとってくださいました編集さま、本当にお世話になりました！　そして、多大なご迷惑をおかけしてしまったにもかかわらず、懲罰《ちょうばつ》を与えられるどころか、氷堂《ひどう》れん先生の素敵なイラストをいただけるという、とてつもなくすごすぎるご褒美をいただきまして……これは夢？　と感激に打ち震えています。（氷堂れん先生、どうもありがとうございました！）

本当に夢だったらどうしよう。いつも枕もとに本書を置いておこうと思います。最後になりますが、名前が鳩子なだけにこれで締めさせていただきたいと思います。クルックー。

Sonya
ソーニャ文庫

この本を読んでのご意見・ご感想をお待ちしております。

◆ あて先 ◆

〒101-0051
東京都千代田区神田神保町2-4-7 久月神田ビル
㈱イースト・プレス　ソーニャ文庫編集部
外堀鳩子先生／氷堂れん先生

没落貴公子《ぼつらくきこうし》は難攻不落《なんこうふらく》!?

2021年1月8日　第1刷発行

著　　者　外堀鳩子《そとぼりはとこ》
イラスト　氷堂《ひどう》れん
装　　丁　imagejack.inc
D T P　松井和彌
編集・発行人　安本千恵子
発 行 所　株式会社イースト・プレス
〒101－0051
東京都千代田区神田神保町2－4－7 久月神田ビル
TEL 03－5213－4700　FAX 03－5213－4701
印 刷 所　中央精版印刷株式会社

ISBN 978-4-7816-9688-1
定価はカバーに表示してあります。